*Keraoul le 9 Décembre 03*

*Pour François de Bérence,*

*la suite d'un divertissement "Régence",*

# CLÉMENCE
# ET LE RÉGENT

*avec mes amitiés et mes pensées pour Danielle,*

*Mireille Lesage*

MIREILLE LESAGE

# CLÉMENCE ET LE RÉGENT

roman

Pygmalion

Sur simple demande adressée à
*Pygmalion, 70, avenue de Breteuil, 75007 Paris*
vous recevrez gratuitement notre catalogue
qui vous tiendra au courant de nos dernières publications.

---

© 2003, Editions Flammarion, département Pygmalion.
ISBN 2-85704-861.0

# PREMIÈRE PARTIE

# Mai-Juin 1718

— ÇA va mieux?

Clémence eut un dernier hoquet, se pencha pour se soulager encore. Elle sentit qu'on lui essuyait la bouche et le visage avec son propre mouchoir mouillé, fleurant bon la rose musquée. C'était frais, comme l'était le vent printanier qui effleurait son front, comme l'était le bruit de l'eau coulant d'une fontaine et qu'elle voyait luire sous la lune. Clémence avait l'impression de renaître même si ses jambes étaient un peu flageolantes. De toute façon, quelqu'un la soutenait fermement, plein de sollicitude et répétait :

— Ça va mieux?

Elle hocha la tête pour acquiescer et se pencha, plongeant les mains et les avant-bras dans le petit bassin couronné de pierre, ce qui acheva tout à fait de la revigorer. Du même coup, la soirée lui revint dans ses moindres détails.

Les images se bousculaient à vive allure dans son esprit : son arrivée, en début de soirée au Palais-Royal, dans une chaise à porteurs ; l'enfilade extraordinaire de salles somptueuses, les tapisseries, les tableaux, puis l'apparition de Philippe d'Orléans, Régent de France, qui lui avait fait les honneurs de ses collections. Clémence se rappelait le champagne qu'ils avaient bu ensuite en sympathisant très vite. Ce champagne qui, plus tard, n'avait cessé d'arroser un souper fin, pris en joyeuse compagnie. Il y avait eu des propos grivois, des images coquines, et les caresses du Régent qu'elle n'avait pas vraiment repoussées tandis que les autres convives basculaient dans l'orgie. Clémence se remémorait sa propre ivresse, son trouble et sa faiblesse, se souvint comment, dans un brusque sursaut de lucidité, elle avait voulu fuir ces lieux de débauche, manquant alors tomber aux mains de valets qui avaient tenté de la violer. C'est à ce moment-là qu'un homme avait surgi et payé les brutes pour mieux se l'approprier. A la honte d'être achetée, s'était ajoutée la terreur de Clémence. Cet homme l'avait entraînée à travers un palais devenu hostile, le long de couloirs sombres, interminables où elle avait cru mourir d'effroi; ce même homme qui continuait à fermement la soutenir.

Du coup, sa peur resurgit. Avec une vigueur dont elle n'aurait pas été capable cinq minutes plus tôt, elle le repoussa et, prenant de l'eau à pleines mains, la lui jeta au visage.

— Merci! Tu as une drôle de façon de me manifester ta reconnaissance.

Il tournait le dos à la clarté lunaire, mais son rire, sa voix pétrifièrent la jeune femme. Cette fois-ci, elle n'était pas victime de son imagination, elle ne pouvait avoir aucun doute!

Vite revenue de sa stupeur, elle se jeta dans les bras de son vieil ami Josselin Le Rik.

— C'est toi! C'est toi! s'écria-t-elle en dévorant sa joue de baisers.

— Mais oui! Tu ne m'avais donc pas encore reconnu? Il est vrai que tu n'étais pas en état de penser clairement. Tu as dû faire une sacrée bombance pour être malade à ce point.

Elle le repoussa aussitôt, vexée qu'il lui rappelât avec un tel manque de tact son récent malaise.

— Allons, princesse. Ne te fâche pas, dit-il en la ramenant contre lui, jubilant de la voir aussi furieuse. J'aimais assez que tu m'embrasses. Continue, je le mérite.

Sa rancune envolée, Clémence obtempéra. Pendant un moment, ils restèrent enlacés, tout à la joie de ces retrouvailles insolites. Puis Josselin la repoussa avec douceur :

— Viens.

— Où sommes-nous ?

— Dans les jardins du Palais-Royal. Avec ce clair de lune, on peut nous voir. Par ici, il y a une petite cabane où les jardiniers rangent leurs outils. Nous y serons à l'abri en attendant l'ouverture des grilles. Je ne veux pas prendre le risque de sortir maintenant. Les gardes veillent ; le concierge ne dort que d'un œil.

Elle le suivit, confiante, heureuse, réprimant une brusque envie de rire. Les événements s'étaient enchaînés si bizarrement !

Dans la cabane, ils trouvèrent des sacs de toile, servant l'hiver à emmailloter les pieds des orangers. Josselin les étendit par terre et tous deux s'assirent, serrés l'un contre l'autre. Clémence avait mille questions à lui poser mais, cependant, elle se taisait, savourant ce répit qui paraissait tout à fait détaché du monde réel. Josselin, pour sa part, préféra parler. Peut-être pour mieux refouler son émotion. Il entourait Clémence d'un bras fraternel bien qu'il eût une envie ardente d'autre chose.

— Alors, ma princesse ? On fréquente les soupers du Régent ? On se plonge dans le stupre et la luxure ? Qui eût cru cela de toi, hein ?

Elle se rebiffa :

— Il ne s'est rien passé ! Le Régent s'est conduit en parfait gentilhomme.

— Tout doux ! On ne va pas déjà se disputer. Je disais ça... Ainsi tu défends le Régent ?

— Je n'ai pas à le défendre. Mais ce qu'on prétend n'est pas l'exacte vérité.

Elle ne tenait pas du tout à s'étendre sur le sujet. Elle avait conscience d'avoir eu une conduite assez ambiguë et il était bien dommage que Josselin l'eût retrouvée dans de telles circonstances qui n'étaient pas à l'avantage d'une femme. Toutefois, elle songea qu'il l'avait tirée d'un bien mauvais pas. Par ailleurs, ils se connaissaient depuis trop longtemps pour qu'elle se sentît embarrassée avec lui.

— Enfin, heureusement que tu as appelé au secours, remarqua-t-il, revenant sur sa mésaventure. Si tu me permets un conseil, tu devrais être plus prudente. Que penserait ton mari en apprenant tes frasques ?

Une façon détournée de lui déclarer qu'il condamnait son nouveau mode de vie, qu'il était jaloux. Clémence n'était point dupe :

— Ne t'occupe pas de mon mari. Dis-moi plutôt ce que tu faisais, si tard, dans les appartements du Régent ? C'est un hasard miraculeux.

— Une affaire urgente ; un papier important que mon maître m'avait chargé de déposer, répondit-il succinctement.

— Ton maître ? Raconte, Josselin. Je te croyais bien loin de France.

Ils ne s'étaient pas revus depuis l'hiver dernier. C'était exactement en janvier, lorsque Josselin était parti de Dinan sans même un adieu, désapprouvant le mariage de Clémence avec Guillaume-Raoul du Restou. Toutefois, ce départ était prévu de longue date. Josselin Le Rik n'avait jamais caché son désir de voir du pays et, si possible, de faire fortune.

— Bien loin de France ? reprit-il en soupirant. Oui. Cela aurait pu se faire s'il n'y avait eu un imprévu.

Cela s'était passé en Angleterre où il avait débarqué une semaine après avoir quitté Dinan. L'homme de confiance d'un gros financier parisien lui avait proposé un emploi lucratif. Josselin ne donna pas d'autres détails. Il n'avait pas l'air de se montrer trop généreux en confidences.

— C'était donc toi, rue de la Huchette ?

Dernièrement Clémence avait cru le revoir dans ce quartier de Paris, ravagé par les flammes. Elle-même avait failli périr, secourue par un homme qu'elle avait pris pour Josselin.

— Rue de la Huchette ? Je ne sais même pas où elle est.

— C'est curieux, j'avais cru pourtant.

Clémence avait l'impression qu'il lui cachait pas mal de choses. Dans quelle histoire s'était-il donc fourré ? Elle finirait bien par l'apprendre. Maintenant, elle était épuisée. De légères nausées lui soulevaient encore l'estomac. Elle se sentait plus faible qu'un petit chat privé de mère. En bâillant, elle s'allongea; Josselin lui soutint la tête. Quelques heures seulement les séparaient de l'aube. Ensuite, tous ceux de l'extérieur qui venaient dans la journée peupler le Palais-Royal, des lavandières aux confesseurs, des marmitons aux secrétaires, des coiffeurs, médecins, musiciens, femmes de chambre aux nobles personnages, du plus petit au plus important, allaient franchir les portes grandes ouvertes par lesquelles eux-mêmes pourraient s'esquiver sans être remarqués.

Ces malheureuses petites heures seraient bien courtes, pensait Josselin. Le jour venu, ils seraient tous deux séparés : elle retrouverait son mari, son amant, ses plaisirs; lui, de son côté, poursuivrait sa tâche; ils n'étaient libres, au fond, ni l'un ni l'autre. Un destin cruel et capricieux, dès le début, avait dressé entre eux une barrière.

Etait-il possible, cette nuit, que cette barrière s'entrouvrît et permît au fils d'un cabaretier d'étreindre la fille du marquis de Trémadec, Clémence, qu'il connaissait, aimait depuis toujours?

Penché au-dessus d'elle, Josselin contempla longuement le fier visage aux paupières closes, adouci par les rayons de lune, embelli, comme si cela était encore possible. Sa pâleur nacrée semblait surnaturelle, la transformait en princesse de légende, endormie par un maléfice. Josselin fut sur le point de la réveiller. Pourtant, bien qu'il fût plutôt du genre entreprenant dès qu'il s'agissait d'embrasser, de trousser une fille et ne comptait plus ses succès en ce domaine, tout à coup il se sentit freiné dans ses élans, presque intimidé. Cela le fit sourire. Il se contenta de caresser le corps alangui contre lui.

Clémence réagit à peine. Elle dormait, terrassée par la fatigue et les violentes émotions de la soirée. La prendre de force aurait été facile. Mais Josselin voulait mieux, voulait tout.

— Tu ne perds rien pour attendre, fit-il à voix très basse.

Puis, se calant contre les planches de la cabane, son bras replié autour de la jeune femme, il ferma les yeux à son tour.

Au lever du jour, ils sortirent comme prévu du Palais-Royal, sans se faire remarquer. Josselin avait jeté son justaucorps sur les épaules de Clémence qui avait laissé son mantelet dans les appartements du Régent et dont la jolie robe de soie tabac avait souffert au cours de cette nuit mouvementée.

Très pâle, la mine abattue, les cheveux défaits, affaiblie, c'est ainsi qu'elle réapparut chez elle, accueillie comme elle devait s'y attendre par les exclamations véhémentes de madame Planchette et les remarques moins bruyantes, mais tout aussi inquiètes de ses serviteurs, Naïg et Hyacinthe. La sachant reçue par le Régent, tous trois avaient envisagé les pires éventualités en ne la voyant pas revenir la veille au soir. Apparemment, leurs craintes étaient fondées. Néanmoins, la présence inattendue de Josselin Le Rik apaisa un peu les esprits.

— Rassurez-vous, madame du Restou va bien. Elle a simplement eu un incident sans gravité.

— Un incident ! Je n'en crois rien, s'écria madame Planchette. C'est plus sérieux que cela. Je vous l'avais pourtant dit, ma chère petite, quand vous avez reçu cette maudite invitation : méfiance ! Que vous est-il donc arrivé ? Le Régent...

Clémence coupa court à ce flux :

— Calmez-vous, Yvonne, fit-elle d'un ton las. Le Régent n'a rien à voir dans ma mésaventure. Il m'a au contraire fort courtoisement traitée.

Disant cela, elle ignora le sourire narquois de Josselin et poursuivit :

— C'est après le souper, en rentrant, que j'ai été victime d'un... d'un petit accident. Je vous raconterai tout plus tard. Pour l'instant, je souhaiterais me rafraîchir, et me reposer. Naïg va s'occuper de moi.

Exténuée, elle leur tourna le dos et elle alla s'asseoir à sa toilette. Il lui faudrait inventer quelque chose pour satisfaire les curiosités. Quelle tête ferait la chère Yvonne en sachant ce qui s'était réellement passé au Palais-Royal !

# CLÉMENCE ET LE RÉGENT

Naïg rendit son justaucorps à Josselin. Celui-ci entraîna hors de la chambre la vieille dame effarée qui, à la vue du corsage déchiré, réclamait des explications plus fort que jamais.

– Encore une fois, ce n'est rien, lui dit Le Rik. Clémence a été victime d'un banal accident. Elle était en chaise, prête à rentrer ici, lorsque ses porteurs se sont querellés avec des laquais. Tous étaient ivres ; l'altercation a dégénéré en bagarre ; la chaise a basculé. Et voilà ! Un peu choquée, notre amie a été secourue par le concierge du Palais-Royal, monsieur Ibagnet, qui l'a hébergée cette nuit. Par un hasard heureux, je passais tout à l'heure justement dans les parages, au moment où elle sortait du palais.

Dans son miroir, Clémence vit le reflet de la porte se refermer sur eux. C'était bien imaginé cette histoire de chaise à porteurs, sourit-elle, amusée. Mais la suspicieuse Planchette risquait fort de ne pas y croire.

Bah, après tout, qu'elle pense ce qu'elle veut, rien n'avait, soudain, beaucoup d'importance et le sourire de la jeune femme s'effaça aussi vite qu'il était apparu. En face d'elle, sa propre image lui semblait appartenir à une étrangère au teint blafard, au regard éteint. Un grand vide se faisait dans son esprit où même le nom d'Alvaro, sa folle passion, ne suscitait pas de véritable écho. Docilement, elle se laissa déshabiller par Naïg puis revêtir d'une chemise et d'un peignoir fraîchement lessivés et repassés. Mais elle refusa avec dégoût le bol de chocolat que la petite servante voulut lui préparer comme chaque matin. Clémence souffrait encore d'indigestion. Le rappel du champagne et de tout ce qu'elle avait consommé à la table de Philippe d'Orléans, sans compter le souvenir des scènes dont elle avait été le témoin plus ou moins actif, suffisaient à lui donner de nouveau envie de vomir.

– Je ne suis pas faite pour de tels excès, soupira-t-elle en se glissant entre ses draps.

Plusieurs visites émaillèrent la journée sans réussir à la faire émerger totalement de sa torpeur.

Tout d'abord Josselin vint lui dire au revoir :

– Sois prudente, ma princesse, lui recommanda-t-il à l'oreille.

— Tu reviendras? marmonna-t-elle, somnolente.

— J'essayerai. Dors.

Environ une heure après, un paquet fut remis à son adresse. C'était son petit manteau que lui renvoyait le Régent: «Tu t'es sauvée bien vite, ma Brette. En m'éveillant ce matin, j'ai eu l'impression que tu n'avais été qu'un beau songe. Me feras-tu encore rêver?»

Clémence eut tout juste le prudent réflexe de glisser ce billet signé Philippe sous son oreiller afin de le soustraire au nez de fouine de madame Planchette.

Dans l'après-midi, elle reçut un autre message. C'était Alvaro qui remettait leur rendez-vous de ce soir à une date ultérieure. Ce qui aurait ordinairement contrarié Clémence, aujourd'hui lui convenait. Elle se sentait encore si lasse!

Tellement lasse, qu'Yvonne Planchette avertie par Naïg s'alarma. L'heure du dîner était largement dépassée sans que la jeune femme eût fait l'effort de quitter son lit. Cet accident de chaise avait-il été plus grave que Josselin Le Rik ne l'avait raconté? De fait, cette histoire paraissait bien louche et la vieille dame n'en était pas entièrement dupe. Qu'est-ce qui pouvait justifier cette fatigue, ce refus de se nourrir?

Brusquement, son visage s'illumina. En admettant qu'il y ait eu effectivement un accident, ce n'était peut-être pas la véritable cause de ce malaise. Madame Planchette n'avait pas eu personnellement d'expérience en ce domaine – Dieu ne l'avait pas permis – cependant elle n'était pas ignorante. Il y avait déjà plusieurs jours qu'elle observait certains signes chez Clémence, soupçonnant quelque chose.

Très excitée, elle envoya Hyacinthe à la recherche d'un médecin. Le domestique revint bientôt avec un vieillard à la voix et aux gestes très doux que Clémence ne voulut pas recevoir dans un premier temps mais avec lequel, de mauvais gré, sur l'insistance de son entourage, elle finit par s'entretenir seule à seul, un long moment. Quand le médecin fut parti, madame Planchette put se féliciter de son flair, Naïg et Hyacinthe féliciter tout simplement leur jeune maîtresse: le médecin venait de leur annoncer que Clémence attendait un enfant.

– Je le savais! Je le savais, ma mignonne. C'est votre mari qui va être heureux. Vous devez lui écrire immédiatement. Guillaume doit être le premier informé.

– Je le ferai, bien entendu.

– Souhaitons que le Régent le rappelle vite d'exil et que vous puissiez retourner en Bretagne avant la fin de l'automne pour y faire vos couches, reprit madame Planchette.

– Oui, oui c'est à souhaiter, répondit Clémence machinalement, en fermant les yeux.

La voyant prête à se rendormir, son amie se retira sur la pointe des pieds, suivie de Hyacinthe qui grommelait, tout ému :

– C'est monsieur vot' père qui aurait été content. Fier et content...

Que tu crois, mon bon Hyacinthe, se dit Clémence, pelotonnée au fond de son lit.

Son père si rigoriste en matière de morale n'aurait certainement pas approuvé sa conduite. Elle n'avait aucun doute là-dessus. Elle avait été inconsciente et légère, tout abandonnée au plaisir sans en mesurer les conséquences. Prétendre qu'elle se réjouissait de la nouvelle aurait été faux. Ce que lui avait appris le médecin l'avait abasourdie mais les faits étaient, hélas, bien là, impitoyables; il suffisait de savoir compter. Guillaume avait reçu l'ordre de gagner Auch à la mi-mars; l'enfant avait été conçu mi-avril. Il n'était pas de son époux mais du comte Alvaro Cifuentès de Valiente, son amant. La naissance prévue pour la fin de l'année, en principe, aurait donc lieu avec quatre ou cinq semaines de retard sur la date, disons «légitime». Comment Clémence allait-elle pouvoir justifier une grossesse de dix mois?

Elle trouverait; elle s'arrangerait; elle n'était plus à un mensonge près maintenant, elle qui naguère s'estimait si scrupuleuse. Son expérience toute neuve pourtant la menait à comprendre que la vie n'était pas la route droite et dégagée qu'elle s'était imaginé suivre, forte de ses bons préceptes. L'amour, les égarements sensuels l'entraînaient sur des voies de traverse sans doute enivrantes mais où le risque de se perdre n'était pas négligeable. Clémence s'était crue

17

libre, à tort. Elle était femme et donc soumise aux lois; celles de la nature la rappelaient durement à l'ordre.

En d'autres circonstances, peut-être aurait-elle été heureuse de porter l'enfant de don Alvaro, mais présentement, elle se sentait prise au piège. Elle ignorait même si son amant apprécierait sa future maternité.

Désemparée, inquiète de tout ce qui se tramait dans le secret de son corps, elle décida que mieux valait se taire. Elle n'écrirait pas à Guillaume, elle ne dirait rien encore à Alvaro. Elle aviserait le moment voulu. Elle aurait souhaité tout oublier, remonter le temps, se retrouver chez elle, à Lanloup, sous la bienveillante protection de son père. C'était impossible, Jean-Baptiste de Trémadec était mort, en partie à cause d'elle.

A qui pouvait-elle se confier? A Josselin, son plus ancien ami? Son seul ami...

Clémence pleura beaucoup puis se réfugia dans un sommeil haché de longues plages de veille pendant lesquelles ses idées continuaient leur foisonnement confus.

A propos de Josselin, précisément: elle avait des questions à lui poser; quelque chose dans sa conduite n'était pas très net. Son employeur, par exemple, qui était-il? Un financier dont on ne savait ni le nom, ni l'adresse. Ce financier semblait accorder une grande confiance au jeune homme, jusqu'à lui donner des papiers importants à porter au Régent en pleine nuit. C'était curieux. Il était de notoriété publique que Philippe d'Orléans se retranchait dans ses appartements privés sitôt le soir venu et oubliait les Affaires, refusant systématiquement ce qui ne concernait pas ses plaisirs. Or, Josselin s'était trouvé sur le coup de minuit – heureusement d'ailleurs pour elle, Clémence ! – dans un salon privé, inaccessible à tout visiteur ordinaire.

Autre détail: la réaction de Hyacinthe à leur retour ici. Certes, le Breton n'était pas démonstratif mais Clémence avait remarqué, en dépit de sa propre faiblesse, que son serviteur n'avait pas paru surpris le moins du monde. Cela signifiait-il qu'il savait déjà Josselin à Paris?

Clémence évoqua une fois de plus l'épisode de la rue

de la Huchette. Le fil de son intuition la guidait vers des pensées de plus en plus embrouillées, des souvenirs flous qu'elle n'arrivait pas à redessiner malgré toute sa volonté. Que d'impressions étranges et fortes pourtant!

Interrogé, Hyacinthe nia être au courant des faits et gestes de Josselin Le Rik qu'il revoyait ici pour la première fois depuis Dinan. Clémence se promit de tirer tout cela au clair dès que possible, un peu déçue de ne pas recevoir la visite du jeune cachottier. Elle éprouvait toujours un intense besoin de repos, ce que le médecin, rappelé par madame Planchette, encouragea, prescrivant du lait de poule et de légers potages.

Traitement qui s'avéra efficace. Environ huit jours plus tard, Clémence se leva un beau matin, fraîche et dispose, libérée de ses nausées. Sans doute avait-elle minci, mais c'était toujours cela de gagné sur les rondeurs à venir. Son état, qui ne se devinait pas encore, ne serait pas une entrave avant longtemps. Clémence pouvait continuer à vivre comme si de rien n'était.

Elle fit part de sa résolution à madame Planchette:

— Je crois préférable d'annoncer de vive voix ma grossesse à mon mari. Notre correspondance est interceptée par la police avant de nous être remise. J'estime qu'une nouvelle aussi intime ne regarde pas ces mouchards.

Yvonne Planchette l'approuva tout en faisant néanmoins observer que Guillaume risquait d'être privé de cette joie pendant de longues semaines.

— Pas tant que cela, répondit Clémence. Le Régent m'a certifié que bientôt les Bretons verraient la fin de leur exil.

Son visage affiné, mûri, restait indéchiffrable. La vieille dame avait beau l'étudier, il lui était impossible de deviner si la perspective de ce retour la réjouissait.

— Vous me paraissez soudain porter une grande confiance au Régent, ma chère petite.

— Je vous l'ai déjà dit, Yvonne. Le duc d'Orléans est un homme plus ouvert, plus généreux qu'on le raconte. Il n'est pas hostile à toutes les revendications de la Bretagne.

— Il vous a enrôlée sous sa bannière, en tout cas, glissa madame Planchette, aigre-douce.

Elle touchait un point sensible, cependant mieux valait ne pas rétorquer. C'est vrai que ses préventions à l'égard du Régent avaient été fortement ébranlées par la sympathie spontanée qu'elle avait ressentie pour lui, malgré tout ce qui s'était passé lors de cette soirée mémorable. Malgré le fait que cet homme, détesté d'une grande partie du royaume, fût également la cible de farouches conspirateurs, le comte Alvaro Cifuentès de Valiente en tête !

Tiraillée entre des élans contraires, Clémence fit comme elle l'avait décidé au sujet de l'enfant qu'elle portait : elle écarta ces pensées dérangeantes. Du reste, elle oublia vite le Régent, impatient de revoir Alvaro après cette petite séparation forcée. Maintenant qu'elle était rétablie, elle trouvait curieux qu'il ne lui ait envoyé aucun autre message. Son intendant Alonso n'était pas non plus revenu la chercher avec le carrosse comme l'habitude en avait été prise depuis deux mois. Hyacinthe le lui aurait signalé. Bien sûr, ce ne devait pas être surprenant quand on connaissait l'ampleur de la mission du comte au service de l'Espagne. Toutefois, Clémence ne pouvait jamais se défaire de la crainte sournoise que son amant ne disparût soudainement de sa vie. Tout un pan de sa personnalité lui demeurait mystérieux, l'impressionnait. Mais n'était-ce pas aussi la raison de la fascination qu'Alvaro exerçait sur elle ?

Surmontant sa timidité latente, la jeune femme décida de se rendre à l'ambassade d'Espagne dès l'après-midi. Bien entendu, Yvonne Planchette désapprouva cette sortie qu'elle jugeait prématurée. Elle y fut encore plus hostile lorsqu'elle comprit que sa présence n'était pas souhaitée. Clémence allait-elle recommencer ses extravagances ? Elle s'était montrée singulièrement indépendante depuis le départ de Guillaume, accumulant les soirées mondaines, les couchers tardifs. Soi-disant pour la cause bretonne ! Madame Planchette ne doutait certes pas de la loyauté de sa protégée envers leur province mais elle se méfiait des rencontres possibles. Si jeune, si belle, si ardente,

Clémence du Restou pouvait être une proie facile dans ce monde dissolu.

Un peu sermonnée, cette dernière accepta finalement d'être escortée par Hyacinthe.

L'Hôtel Colbert qui abritait l'ambassade d'Espagne donnait toujours aux passants l'impression d'avoir été plus ou moins déserté. Son grand portail s'ouvrait rarement sur sa cour. Mais Clémence savait qu'il ne fallait pas se fier à ce calme apparent et que ces murs tranquilles cachaient en fait une intense activité. Il suffisait d'aborder l'Hôtel par ses arrières, rue Vivienne, pousser un portillon discret que les habitués connaissaient bien, traverser un jardin abrité pour se retrouver parmi la foule disparate, bourdonnante, de ceux qui venaient proposer leurs services au roi d'Espagne. En contrepartie, de beaux ducats d'or distribués avec largesse par l'ambassadeur récompensaient leur adhésion.

Pour Clémence, ce portillon était surtout l'accès au Palais des Félicités. Depuis deux mois, elle ne l'avait jamais franchi sans vibrer de hâte et de désir.

Hyacinthe reçut l'ordre de l'attendre dans la rue, ce qu'il n'eut pas l'air d'apprécier. Qu'allait-elle encore faire chez ces moricauds? Le Breton continuait à se méfier des Espagnols et il eût aimé voir sa jeune maîtresse agir avec plus de réserve et de discernement, surtout maintenant qu'elle allait être mère. Mais il ne lui appartenait pas de la juger. Il pensa aux recommandations de Josselin Le Rik. Pour le moment, il n'y avait rien d'autre à faire que d'être vigilant.

Sans se douter des soucis que sa conduite occasionnait chez ses fidèles, Clémence traversa vivement l'antichambre bondée, suivit un couloir étroit et retrouva l'escalier dérobé qui menait chez Alvaro.

Elle frappa une fois, puis une autre, anxieuse tout à coup en constatant que l'on tardait à lui répondre. Enfin quelqu'un ouvrit. Ce n'était pas l'un des domestiques du comte mais un petit homme tout en rondeurs qui s'apprêtait à quitter l'appartement. Son regard myope, naïf et bon s'illumina à la vue de Clémence.

— Mademoiselle! Quel plaisir! Comment allez-vous?

Elle avait reconnu le bonhomme Buvat, celui qui la première fois l'avait aidée à pénétrer dans l'ambassade. Par simple réflexe de courtoisie, elle lui sourit pour lui répondre:

— Bien, merci. Et vous-même?

Il avait l'air épuisé. Employé à la Bibliothèque royale, Jean Buvat arrondissait un revenu modeste en recopiant toute la correspondance de l'ambassade d'Espagne, la qualité de son écriture ayant été remarquée par l'abbé Brigault, un familier de la duchesse du Maine, qui l'avait recommandé à l'ambassadeur, monsieur de Cellamare. Les pleins, les déliés, une orthographe irréprochables: Buvat se flattait d'être en quelque sorte un artiste de la plume.

— Mes rhumatismes me font toujours souffrir, soupirat-il appuyé sur une canne épaisse. Je boite plus que jamais.

Tout heureux de pouvoir se plaindre, fondant devant ce beau et bienveillant minois, il ne s'arrêtait plus:

— Certains jours, «je ne peux ni ôter mon bonnet de nuit, ni mon chapeau, ni ma perruque, ni mettre ma cravate, ni tourner la tête à droite ou à gauche. Dieu merci, je m'en trouve quitte par une sueur abondante qui me vient la nuit naturellement».

Les récits des douleurs et des sueurs de Buvat commençaient à faire perdre patience à la jeune femme.

— Le principal est que je puisse écrire, continuait le copiste. J'ai ici un travail fou, des piles de lettres, de dépêches à mettre au propre. Ces Espagnols ont la manie de la paperasse.

Clémence compatit juste ce qu'il fallait pour ne pas blesser Buvat avant de revenir sans plus tarder à ses propres préoccupations:

— N'y a-t-il donc personne dans cet appartement? J'ai frappé en vain.

— Vraiment? Je ne sais. J'étais occupé dans un petit bureau à part où m'avait installé une espèce d'avorton qui travaille ici. Par la porte entrebâillée, j'ai seulement vu que cette affreuse créature introduisait une jeune dame. Elle doit se trouver dans l'un des salons.

Jean Buvat disait cela sans malice, sans se douter que

déjà la jalousie griffait méchamment Clémence. L'avorton, c'était Isidorio Maripo, le zélé serviteur du comte de Valiente. La jeune dame en question était-elle une visiteuse venue pour affaires ou une nouvelle conquête du comte ? Don Alvaro était-il en train de la tromper en ce moment, dans la pièce voisine, dans cette alcôve où elle-même s'était si souvent pâmée ?

Le feu aux joues, cette fois-ci elle ne fit pas de manières pour prendre brutalement congé du pauvre Buvat. D'un pas guerrier, elle pénétra dans l'appartement, prête à affronter, voire à écharper une éventuelle rivale.

A cet instant, apparut une femme juste en face d'elle qui sortait de la chambre d'Alvaro. Habillée élégamment quoique sans tapage, elle relevait son capuchon sur ses cheveux blond cendré. Son visage aurait été insignifiant s'il n'avait été pétri d'intelligence et de vivacité.

— Madame, fit-elle avec un cordial signe de tête.

— Bonjour ! marmotta sèchement Clémence en la jaugeant.

Ce n'était pas une créature vulgaire et peinturlurée, ni une grande dame sûre d'elle ; pas même une simple jolie femme. Cependant, elle ne pouvait passer inaperçue. D'ailleurs, il semblait à Clémence la connaître.

— Nous nous sommes déjà rencontrées, madame, disait-elle justement. Je suis Rose Delaunay, la suivante de qui vous savez. C'était à l'Arsenal...

Elle chuchotait ces phrases avec un sourire, exagérant des mines de conspiratrice.

Mademoiselle Delaunay, la suivante de la duchesse du Maine ! Elle était en effet présente à la réunion secrète, tenue le mois dernier par les opposants à la Régence, la duchesse en tête !

— Vous venez voir le comte de Valiente, reprenait Rose Delaunay, très à son aise. Quel homme charmant, n'est-ce pas ?

— En effet, dit Clémence toujours sur la défensive.

— Eh bien, madame, au revoir. Nous aurons sans doute l'occasion de nous retrouver.

— Sans doute.

Isidorio, jusqu'ici demeuré dans l'ombre comme à son

habitude, surgit en se dandinant sur ses jambes torses, un rictus, qui se voulait aimable, découvrant ses chicots. Il reconduisit la visiteuse que Clémence regarda partir à demi soulagée. Sûrement Rose avait été chargée par sa maîtresse d'un message pour Alvaro. Rien de plus. La duchesse s'était fortement engagée à soutenir le roi d'Espagne contre le Régent. Pourquoi craindre le pire, imaginer son amant attiré par cette fille sans charme ? Puis Clémence se sentit soudain observée à son tour. Elle se retourna. Sur le seuil de sa chambre, don Alvaro l'observait, appuyé au chambranle, bras croisés, son œil noir semblant lire à travers elle.

— Que pensez-vous de mademoiselle Delaunay ? lui demanda-t-il.

— Je la connais trop peu pour m'être fait une opinion à son sujet, répondit-elle d'un ton pincé.

L'Espagnol souriait :

— C'est une personne d'esprit, dévouée à madame du Maine. Elle contribue beaucoup, paraît-il, au succès des fêtes que la duchesse donne à Sceaux. Avez-vous remarqué combien cet esprit la rend attrayante ?

— Assez attrayante pour en faire votre maîtresse, peut-être ? riposta Clémence tremblant intérieurement de sa propre audace.

Elle s'avança néanmoins jusqu'à lui et, par-dessus son épaule, jeta un regard inquisiteur sur la chambre comme pour y découvrir les preuves d'une trahison. En même temps, elle aurait voulu ravaler ses paroles, maudissait sa maladresse. Quelle mouche la piquait ? Il suffisait donc de croiser une femme au voisinage d'Alvaro pour s'abaisser à lui faire une scène de jalousie ?

Elle sentait sur elle tout le poids de son ironie. Elle percevait aussi la chaleur de son corps et ne pouvait se défendre contre le trouble qu'il savait si bien faire naître dans le sien.

— Ma maîtresse ? Ma foi, pourquoi pas ? glissa Alvaro en prolongeant le jeu avec cruauté.

— A votre aise, si vous aimez le genre chat maigre !

Il se mit à rire et l'empêcha de faire demi-tour pour étouffer contre lui son indignation, ses protestations.

— Tu ne devrais pas te moquer de la maigreur de Rose car tu me parais toi-même un peu déplumée, golondrina★, fit-il après l'avoir palpée d'une main experte.

Elle craignit de n'être déjà plus aussi désirable que naguère mais sa peur se dissipa vite car, d'instinct, elle devinait les fougueux appétits de son amant, sachant qu'il ne leur lâcherait la bride qu'après de savants préliminaires, mettant ainsi les nerfs au supplice. Et la mettant, elle-même, toute à sa merci.

Au fond de l'alcôve tendue de cuir, Clémence n'eut bientôt aucun mal à oublier Rose et le reste du monde.

Plus tard, lorsque Isidorio, qui paraissait toujours guetter la fin de leurs ébats, leur eût servi du café, elle constata qu'Alvaro était encore plus pressé que d'habitude de quitter le divan, de retrouver ses occupations. Elle s'attendait à ce qu'il la questionnât sur sa rencontre avec le Régent. N'avait-elle pas annulé l'un de leurs rendez-vous pour se rendre au Palais-Royal? D'avance, la jeune femme s'était sentie embarrassée à l'idée de lui donner des explications. Or, cette rencontre avait dû lui sortir de la tête car il n'en parla pas. Tout comme il ne s'inquiéta pas de savoir à quoi elle avait pu occuper ces huit derniers jours où ils ne s'étaient pas vus. Soulagée, elle écouta le comte lui confier que les projets ébauchés à l'Arsenal avec la duchesse du Maine, l'ambassadeur Cellamare et tous les sympathisants à l'Espagne, prenaient forme. Bientôt, la France pourrait respirer, dirigée par des mains compétentes.

Les projets? Lesquels? Il s'était dit tant de choses contre le Régent! Clémence aurait aimé en apprendre davantage mais on vint avertir Alvaro que quelqu'un le demandait. Elle resta donc seule achevant son café, un peu songeuse. Puis, après s'être rhabillée, elle s'approcha d'une table jonchée de lettres et de documents. Parmi eux, Clémence aperçut un plan grossièrement dessiné. On y devinait le tracé de la Seine au sortir de Paris, des routes ponctuées

---

★ Hirondelle.

de noms de lieux et de villages, certains qu'elle connaissait, pour les avoir entendu mentionner. L'un d'eux était souligné et marqué d'une croix rouge.

Elle s'éloigna de la table dès qu'elle entendit Alvaro revenir.

– Excuse-moi. Un courrier est arrivé de Madrid. J'ai donné l'ordre à Alonso de te raccompagner.

L'heure n'était plus à l'amour. Ce n'était plus l'amant qui s'adressait maintenant à Clémence mais l'agent secret du tout-puissant ministre espagnol, le cardinal Alberoni. Alvaro cachait courtoisement, en véritable Grand d'Espagne, sa hâte de la voir partir mais elle la percevait et en était peinée, même si l'importance de ses responsabilités ne lui échappait pas. Quelle aurait été sa réaction si tout à trac elle lui avait lancé qu'elle était enceinte de lui ? Aurait-il pour une fois laissé sa mission à l'arrière-plan pour lui manifester un peu de tendresse ?

Pourtant, il tenait manifestement à elle, l'enveloppait toujours de sa flamme possessive.

– Je t'enverrai chercher dès que possible, fit-il alors qu'Isidorio annonçait que l'intendant avait sorti le carrosse et se tenait rue Vivienne. Mais tu dois comprendre qu'en ce moment...

Implicitement, Alvaro signifiait à Clémence qu'il était préférable de ne pas se présenter à l'ambassade à l'improviste et qu'il n'avait guère de temps à lui consacrer.

– Je comprends, fit-elle, en affichant un sourire dont elle seule connaissait l'amertume.

★<br>★ ★

Le soleil inondait la rotonde du Palais-Royal convertie en cabinet de travail, caressant les velours cramoisis qui tendaient les murs. Dans leurs trumeaux de bronze doré, de hautes glaces favorisaient ce bel effet de lumière, à tel point que la vue fragile du Régent en était blessée.

# CLÉMENCE ET LE RÉGENT

Assis à son bureau, se protégeant d'une main posée en visière sur le front, Philippe d'Orléans releva la tête pour accueillir avec affabilité l'homme qui le saluait :

— Monseigneur..., disait le lieutenant général de police Louis-Charles de Machault de ce timbre funèbre dont il jugeait bon d'user pour faire ses rapports.

Le Régent s'en amusait, trouvant Machault sympathique :

— Où en sont nos conspirateurs, monsieur le lieutenant général ? lança-t-il malicieusement.

— Ils s'activent plus que jamais, monseigneur. Il semble que le complot qui vous vise prenne tournure. J'ai ici, sur cette feuille, le compte rendu des mouvements de ces derniers jours, en particulier autour de l'ambassade d'Espagne.

— Voyons cela...

Le Régent approcha la feuille en question très près de ses yeux pour pouvoir mieux la lire puis se mit à rire sans bruit :

— Rose Delaunay, la suivante de la duchesse du Maine : Que vient-elle encore faire par ici ?

— Sa maîtresse l'a certainement envoyée en messagère. Monseigneur, vous voyez bien que madame du Maine est engagée à fond dans cette histoire.

Il y avait toute apparence, en effet. Pourtant, Philippe avait du mal à prendre l'affaire au sérieux. Il avait trop peu d'estime pour la duchesse, une femme imbue d'elle-même, affolée de grandeurs et d'ambition.

— Cette chère Ludovise se verrait bien en Régente de France, je sais, ironisa-t-il en se servant du rapport comme d'un éventail. Avec à ma place son mari, plus poltron qu'une poule. C'est grotesque !

— Monseigneur, vous considérez les choses avec beaucoup de légèreté. Ces gens-là veulent vous nuire.

— Je n'en doute pas, mais ils sont trop brouillons pour être efficaces.

Machault retint un soupir en ne pouvant s'empêcher de quêter par des regards circulaires un soutien auprès des secrétaires présents. Sans succès. En son for intérieur, il regrettait l'absence du ministre des Affaires Etrangères, l'abbé Dubois, toujours à Londres en négociations. Dubois, lui, ne minimisait pas le danger que représentait le panier de crabes qui grouillaient à l'intérieur de l'ambassade d'Espagne. D'ailleurs, ses hommes collaboraient avec la police.

— Monseigneur, il ne faut pas sous-estimer le rôle que joue Madrid derrière tout cela, insista Machault.

— Bien sûr. Mais jusqu'à preuve du contraire, je me refuse à croire que son ambassadeur, monsieur de Cellamare, œuvre à ma perte. C'est un homme plein de modération qui saura, le cas échéant, calmer les esprits, faire la part des choses.

Le Régent reprit la lecture du rapport qu'il tenait toujours :

— A propos de Cellamare, savez-vous s'il a reçu d'autres visites de notre jolie baronne ? Son nom n'est pas mentionné.

Le lieutenant général de police prit un ton confidentiel et se pencha par-dessus le bureau :

— Justement, j'allais vous en parler. La baronne du Restou s'est bel et bien rendue récemment à l'ambassade. Arrivée à pied, elle en est repartie environ une heure après, en carrosse, le même qui va la chercher chez elle, habituellement. Son nom ne figure pas ici car j'ignorais si vous... enfin si je devais... s'il fallait...

Le sérieux Machault s'était mis à bafouiller mais Philippe d'Orléans avait compris et le remercia :

— Vous avez bien fait. Le nom d'une personne que je considère déjà avec tant d'amitié n'a pas à être cité dans ce genre d'affaires. Merci, Machault.

Ce dernier s'inclina, écouta les instructions qu'on lui donnait, s'inclina encore avant de se retirer.

C'était l'heure où le Régent s'accordait une pause, se faisait servir un chocolat, s'en allait saluer sa femme et sa mère, recevait ses filles ou poussait jusqu'aux Tuileries pour rendre visite au roi. Aujourd'hui, il s'attarda quelques minutes dans son bureau, le temps de dicter un message qu'il signa. Qu'est-ce donc qui attirait la petite Bretonne chez Cellamare ? La jalousie était pour Philippe un sentiment inconnu. Tout de même, il enrageait de les imaginer dans les bras l'un de l'autre. Politiques, amoureux, ou les deux à la fois, leurs liens n'avaient aucune raison d'être ! Il était temps d'y mettre un terme. Et pour cela, il existait un bon moyen...

★
★ ★

— Vous n'irez pas, j'espère ?

— Et pourquoi non ?

— Votre récente mésaventure au Palais-Royal ne vous a donc pas suffi ?

— Quel rapport y a-t-il avec cette invitation ? Le Régent n'est pas responsable de ce qui m'est arrivé. Un accident de chaise peut advenir n'importe où dans Paris.

— Clémence, dans votre état, ne devriez-vous pas refuser certaines sorties, rester tranquille ?

— Tranquille ! Ne le suis-je pas ? J'étouffe entre ces quatre murs. Cette chambre est une cage, une prison ! Oui, c'est cela, une véritable prison. Mon état, dites-vous, ma pauvre Yvonne ? Mais si j'étais à Lanloup, mon état ne m'empêcherait pas de courir par les chemins, de galoper sur la plage, d'arpenter les prés et les bois. J'avalerais l'air par longues goulées ; je...

La nostalgie lui noya soudain le cœur à l'évocation des grands espaces qui entouraient son manoir, mais Clémence refusa de s'attendrir et préféra laisser sa peine se changer en agressivité dont madame Planchette fit les frais.

— Ce que j'en dis, c'est pour votre bien, ma chère petite enfant, fit cette dernière désarçonnée par son attitude.

— Cessez donc de m'appeler votre petite enfant ! s'écria Clémence exaspérée.

Elle n'en pouvait plus d'être traitée comme une gamine alors qu'elle brûlait de tant d'appétits. Femme ardente, amante passionnée, elle souffrait sous la coupe d'Alvaro, son trop bel étranger plus que jamais insaisissable. Elle se sentait frustrée dans sa chair, furieuse et humiliée de constater qu'elle dépendait à ce point de son bon vouloir.

Mais comment rompre ces chaînes? Elle avait attendu ces derniers jours qu'il la rappelât; aucun signe n'était venu. En revanche, elle avait reçu cette nouvelle invitation du Régent.

Bien entendu, échaudée par la tournure qu'avait prise sa première soirée au Palais-Royal, elle aurait pu se dérober, répondre qu'elle était souffrante. Pourtant, elle n'avait pas hésité longtemps pour accepter ce qu'elle considérait comme un agréable dérivatif à son obsession amoureuse. Du reste, il n'était pas question, cette fois-ci, de soirée mais d'une rencontre, un après-midi. Le duc l'Orléans proposait même de présenter Clémence à sa mère. Les Trémadec dont elle était la dernière descendante avaient toujours fréquenté la Cour et rendu hommage aux souverains, aux princes et princesses de sang royal. Elle n'esquiverait donc pas les devoirs de son rang. Comment une Yvonne Planchette qui avait toujours évolué dans le cercle étroit et sans grandeur d'une bourgeoisie de province pouvait-elle comprendre ces notions?

Si Clémence avait bien voulu faire preuve d'honnêteté vis-à-vis d'elle-même, sans doute aurait-elle avoué que ces notions recouvraient également la curiosité de revoir un homme qui lui avait plu.

Toutefois, dès qu'elle fut en présence du Régent, introduite très officiellement dans son cabinet de travail, elle dut bien reconnaître que cette attirance était intacte tout comme l'était le climat complice et léger, un peu malicieux, délicatement teinté de sensualité qui avait déjà baigné leur dernière rencontre. Sur un ordre discret, les secrétaires les laissèrent seuls devant des tasses et une chocolatière de vermeil.

— Il est un peu trop tôt pour le champagne, dit le Régent après avoir baisé la main de sa visiteuse. En fait, un bon chocolat constitue l'essentiel de mon dîner\*. Acceptez-vous de le partager avec moi?

— Volontiers, monseigneur.

---

\* Actuel déjeuner.

# CLÉMENCE ET LE RÉGENT

Il fit non de la tête, paraissant attendre autre chose de Clémence qui s'asseyait en face de lui, sur un canapé. Il avait l'air à la fois espiègle et timide, et le contraste était amusant entre ces façons juvéniles et son élégance princière, ses rondeurs d'homme mûr. Elle ne fut pas longue à comprendre ce qu'il voulait.

— Volontiers... Philippe, rectifia-t-elle.

Son visage était radieux, adorablement mis en valeur par de courtes mèches d'or bruni, retroussées en crochets sur le front et les tempes. Sa mise était simple, un taffetas vert pomme, sans dentelles, ni rajouts. Ses bijoux se résumaient en une petite croix étoilant sa poitrine et l'alliance qu'elle portait au doigt.

Cette femme devrait être pourtant couverte d'étoffes précieuses, de joyaux, se disait le Régent en la caressant doucement du regard. Son provincial de mari doit être économe, soit! Mais son amant? Cellamare est riche comme Crésus; sa générosité est proverbiale. Ne devrait-il pas la combler de présents? Ah, ma petite Brette est peut-être trop honnête pour les accepter.

De toutes manières, ses formes dignes d'un sculpteur exigeant, son teint nacré, ses yeux aussi brillants que deux chrysoprases valaient bien toutes les splendeurs du monde.

— Redis-le encore, pria-t-il en glissant le dos de sa main sur l'avant-bras nu de Clémence.

— Volontiers, Philippe.

Tout en se promettant cette fois-ci de rester prudente, elle se prêtait au jeu sans aucune gêne, naturellement. Quel mal y avait-il à goûter un moment de détente? Elle ne s'estimait même pas coupable à la pensée d'Alvaro. Auprès du Régent, il n'était question ni de passion, ni d'amour, pas même de véritable amitié. Seulement d'une petite bouffée d'insouciance et de bien-être. S'y ajoutait aussi une certaine fierté à être distinguée par le premier personnage du royaume après le roi. Clémence qui avait toujours tiré gloire de ses anciennes et nobles origines ne se sentait pas du tout déplacée sous les ors et la pourpre, dans la pièce où se menait la conduite de l'Etat.

Ils dégustèrent leur chocolat en devisant de tout et de rien comme de vieilles connaissances. Le Régent était assez habile pour nuancer son désir. Mais la jeune femme le percevait, trouvant la tactique plus troublante qu'une attaque directe, bien qu'elle n'eût pas l'intention de succomber.

– Je suis jaloux, avoua Philippe d'Orléans tout à trac, en reposant sa tasse avec un soupir.

Clémence prit le temps de s'essuyer les lèvres d'un petit coup de langue rapide mais suffisamment visible pour mettre son vis-à-vis en émoi.

– J'aurais cru qu'un sentiment aussi désagréable que la jalousie vous était inconnu, dit-elle en ayant l'air de beaucoup s'étonner. Jaloux de qui et pourquoi ?

– A cause de vous, j'en veux au prince de Cellamare.

La tête renversée en arrière, Clémence partit d'un rire franc qui acheva de faire tourner la tête au Régent, fasciné par ce cou, cette gorge offerts. Il lui prit la taille, se pencha sur elle :

– Tu ris, petit masque. Tu te moques.

– Parfaitement ! Car ce que vous dites n'a aucun sens, répondit-elle en réprimant un frisson au contact de ses baisers.

Elle ne voyait plus de lui que son dos puissant, moulé dans un justaucorps rouge, ses cheveux noirs frisés, à peine touchés de gris, aussi épais qu'une perruque. Elle y posa les mains, l'obligeant doucement à se redresser.

Si Clémence avait été une intrigante et une calculatrice, elle aurait pu en cette minute exiger beaucoup de Philippe d'Orléans et envoyer aux oubliettes ses maîtresses attitrées, mesdames de Parabère ou de Sabran – le Gigot et l'Aloyau – et toutes les petites danseuses de l'Opéra dont il s'entourait. Elle se contenta de savourer son propre pouvoir de séductrice devant ce visage sanguin ravagé par le désir.

– Je sais que tu continues à rendre visite à ce vieux beau à l'ambassade d'Espagne, insistait-il en continuant à froisser le taffetas vert pomme de son corsage.

Ainsi, il ignorait toujours la présence du comte de Valiente et, comme à leur précédente rencontre, il persistait à croire qu'elle était la maîtresse de Cellamare. Cette fois encore, elle jugea prudent de laisser planer le doute :

— Je crois vous avoir expliqué déjà que monsieur de Cellamare n'est rien de plus qu'un ami.

— Quoi ? Tu ne lui aurais rien accordé ?

— Moins qu'à vous, je le jure.

— Pas la moindre petite privauté ? Pas le moindre petit baiser ?

Il joignait le geste à la parole, effleurait Clémence des doigts, de la bouche, accentuait ses caresses avec cette science qu'elle avait déjà appréciée, à laquelle il était impossible de se soustraire. Ils finirent par chavirer sur le canapé, retrouvant mutuellement avec ivresse le goût doux-amer du chocolat sur leurs lèvres.

Tout à leur intermède voluptueux, ils n'entendirent pas la porte s'ouvrir lentement, pas plus qu'ils n'aperçurent la tête qui se glissa dans l'embrasure. Un œil sardonique les observa quelques secondes puis le battant se referma sans bruit.

Il fallut des coups répétés à une autre porte et la toux appuyée d'un valet pour que le couple se séparât brusquement.

— Monsieur le duc de Saint-Simon demande à être reçu par monseigneur. Il affirme être attendu.

— Oui, oui, c'était prévu en effet. Qu'il entre ! dit le Régent tout en arrangeant sa cravate de dentelle.

Peste ! Saint-Simon tombait à pic. Jamais au grand jamais, Philippe d'Orléans n'avait transformé son cabinet de travail en alcôve, réservant les heures tranquilles de la nuit pour ses plaisirs. Mais cette petite Brette lui faisait abandonner tout contrôle de soi. Elle était ensorcelante, fouettait comme nulle autre ses sens défaillants. Depuis combien de temps n'avait-il pas vraiment possédé une femme ?

A ses côtés, Clémence tapotait ses boucles, défroissait hâtivement sa robe en bénissant cette interruption. Cette fois-ci, elle avait bien failli perdre la tête. Avait-elle à ce point le diable au corps pour batifoler sur les canapés du Palais-Royal dès que le Régent posait les mains sur elle ?

La jeune femme réussit à adopter un air si guindé que Saint-Simon, pourtant très perspicace, ne se douta de rien.

# CLÉMENCE ET LE RÉGENT

C'était un homme brun déjà mûr, qui compensait une taille médiocre par un port orgueilleux et droit. Le duc possédait les manières parfaites de l'ancienne Cour, avec un rien de sec et de cassant. Intraitable sur le chapitre du rang, de la noblesse et de ses privilèges, il était sans concessions envers le genre humain, incriminant les bâtards royaux comme les nouveaux riches, les lâches comme les débauchés, les imbéciles comme les fanfarons. Remarquablement observateur et intelligent, il savait mieux que personne traquer les travers des uns et des autres, affichant ouvertement son attachement viscéral à des principes féodaux disparus depuis longtemps, de vieilles valeurs maintenant piétinées. Mais aussi curieux que cela pût paraître, lui, le passéiste, était attaché et fidèle au Régent, pourtant tout son contraire.

Ce dernier plaisanta en faisant les présentations :

– Madame du Restou, voici monsieur de Saint-Simon. Méfiez-vous ma chère. Rien ne lui échappe et il a la dent dure. Il n'épargne personne ou presque. Mais je l'adore. Pitié, duc, pour une amie bretonne qui ignore tout de notre monde.

Clémence se sentit examinée sans complaisance. Puis il parut que monsieur de Saint-Simon se détendait peu à peu. Une beauté juvénile et sans apprêt, une mine sage avaient-elles trouvé grâce à ses yeux ?

– Monsieur de Saint-Simon va nous accompagner chez Madame, ma mère, qui est informée de notre visite. Ne la faisons pas attendre.

Le Régent avait promis, en effet, de présenter Clémence à la princesse Palatine mais la jeune femme n'y avait pas vraiment cru. Prétexte ! avait-elle pensé. D'ailleurs, elle avait complètement oublié ce projet, étourdie de caresses, et lui aussi l'avait oublié. Pourtant, il tenait à montrer sa Brette en pleine lumière. Il avait compris, lors du souper qu'elle avait fui l'autre soir, qu'elle n'était pas de ces créatures vénéneuses qui la nuit hantaient clandestinement le Palais-Royal. La présence de Saint-Simon, véritable parangon de vertu, était en quelque sorte une garantie de sérieux auprès de Madame.

# CLÉMENCE ET LE RÉGENT

Dupe ou pas, monsieur de Saint-Simon ne fit cependant aucune difficulté pour remplir son rôle de chaperon.

Un prince charmant, élégant quoiqu'un peu gauche, un seigneur pétri de morgue, encadrant une très jeune femme fraîche et attirante dans sa robe vert pomme : telle était l'image que renvoyèrent les grands miroirs sur leur passage. Amusée, ravie, impressionnée tout à la fois, Clémence mesurait la distance franchie depuis son manoir perdu au bout des terres, jusqu'à la plus somptueuse demeure de France.

Se serait-elle sentie aussi forte et allègre si elle avait vu la personne attachée à leurs pas ? Au Palais-Royal, les domestiques, les familiers du Régent et de Mesdames – belle-mère, belle-fille – formaient trois petites cours distinctes qui cohabitaient dans une paix toute relative, en s'épiant mutuellement. Mais avec tant de monde au travers des escaliers, des galeries, des antichambres, il était facile de se déplacer sans être remarqué.

Celui qui suivait le Régent, le duc et Clémence vit de loin, avec un vif intérêt, le trio pénétrer dans les appartements de la princesse Palatine. Après la scène surprise tout à l'heure dans le cabinet de travail, il avait déjà matière à faire un croustillant rapport à quelqu'un qui, sans aucun doute, en serait fort intéressé.

La Palatine occupait plusieurs pièces dans l'aile Est. A contrecœur. Elle détestait Paris et le Palais-Royal qui « sentait le pissat », grognait-elle. Car la mère du Régent n'appréciait rien tant que la campagne et la forêt, l'espace et la vie champêtre, la chasse, les chevaux et les chiens. Du moins, ceux-ci pouvaient-ils l'accompagner en ville. Ils grouillaient donc, couraient partout, s'étalaient sur les tapis et les fauteuils. Madame prenait soin toutefois de les épucer régulièrement. Mais ce qui frappa Clémence ne fut pas cette invasion canine, pas plus que le contraste entre un désordre, assez chaleureux au demeurant, et la décoration un brin pompeuse, passée de mode, riche en objets de prix, en collections de médailles, une passion que la mère avait transmise au fils. Non, le plus surprenant était l'aspect de la

35

princesse elle-même. Enorme, dans un gros satin brun à brandebourgs, hommasse, laide à faire peur. Elle était d'ailleurs la première à reconnaître sa propre laideur – un visage de «chat-singe-ours» disait-elle – et toute sa vie avait fui les miroirs. Dans sa jeunesse, en Allemagne, la petite Liselotte aurait voulu être un garçon ; elle en avait la force, les aptitudes. Ironie du sort, on l'avait conduite à la Cour de France pour épouser le frère du Roi-Soleil, Monsieur, efféminé, enrubanné, précieux ! Il n'y avait jamais eu mari et femme moins assortis que ces deux-là !

Pourtant Madame parvenait à la longue à faire oublier son physique ingrat car elle était bonne et droite, ennemie des vices et de la fausseté. Son franc-parler lui faisait commettre nombre de bévues ; sa rudesse choquait. Elle n'en avait cure.

La Palatine adorait son fils le Régent. Elle ne l'avait giflé qu'une seule fois. C'était en public, à Versailles, lorsqu'il avait accepté contraint et forcé par Louis XIV d'épouser l'une de ses bâtardes. Car en dépit de sa simplicité, Madame ne transigeait pas avec le rang et la grandeur. Elle aussi appartenait à une époque révolue.

Dire qu'elle accueillit Clémence avec chaleur serait faux. Elle se méfiait trop du moindre jupon qui tournoyait près de son fils. Que cachait cette petite, sous sa mine ingénue ? Et ce lourdaud de Philippe qui insistait, vantait ses qualités ! En règle générale, il avait la décence de ne pas amener ses maîtresses chez elle. Avec ça, le duc de Saint-Simon qui servait de duègne ! La prenaient-ils donc pour une sotte ?

Au grand dam du Régent, l'entrevue menaçait de tourner au fiasco. Sa mère faisait l'affairée, prétextait des lettres à rédiger, des ordres à donner pour son prochain séjour au château de Saint-Cloud – «à l'air pur» ! – en ignorant ostensiblement Clémence dont elle avait seulement critiqué la robe, avec un effroyable accent germanique :

– Dans ce vert acidulé, vous ressemblez à un berlingot !

Ce qui dans sa bouche n'était pas un compliment.

La jeune femme encaissa la pique sans broncher, laissant Philippe la défendre en plaisantant :

– J'apprécie assez ce genre de friandises.

36

Le maladroit! Voulant bien faire, il avait encore commis une erreur aujourd'hui. Leurs rencontres étaient décidément toutes vouées à l'échec. D'ailleurs, elles ne rimaient à rien puisque Clémence ne tenait pas à allonger la liste de ses favorites. Dorénavant, elle n'avait qu'à mieux se conduire.

Froissée par l'attitude grossière de la Palatine, elle ne se sentait pas bien du tout. A elle non plus, l'air du Palais-Royal ne convenait pas. Fantaisiste dans ses repas, à cause de sa grossesse, elle se souvint de n'avoir pas mangé depuis la veille au soir. Insuffisant, le chocolat n'avait fait que lui ouvrir l'appétit. Voici que ses narines étaient titillées par un effluve agréable et familier que la présence de tous ces chiens à l'odeur pourtant forte ne parvenait pas à recouvrir. Elle retint l'envie brusque et saugrenue de courir aux cuisines de Madame où devaient se mijoter de bonnes choses, fit un effort pour ne pas bouger de son siège, pâlit.

Philippe s'aperçut le premier de son malaise puis Saint-Simon qui, du bout des doigts, agita son mouchoir devant Clémence tandis que la Palatine regardait avec mépris cette mauviette tourner de l'œil.

— Versez-lui de l'eau sur la tête! conseilla-t-elle brutalement.

— Non... non, pas d'eau, gémit Clémence.

Son étourdissement avait été bref. Maintenant, pressée par le Régent qui s'inquiétait vraiment de la voir dans cet état, elle créait la surprise en expliquant d'une voix affaiblie:

— J'ai... faim! Et cela sent si bon chez vous, Madame.

Pour le coup, l'énorme créature n'en crut pas ses oreilles. D'habitude, on lui reprochait plutôt de ne pas utiliser assez de parfums, de se faire servir aux repas de ces gros plats allemands qui laissaient traîner des relents de choux et de cochonnaille. Or, cette petite semblait justement l'en féliciter!

— Cela sent comme chez moi, à Lanloup, quand Martha, notre cuisinière, nous prépare sa potée, expliqua Clémence en retenant mal ses larmes.

Elle se sentit ridicule, demanda la permission de se retirer.

— Attendez un instant! lui intima la Palatine. Qu'y a-t-il dans cette potée?

La tournure de la conversation commençait à beaucoup amuser les deux hommes.

— Du chou, des oignons, du lard et des saucisses, répondit Clémence qui salivait au rappel de ces délices. Et aussi de l'andouille fumée.

Une lippe gourmande élargit le visage déjà bien rond de Madame.

— De l'andouille fumée ! Vous entendez mon fils et vous, monsieur de Saint-Simon, qui vous moquez toujours de moi ? Les Bretons sont des gens de goût.

En cinquante ans ou presque, elle n'avait jamais pu s'adapter à la cuisine française. Ses préférences culinaires avaient fait d'elle la risée de la Cour et, ô surprise, ce « petit bonbon vert » les partageait !

— Vous avez faim, dites-vous ?

Il suffit qu'elle aboyât quelques ordres pour que l'un de ses cabinets fût transformé en salle à manger. Sans écouter les protestations du Régent et de Saint-Simon, elle fit servir des chopes de bière et entraîna ses invités vers une table où bientôt apparut une pyramide de charcuterie et de chou fumant. Du chou allemand, cela allait sans dire, celui de France ne valant rien.

Adepte du champagne et de mets délicats, Philippe sentit son estomac se nouer.

— Pitié, mère ! implora-t-il. Vous savez que je ne peux rien avaler avant le soir. Et puis, le travail…

— Le travail vous attendra pour une fois ! trancha sa mère d'excellente humeur. Il ne sera pas dit que j'aurai laissé mourir de faim l'une de vos amies. Regardez-la ! Et vous aussi, duc, regardez madame du Restou, l'image même de la convoitise.

— C'est ma foi vrai, reconnut Saint-Simon.

Le rire les gagna tous trois et Clémence, sa gêne envolée, joignit le sien aux leurs tandis qu'un valet garnissait copieusement son assiette.

★
★ ★

— Etes-vous certain de ce que vous affirmez?

Les yeux très bleus de la jeune femme qui s'étonnait ainsi auraient pu être beaux sans l'expression un peu hagarde qui les voilait. En revanche, sa voix sifflante n'avait rien de flou, ni sa physionomie dure, hautaine. Rouge et débordante de graisse dans une robe violine, torsadée de perles, Marie-Louise, duchesse de Berry, surnommée Joufflote par le peuple en raison de son précoce embonpoint, toisait celui qui s'était pourléché tout en lui distillant ses informations.

— En êtes-vous certain? reprit-elle.

— Absolument. Votre père est en train de faire ripaille chez Madame avec ce cagot de Saint-Simon et la petite baronne. Le valet que j'ai interrogé m'a donné des détails précis. D'ailleurs, les relents de choucroute et de bière ont envahi toute l'aile Est. L'air y est irrespirable.

— Du chou et de la bière, en plein après-midi! dit Marie-Louise furibonde. «Lui» qui ne peut même pas avaler un biscuit de toute la journée. Et «il» a mené cette femme chez ma grand-mère!

— Après l'avoir troussée dans son cabinet, ne l'oubliez pas, ajouta son interlocuteur, sans scrupules quant à l'exactitude des faits.

Le fiel semblait mousser aux coins de ses lèvres.

— Je n'ai garde de l'oublier, coupa la duchesse froidement.

Elle avait de quoi s'interroger et sans doute de s'inquiéter devant de telles choses qui ne ressemblaient en rien à ce qui se passait d'ordinaire. Pourquoi, pour qui, tant d'honneurs et de fantaisies?

Complice de son père, il arrivait souvent à la duchesse de Berry de lui présenter de nouvelles filles. Elle connaissait ses préférences, savait qu'il ne serait pas esclave de ses liaisons, savait, en fait, tout de lui. Elle était sa préférée, parfois sa compagne de débauche lorsque, après s'être enivrés en compagnie, ils s'amusaient à crier des blasphèmes, à chanter des ordures. Le Régent lui passait tous ses caprices depuis qu'elle était enfant. Un jour – Marie-Louise avait six ans à peine – il l'avait emportée malade, mourante, loin des médecins impuissants à la guérir. Lui seul avait su la sauver. Dès lors, des liens bien plus forts que les liens du sang les attachaient l'un à l'autre. La peur, la souffrance, la mort vaincue mais frôlée de si près tissaient entre eux des sentiments que le commun des hommes était incapable de comprendre. On pouvait raconter, supposer n'importe quoi, Marie-Louise, pas plus que le Régent, ne s'abaissait à démentir les ragots. Elle s'estimait supérieure à tous et à tout, pareille à une divinité de l'Olympe qui ne connaissait de lois que ses propres envies.

A quinze ans, elle avait scandalisé la Cour de Versailles par ses soûleries et son dévergondage. Elle venait juste alors d'épouser l'un des petits-fils de Louis XIV, Berry, un brave garçon qu'elle avait considéré comme un imbécile et un gêneur mais qui avait eu le bon goût de la laisser veuve très vite. Violente, ambitieuse, gloutonne, excessive en tout, mettant son intelligence au service des pires excès, à vingt-trois ans, la duchesse de Berry ne tolérait aucun obstacle dans son existence qu'elle dévorait rageusement. Ayant toujours eu à ses pieds un père admiratif et indulgent, elle n'avait nulle intention de le partager avec qui que ce fût.

— Le Régent ne m'a encore jamais parlé de cette femme. Comment l'a-t-il rencontrée ?

Elle frappa le parquet du talon avec impatience, un geste qui fit trembloter ses bajoues.

— Répondez ! Que savez-vous d'elle ?

L'homme se dressa sur ses ergots. Sa peau avait assez le grain épais d'une crête de coq ; son habit en avait la couleur ; sa perruque en avait l'arrogance.

— C'est une provinciale. Son mari fait partie des contestataires qui ont semé la pagaille aux Etats de Bretagne.

— Une Bretonne, grimaça la duchesse, méprisante.

— En effet, arrogante et têtue comme les gens de sa race.

Marie-Louise plissa les yeux en l'observant. Pour un peu, elle aurait ri tant il avait mis de véhémence dans sa remarque :

— Mon cher, vous semblez bien la connaître et porter à cette affaire un intérêt tout personnel.

— C'est possible.

— Cela ne me dit toujours pas où mon père l'a rencontrée ?

— A l'Opéra. Dans une loge où je me trouvais moi-même et d'où je fus conduit à la Bastille, manu militari, à cause de cette femme justement, qui s'était mêlée de ce qui ne la regardait pas. C'est à elle que je dois d'avoir croupi trois mois en prison !

Loin d'attendrir la duchesse, le rappel de sa mésaventure l'amusa beaucoup :

— Eloignement qui nous a permis de mesurer l'attachement que nous vous portons, cher ami.

Puis son sourire disparut :

— Je comprends... A propos de votre affaire, murmura-t-elle, on a dit que cette femme était aussi audacieuse que belle. Est-ce vrai ?

— C'est vrai, reconnut-il. Clémence du Restou est superbe.

Tout le dépit, l'envie, la haine et la cruauté purent alors se lire sur le visage d'Emile de Japecaste.

— Nous allons vérifier cela de près, fit Marie-Louise à qui ces sentiments n'échappaient pas.

Ce jour-là, elle était en visite chez sa mère. Les deux femmes ne s'entendaient pas. La duchesse de Berry, par son mariage avec un petit-fils de France, avait droit au titre d'Altesse Royale. En l'absence de reine, elle était la première dame du royaume et le faisait sentir à tous, en particulier à sa grand-mère, à ses sœurs, et à sa mère. Marie-Louise reprochait sa bâtardise à la duchesse d'Orléans, simple Altesse Sérénissime, et la traitait de haut. Madame qui, pas plus que le Régent son époux, ne savait éduquer leurs sept enfants, supportait mal ces rebuffades. Mais sa nonchalance la tenait à l'écart des éclats. C'était une personne timide, secrète, intelligente, quoique ennemie du moindre effort. Elle passait le plus clair de son temps couchée. Lits, divans, bergères, canapés, satin bleu et blanc, pièces feutrées abritaient ses migraines. Elle dormait, prenait ses repas, jouait aux cartes avec ses rares amis, étendue comme une odalisque, le dos tourné aux réalités du monde. Mais si le Régent respectait sa « Madame Lucifer «, ses filles non.

La duchesse de Berry, qui habitait le Palais du Luxembourg et ne se déplaçait jamais sans un train d'impératrice, avait convié Japecaste, l'un de ses intimes, à se joindre aux dames de sa suite. Elle n'ignorait pas qu'il voulait rencontrer le Régent afin de s'assurer que celui-ci ne lui tenait plus rigueur du scandale de l'Opéra. Mais sans crier gare, Japecaste lui avait faussé compagnie dès leur arrivée au Palais-Royal, un manquement à la politesse et aux règles qu'elle avait eu l'intention de vertement lui reprocher. Lorsqu'il était réapparu, très excité, désireux de lui parler sur-le-champ, Marie-Louise avait quitté sa mère avec l'intention de le sermonner. Mais elle avait vite oublié ses griefs en l'écoutant raconter ce qu'il avait vu. Maintenant, elle n'avait qu'une envie : découvrir à quoi pouvait bien ressembler cette Bretonne. Comme son père ne pousserait sans doute pas l'outrance jusqu'à la présenter à son épouse, le mieux était de la guetter au sortir des appartements de la Palatine.

Philippe d'Orléans, le premier, déclara forfait, reposa sa fourchette, imité aussitôt par Saint-Simon qui estimait avoir suffisamment manifesté de respect envers la princesse en réussissant à avaler quelques bouchées de chou et de saucisses. Pour leur faire plaisir, Madame avait ordonné que la bière fût remplacée par un vin du Rhin, le seul qu'elle appréciait elle-même, quoiqu'elle bût modérément. Une véritable coulée d'or emplissait les verres en cristal de Bohême.

Clémence y toucha à peine mais, en revanche, elle engloutit le contenu de son assiette, étonnée par sa propre voracité, sous l'œil bienveillant de la Palatine. Avec simplicité, le mélange de fougue et de sérieux qui faisait son charme, elle évoqua sa vie en Bretagne, le souvenir de son père, répondant aux questions que tous trois lui posaient. Joviale et curieuse, Madame appréciait leur goût commun pour la nature. Elle aussi chérissait encore la mémoire de son père, l'Electeur du Palatinat. «Ce petit berlingot» pensait-elle était finalement quelqu'un de sain, de fidèle et de sensé. Philippe était donc capable de choisir ses relations quand il le voulait. Conquise, elle invita Clémence à séjourner prochainement à Saint-Cloud.

— Mon défunt mari a fait du château et du parc un endroit magnifique. Philippe vous y mènera. N'est-ce pas?

Le Régent le promit : la partie était gagnée.

Un cartel de bronze doré, sonnant cinq heures, sembla brusquement le rappeler à l'ordre. Sa mère s'en aperçut. Elle savait qu'on ne pouvait pas trop longtemps distraire ce bourreau de travail. Ce repas impromptu était déjà pour elle, qui se plaignait de ne pas le voir assez, un très beau cadeau.

Au moment où Clémence la saluait et la remerciait de son hospitalité, un peu confuse de s'être montrée affamée, la Palatine se mit à rire et lui glissa en aparté, de manière à ne pas être entendue du Régent et de Saint-Simon :

— Ne vous excusez pas, ma petite, c'est normal dans votre état.

Et comme Clémence manifestait à la fois sa surprise et sa gêne, la princesse, semblable à un gros gendarme hilare, précisa :

— Votre état, parfaitement. Je reconnais une femme enceinte. Moi aussi, en mon temps, j'étais prise d'envies subites. En attendant Philippe par exemple, je me serais damnée pour manger des cerises. Cela explique peut-être la couleur de son teint.

Clémence se mit à rire, elle aussi. Pour un peu, elle aurait embrassé Madame.

— Que vous disait ma mère de si drôle? lui demanda le Régent dès qu'ils furent dans l'antichambre.

— Des amabilités, répondit-elle d'un air énigmatique.

Elle était repue, éprouvait soudain le besoin de faire une petite sieste.

— Vous l'avez ensorcelée, magicienne, fit-il en lui baisant les doigts. Ah, que ne donnerais-je pour prolonger ces instants avec vous! Hélas, les audiences vont commencer. J'en ai jusqu'à ce soir. Mais nous reprendrons bientôt notre conversation, n'est-ce pas?

— Je suis aux ordres de monseigneur, fit-elle cérémonieusement, se sachant observée par Saint-Simon.

Le Régent chargea celui-ci de la raccompagner chez elle.

Ils étaient parvenus sur le vaste palier qui dominait

l'entrée principale du Palais-Royal. L'air malicieux et tendre, le Régent sortit un pli de sa poche et le donna à Clémence :

— Vous en prendrez connaissance chez vous et reviendrez me dire votre opinion sur le sujet.

De nouveau, il s'inclina sur sa main, y appuya les lèvres un peu plus qu'il n'était de coutume. Puis il la regarda descendre le grand escalier au bras de Saint-Simon. Il attendit qu'ils eussent disparu pour regagner l'aile Ouest et son cabinet.

Philippe d'Orléans se sentait rajeuni. Il était épris comme à quatorze ans, lorsqu'il était tombé amoureux pour la première fois, en l'occurrence de la fille du concierge du Palais. En plus, Clémence éveillait chez lui un instinct de possession qu'il avait toujours ignoré. Pas question, pensait-il, de la laisser retourner auprès de Cellamare, de prendre autant de libertés ! Dans le pli qu'il venait de lui remettre, il lui apprenait qu'il mettait fin à l'exil de son mari, Guillaume-Raoul du Restou. Cette décision était bien entendu dictée par la raison politique. Un geste de conciliation envers les Bretons apaiserait les mauvais esprits de la province. Mais des considérations d'ordre intime s'y ajoutaient également. On ne pouvait être jaloux d'un mari et du Restou saurait peut-être tenir sa femme, sans pouvoir, bien entendu, s'opposer à ce qu'elle fréquentât le Palais-Royal.

Tout à son ravissement, il ne fit pas attention aux deux silhouettes en partie dissimulées derrière les colonnes de marbre du palier.

— Alors, madame, qu'en pensez-vous ? demanda Japecaste.

La réaction de la duchesse de Berry lui procurait une intense et noire jubilation. Une réaction qu'elle ne cherchait même pas à dissimuler.

Son teint vif, déjà couperosé par l'abus des alcools et de la bonne chère, avait viré au ponceau. Tout ce qui pouvait être encore joli chez elle, ses traits réguliers, sa petite bouche spirituelle, était déformé par la rage et la jalousie mêlées d'une sourde inquiétude.

Pour la première fois, un sentiment d'infériorité ébranlait

sa superbe et elle en voulait terriblement à celle qui en était responsable : cette fille svelte, éblouissante que son père couvait d'un regard énamouré.

Marie-Louise se retourna sur Japecaste, parvenant dans un sursaut d'orgueil à reprendre contenance.

— Ce que j'en pense ? Ces Bretonnes n'ont aucun goût pour s'habiller. Ce vert pomme est à vomir ! Cependant, je concède que cette créature n'est pas mal. J'ai l'intention de l'inviter au Palais du Luxembourg afin de mieux la juger. Vous y serez, bien sûr. Je suppose, mon cher Japecaste, que vous avez envie de... disons de renouer avec la baronne ?

— En effet, très envie, ricana le vieil ennemi de Clémence.

— Avez-vous déjà eu, madame, l'occasion de rencontrer la duchesse de Berry ? demanda le duc de Saint-Simon tandis qu'ils gagnaient le quartier de Saint-Germain-l'Auxerrois où logeait Clémence.

Ce n'était pas loin. Il aurait même été plus facile d'effectuer le trajet à pied comme l'avait fait la jeune femme en début d'après-midi. Néanmoins, celle-ci appréciait le confort et le luxe de bon aloi du carrosse. Par la portière, elle voyait Hyacinthe les suivre en marchant de son long pas d'échassier. Les valets de Saint-Simon n'avaient pas daigné le laisser monter près d'eux. La morgue du maître rejaillissait sur les domestiques, conscients de servir un duc et pair de France.

Pour sa part, Clémence n'avait toutefois qu'à se louer des manières de Saint-Simon. La question qu'il venait de lui poser était empreinte de bienveillance.

— Je n'ai pas encore eu l'honneur d'être présentée à madame la duchesse de Berry, lui répondit-elle.

En vérité, elle n'avait fait que l'entr'apercevoir. C'était en février, le jour de son arrivée à Paris. Leurs équipages s'étaient croisés. Celui de la duchesse était somptueux, bruyant, dangereux ; la foule s'était écartée prudemment devant lui. Un galopin avait crié «Joufflote» à l'énorme jeune femme dont l'expression désagréable était frappante.

— L'honneur, oui, bien sûr, quoique... hum !... toussota

Saint-Simon qui, sans rien perdre de sa dignité aristocratique, adorait persifler. Vous savez, je connais la duchesse depuis sa naissance ; je me suis beaucoup démené pour qu'elle fasse un mariage flatteur et mon épouse est sa dame d'honneur, précisément.

D'évidence, le mot avait du mal à passer. Clémence avait soudain la curieuse impression que le duc cherchait à lui transmettre une sorte de message. De sa voix nette, un brin cassante, il continuait :

— Je peux donc porter ce jugement sans risque d'erreur : « La duchesse est un prodige d'esprit, d'orgueil, d'ingratitude et de folie, et aussi de débauche et d'entêtement. »

Rien que cela ! La mauvaise réputation de la duchesse était donc justifiée ?

— Peste, monsieur ! s'exclama Clémence qui préféra prendre sur un mode léger des propos si durs. Ce portrait ne donne guère envie de croiser l'original.

— Mieux vaudrait pour vous l'éviter, en effet ! lui recommanda le duc en se tournant aimablement vers elle, un demi-sourire sur ses lèvres minces.

Ses aversions comme ses sympathies étaient toujours tranchées ; il se flattait de savoir bien juger les gens. La baronne du Restou avait eu l'heur de lui plaire. Aura-t-elle compris son avertissement ? Sur le grand palier du Palais-Royal, Saint-Simon avait surpris Marie-Louise en train de les espionner. Son regard de folle posé sur Clémence lui avait fait froid dans le dos.

— Il n'est guère probable que la duchesse s'intéresse à ma personne. Cependant, je vous remercie monsieur de votre conseil.

Clémence était trop fine pour montrer son étonnement ; Saint-Simon devait avoir ses raisons en tenant de tels propos. Mais elle ne l'incita pas non plus à poursuivre dans la voie des commérages et il parut apprécier une telle attitude. Changeant de sujet, il plaisanta sur le « goûter » qu'ils venaient de faire et, quelques instants plus tard, déposa sa passagère chez elle avec toute la courtoisie possible.

Clémence oublia très vite Saint-Simon et ses mises en

garde, pressée de lire le papier que lui avait remis le Régent. Pendant que Naïg dégrafait un «corps» devenu bien étroit depuis qu'elle avait quitté la table de la Palatine, sans répondre à madame Planchette qui tournait autour d'elles, la jeune femme parcourut rapidement la grande écriture soignée puis, étonnée par ce dont on lui faisait part, s'assit lourdement sur son lit.

Sa pâleur était évidente.

– Une mauvaise nouvelle mon enfant?

– N... non, nón, Yvonne.

– Mais encore? Dites-nous. Qu'est-ce donc que ce papier?

– Un mot du Régent.

– Le Régent! grimaça Planchette. J'ai assez répété que rien de bon ne peut venir de cet homme-là. Il n'y a qu'à voir votre visage. Naïg, ouvre plus grand la fenêtre, apporte un linge humide. Mon Dieu, que vous veut encore le Régent?

L'agitation de la vieille dame achevait d'étourdir Clémence qui, tout en s'allongeant, murmura d'une voix éteinte:

– Il rappelle Guillaume à Paris. Tous ses amis bretons sont également autorisés à rentrer d'exil.

– Guillaume! De retour? Mais alors, c'est une bonne nouvelle!

– Quand je vous le disais, soupira Clémence qui n'avait même pas l'énergie de lui manifester son exaspération.

Naïg lui posa une serviette imbibée d'eau fraîche sur le front et lui servit un verre de sirop d'orgeat. Une belle journée s'achevait. La chambre était toute chaude d'un soleil encore éclatant à l'horizon panaché d'or, de rose et de mauve. Clémence demanda qu'on lui laissât la fenêtre entrouverte derrière les rideaux tirés. Elle voulait dormir, dit-elle.

Elle voulait surtout réfléchir, faire le point. Guillaume, de retour...

Comment aurait-elle pu s'en réjouir? Ils ne s'étaient pas vus depuis trois mois, un temps bien court pour elle et qui avait eu les couleurs dont se drapait le couchant, celles d'une passion flamboyante. Les couleurs de la liberté.

Elle devait prévenir Alvaro. Ils ne pourraient plus se voir sans contraintes. C'était injuste, intolérable. Elle ne voulait pas renoncer à leurs rencontres. Mais la présence de Guillaume gâcherait tout désormais. Clémence l'imaginait déjà, si heureux de la retrouver, si empressé. Il faudrait de nouveau supporter son amour insatiable. Elle en grondait de colère.

Puis ses sentiments se nuancèrent. Pauvre Guillaume ! Il n'y était pour rien. C'était le Régent qui venait brouiller les cartes en manifestant sa mansuétude. Quel jeu jouait-il donc ?

Mais devait-elle lui en vouloir à lui aussi ? Chacun avait à remplir un rôle et un devoir. Il n'y avait qu'elle, Clémence, pour se fourvoyer, le cœur à l'envers, avide de fruits défendus. Elle était mariée ; personne ne l'y avait contrainte.

Peu à peu, sa colère se mua en désarroi et en peine. Doucement, elle se mit à pleurer, consciente qu'une page d'insouciance et de plaisir se tournait.

Personne ! Il n'y avait plus personne ni aucune trace du comte de Valiente et de ses domestiques dans son appartement de l'ambassade. Clémence, qui s'y était présentée à la première heure après une nuit troublée, se crut transportée brutalement six mois en arrière, à Dinan, lorsque son amant avait profité de son sommeil pour partir, ne lui laissant qu'un mot d'adieu.

Aujourd'hui, c'était la même sensation de solitude et d'incompréhension devant les pièces trop bien rangées, débarrassées de tout objet personnel. Les chaises étaient sèchement alignées contre les murs de l'antichambre ; la garde-robe était vide ; une couverture était jetée sur le lit de l'alcôve plongée dans l'obscurité. Pour Clémence, ce recoin d'ombres représentait la caverne d'Ali Baba : les images d'instants passionnés y scintillaient comme autant de pierres précieuses.

— C'est impossible !

Elle tourna sur elle-même à la recherche d'un signe, d'un message qu'Alvaro lui aurait laissé, espérant voir surgir au moins Isidorio ou Alonso, l'intendant, qu'elle n'appréciait pourtant guère mais qui auraient pu la renseigner. Le silence de l'appartement n'était troublé que par le bruit de ses propres pas et les paroles qu'elle prononçait à voix haute :

— Que s'est-il passé ? Alvaro, tu ne m'as pas fait ça !

Elle ne pouvait croire à un abandon. Cette fois-ci, elle refusa de céder à l'angoisse et à la panique. Claquant la porte derrière elle, la jeune femme redescendit jusqu'au cabinet de Cellamare, le seul à être en mesure de l'éclairer. Par manque de chance, il était déjà sorti et son secrétaire, méfiant, refusa de répondre à ses questions. Sachant que le comte de Valiente tenait secrète sa présence à Paris, Clémence préféra ne pas insister. Elle reviendrait, verrait Cellamare.

Dans le couloir, elle tomba sur l'inévitable Buvat qui boitillait, l'air fatigué. Lui, peut-être, savait quelque chose.

En effet ! La veille au soir, en quittant assez tard son travail, le copiste avait remarqué un discret remue-ménage dans l'ambassade, un mouvement de voiture. Il lui avait semblé reconnaître, de loin, une dame : «Celle que vous-même avez croisée ici, dernièrement. Une blonde...»

Rose Delaunay !

— Cette dame est repartie accompagnée d'un gentil-homme que je n'ai pu voir, racontait Jean Buvat en notant la brusque rougeur qui enflammait les joues de Clémence. Mais ce dont je suis sûr, c'est de la présence avec eux de l'affreux nabot.

— Savez-vous où ils sont allés ? fit la jeune femme, criant presque.

— Non, je suis navré, répondit-il, tout malheureux de ne pouvoir davantage lui rendre service.

— Merci, monsieur Buvat.

Rose Delaunay ! Encore elle ! Clémence avait-elle donc eu raison de s'en méfier ? A moins qu'une fois de plus, cette femme n'eût été que l'envoyée de madame du Maine, char-gée de conduire Alvaro à un nouveau rendez-vous clandes-tin, éloigné de Paris ? Tôt ou tard, il y aurait une explication à tout cela. Pourquoi paniquer et se faire souffrir aussi vite ? Peut-être allait-elle trouver un billet d'Alvaro en rentrant chez elle ? Elle en avait soudain l'intuition, pressa le pas en traversant le jardin.

# CLÉMENCE ET LE RÉGENT

L'herbe et les roses s'alanguissaient car, bien qu'il fût encore tôt, la chaleur était déjà oppressante en ce début de juin et les insectes bourdonnaient, aussi lourds de pollen qu'après une journée de plein été. Mais sans rien voir, Clémence gagna le portillon et retrouva Hyacinthe qu'elle entraîna comme si le feu était à leurs trousses.

Son intuition ne l'avait pas trompée : quelqu'un avait déposé une lettre juste après qu'elle fût sortie. Madame Planchette la lui tendit, en contenant avec peine sa curiosité.

C'était bien l'écriture du comte : «Je m'absente pour peu de jours. Dès que possible, je vous donnerai d'autres nouvelles.» Il n'y avait pas de signature. Même le nom de Clémence n'était pas mentionné. En revanche, Alvaro avait dessiné un petit oiseau en guise d'en-tête, quelques traits noirs et fins, rappelant vaguement une hirondelle. Golondrina… Clémence crut entendre la voix grave de son amant le lui murmurer. Cette esquisse était mieux que rien ; il n'était pas prodigue en mots tendres.

Ce n'était donc pas tant sa retenue qui la chagrinait mais bien le fait qu'Alvaro fît tant de mystères. Aucune allusion à Rose Delaunay, ni à la duchesse du Maine ! Ce ne pouvait être par manque de confiance, puisque, déjà, Clémence avait participé avec lui à des réunions secrètes. Par excès de prudence, peut-être ? A moins que cette discrétion ne signifiât autre chose. Et si Alvaro était tout simplement parti en escapade galante ? Non, non, impossible !

Peu de jours, disait-il. Combien au juste ? Clémence craignait que son retour n'eût lieu après celui de Guillaume car, dans ce cas, elle ne le reverrait pas avant longtemps. Ou jamais, si son mari avait la possibilité de retourner prochainement en Bretagne ; avec elle, par la même occasion ! Elle serait bien obligée de le suivre !

A cette éventualité, le souffle lui manqua. Loin d'Alvaro, elle étoufferait, deviendrait aveugle.

«Et moi je ne vois rien quand je ne le vois pas*.»

---

* Malesherbe.

50

# CLÉMENCE ET LE RÉGENT

Dans quel sonnet avait-elle bien pu lire ce vers dont bizarrement elle se souvenait soudain ? La bibliothèque de Lanloup recelait peu de poésie et d'ailleurs Clémence n'avait jamais beaucoup apprécié ce genre d'ouvrages. Naguère encore, elle était une jeune fille bien trop réaliste pour cela, les pieds sur terre, la tête froide. Mais la passion avait tout changé. Fallait-il donc être soi-même amoureuse pour comprendre le langage des poètes ?

Tourmentée, elle passa la journée à réfléchir. Madame Planchette tenta vaillamment de la distraire avec ses petits travaux de couture. Elle avait entrepris, en effet, le trousseau du futur bébé. De son côté, Naïg apportait tout son savoir-faire. Clémence n'était pas maladroite ; simplement impatiente. Surtout aujourd'hui où elle dut fournir un gros effort pour tirer l'aiguille avec les deux femmes qui s'extasiaient devant les langes, bonnets, brassières, bavoirs brodés, s'empilant déjà dans une corbeille.

Où était Alvaro ?

N'y tenant plus, dans l'après-midi Clémence envoya Hyacinthe aux Tuileries puis à l'Arsenal, résidences de monsieur et madame du Maine. Le Breton revint plus tard pour lui apprendre que la duchesse était dans son château de Sceaux près de Paris, où elle avait pris ses quartiers d'été. Sceaux, oui, bien sûr. Une véritable Cour s'y était créée, des opposants à la Régence. Il y avait de fortes chances pour qu'Alvaro s'y trouvât.

N'empêche, sans ce brave Buvat, jamais Clémence n'aurait pu le deviner.

★
★ ★

— Tu sors ?

Clémence ne put dissimuler sa contrariété en découvrant Josselin en bas de chez elle, à l'entrée. Elle avait espéré longtemps sa visite, en vain. Comme un fait exprès, il se décidait précisément aujourd'hui où elle avait tout autre

51

chose en tête. Elle lui marmotta un bonjour pas très encourageant. Mais il en fallait plus pour intimider Josselin Le Rik, dans la mesure où cela même était possible.

— Où vas-tu ma princesse ? Tu me sembles bien décidée.

On ne peut mieux décidée, en effet, pleine d'ardeur, d'amour, de curiosité, de jalousie ! Décidée à en avoir le cœur net !

— Une véritable va-t-en-guerre, insista Josselin en la détaillant.

Malgré la chaleur, Clémence portait une grande cape, jetée sur une simple robe. Elle était bottée et coiffée d'un petit tricorne, à la manière d'un garçon, les cheveux noués sur la nuque.

Elle hésita avant de lui répondre. S'il avait été facile d'expliquer son départ à madame Planchette, elle redoutait un peu la clairvoyance et l'ironie du jeune homme.

— J'ai cru apercevoir Hyacinthe au loin avec des chevaux tout sellés, c'est pour toi ?

— Oui.

— Et où comptes-tu aller comme ça ?

Il ne la lâcherait pas, autant le lui dire :

— Je vais à Sceaux.

— Tiens donc ! Chez la duchesse du Maine, peut-être ?

— Exactement, fit Clémence en le dépassant pour sortir dans la rue.

Hyacinthe approchait ; elle lui fit signe de se presser, puis elle se retourna vers Josselin :

— La duchesse m'invite. C'est aimable à elle. Tu l'ignores sans doute mais autrefois mon mari faisait partie de ses pages. Elle ne l'a pas oublié.

Clémence avait raconté la même chose à Yvonne Planchette : le bon souvenir que madame du Maine avait conservé de Guillaume, d'où cette invitation à l'occasion d'une petite fête. Clémence avait fait passer la lettre d'Alvaro pour un message envoyé de Sceaux. L'absence de cachet sur le papier était normal ; elle soulignait la volonté de la duchesse de ne pas attirer l'attention du Régent. Cette fête était certainement prétexte à une réunion plus sérieuse.

Madame Planchette avait facilement accepté toutes ces raisons, pas mécontente que sa jeune amie s'éloignât de ses fréquentations parisiennes, en particulier du Régent. Malgré tout, elle aurait préféré la voir partir en meilleur équipage. Un carrosse, même de louage, aurait davantage convenu à son état. Mais Clémence l'avait rassurée : elle irait au pas, prudemment. Louer un carrosse coûtait bien trop cher.

Elle voulait surtout arriver à Sceaux sans attirer l'attention sur elle.

Adossé à la porte, face au soleil, Josselin sifflota quelques notes avant d'observer :

— Tu navigues chez les Grands de ce monde ! Après le Régent, madame du Maine. Au moins n'es-tu pas sectaire dans tes relations, preuve d'une largesse de vue. Bravo !

— Tu te moques de moi, Josselin.

— Dieu m'en garde, protesta-t-il la main sur le cœur.

Mais ses yeux avouaient le contraire. Clémence avait l'impression fâcheuse qu'il savait qu'elle mentait.

— Aide-moi plutôt à monter à cheval, lui dit-elle.

Il la prit par la taille, la souleva sans effort. Une seconde ou deux, il la tint fermement contre lui avant de la mettre en selle, en position d'amazone.

Si fine et si légère ! Cependant, il avait appris de Hyacinthe qu'elle attendait un enfant. De qui était-il ? Quelle folie avait-elle encore en tête ? Ce maudit Valiente était à Sceaux évidemment, et elle y courait. Pourtant, pas plus tard qu'avant-hier, elle était en compagnie du Régent. Quel jeu jouait-elle ? Se rendait-elle seulement compte de ce qu'elle faisait ?

Le geste à la fois doux et passionné de Josselin n'avait pas échappé à Clémence qui n'avait pu se défendre d'en être touchée :

— Si tu peux, reviens un autre jour, proposa-t-elle d'un ton plus aimable. Tu me parais bien occupé. On ne te voit jamais. Tu travailles trop.

Mais il n'avait plus l'air de vouloir plaisanter. Au contact de la jeune femme, tous ses désirs s'étaient réveillés, ainsi que sa colère de la voir entichée d'un autre au point de fleureter imprudemment avec un monde dangereux. Il sembla ne pas entendre ce qu'elle lui disait.

— D'après les bruits qui courent, tu es maintenant une grande amie de Philippe d'Orléans, fit-il d'une voix sourde.

— De simples bruits, rectifia-t-elle méfiante et un peu surprise, pendant que Hyacinthe fixait derrière elle un léger bagage.

Puis le Breton se mit en selle à son tour et se tint prêt à partir.

Josselin Le Rik, tout en retenant encore le cheval de Clémence, insistait :

— Si tu as le moindre crédit sur le Régent, tu devrais le mettre en garde. Toi, il t'écouterait peut-être : il ne serait pas bon pour lui de sortir de Paris en ce moment.

— Pourquoi ? Que sais-tu, Josselin ?

Ce sérieux ne lui ressemblait guère et, en cet instant, Clémence crut que l'ami connu depuis toujours, si familier, si rassurant, attachant malgré ses défauts, devenait un autre. Un personnage mystérieux, plus mûr, occupé de choses graves qu'il lui cachait. Puis tout aussi rapidement qu'elle lui était venue, cette impression disparut. Déjà, il avait repris son large sourire :

— J'en sais assez pour m'inquiéter de tes frasques, lança-t-il. Toi aussi tu devrais sagement rester chez toi, en attendant ton mari.

— C'est mon affaire ! rétorqua-t-elle en tirant sur sa bride.

Josselin la connaissait donc si mal pour s'imaginer qu'un tel conseil serait écouté ? Elle préféra se taire et, d'un coup de talon nerveux, diriger son cheval vers le milieu de la chaussée, entraînant Hyacinthe. Sur le pavé sec, les sabots claquèrent haut et clair. Mais au même instant, un homme s'avança au-devant d'eux. Il portait une livrée «ventre-de-biche», surchargée de nombreux galons d'or, une véritable châsse ambulante qui scintillait au soleil et s'attirait les moqueries des passants. Il marchait le nez en l'air, examinant chaque façade, avant de repérer la maison ventrue, au crépi jaune, où logeait Clémence. Celle-ci l'évita de justesse :

– Faites attention ! s'écria-t-elle avec humeur.

– On regarde où on va, grogna Hyacinthe.

– Excusez-moi, bégaya le valet. Peut-être pouvez-vous me renseigner. J'ai une lettre à remettre à madame la baronne du Restou mais je ne suis pas sûr de l'adresse.

– Je suis madame du Restou.

Cette livrée trop voyante évoquait vaguement quelque chose. Clémence en avait déjà croisé de semblables.

Tout content d'avoir si vite rempli sa mission, l'homme lui tendit un grand pli cacheté qu'elle ouvrit sans attendre, agacée par ce nouveau contretemps. Alors, brusquement, elle se souvint : la couleur «ventre-de-biche» habillait les serviteurs de la duchesse de Berry. Clémence en avait vu toute une nuée entourer son carrosse ; la duchesse qui la conviait pour le lendemain, à un souper, dans son «Hôtel du Luxembourg» !

La jeune femme eut un court moment d'hésitation. Que faire ? Remonter écrire sa réponse ? C'était encore perdre du temps, s'expliquer avec madame Planchette, supporter l'indiscrétion de Josselin toujours piqué sur le pas de la porte, qui l'observait d'un œil sombre. Et puis, qu'allait-elle répondre ? L'intérêt soudain que lui manifestait la duchesse la surprenait. Ce que lui en avait dit Saint-Simon ne la prédisposait pas à s'en réjouir. Par ailleurs, ignorant comment tournerait son expédition à Sceaux, Clémence n'était pas certaine d'être de retour demain. Or, rien ni personne, pas même un si haut personnage que la duchesse de Berry, n'aurait pu entraver son projet.

Sans se soucier de respecter l'étiquette, trop impatiente pour réfléchir davantage, elle s'adressa au valet qui la contemplait bouche bée :

– Allez dire à Son Altesse Royale que je suis flattée et la remercie. J'irai lui présenter mes hommages dès que possible. Des obligations urgentes, d'ordre privé, m'appellent en ce moment hors de Paris.

Il opina tout en s'écartant vivement car déjà elle mettait son cheval au trot, regardant droit devant elle, contrariée, tendue. Il lui semblait que le monde entier avait décidé de se liguer pour l'empêcher de rejoindre Alvaro, pour l'empêcher d'être heureuse.

*
* *

— Elle refuse mon invitation ! Elle ne prend même pas la peine de m'écrire. Elle traite avec mon valet, en pleine rue !

Elle, elle, elle ! Une petite provinciale de rien du tout qui traînait sous ses semelles toute la crotte de la Bretagne !

Marie-Louise de Berry suffoquait, énorme, suante, parmi un monceau d'oreillers et de coussins. Dans la chambre au luxe tapageur, son lit dressé sur une estrade en bois doré prenait des allures de navire ; sa coque était d'or toute sculptée de petits amours ; des voiles de gaze brodée retombaient mollement d'un dais en forme de couronne.

— Elle ose prétexter des obligations d'ordre privé, relança-t-elle en prenant une voix minaudière avant de rugir vulgairement : je t'en foutrais, moi, des obligations !

— Calme-toi, ma grosse poule, sinon tu vas encore vomir ton dîner, lui dit un homme assis à son chevet.

— Aucune importance, fit une femme installée de l'autre côté du lit. Cela lui donnera une occasion de remanger.

Cette femme était brune et jolie, les yeux fureteurs, le ton câlin. C'était madame de Mouchy. On ne savait trop d'où elle sortait mais elle avait su se faire épouser par le marquis de Mouchy, un benêt, qui était maître de la Garde-Robe auprès de la duchesse de Berry. Assez intrigante et perverse pour se faire remarquer et se rendre indispensable en flattant ses goûts et ses vices, la jeune marquise avait assez vite réussi à obtenir de la duchesse le titre enviable de dame d'atours. Beaucoup d'argent entrait donc dans les poches de la Mouchy qui, pour avoir plus d'emprise encore, avait présenté à Marie-Louise de Berry son propre amant, monsieur de Rions.

C'était lui qui était installé en face d'elle.

Armand d'Aydie, comte de Rions, n'était qu'un obscur

cadet de Gascogne au départ plutôt timide. Sa laideur était remarquable. Petit, trapu, les yeux bridés, il tenait à la fois du crapaud et du magot chinois. Saint-Simon le comparait assez justement à un «abcès» tant son visage d'un jaune verdâtre était couvert de boutons. Cependant, bien qu'il n'eût rien d'un Adonis, Rions était recherché par les femmes. «Bâti comme un âne», expliquait la Palatine toujours informée de tout. En effet, là était son secret et la Mouchy avait vu juste en poussant un amant vigoureux et inépuisable dans les bras de Marie-Louise.

L'insatiable Joufflote, déjà blasée par de multiples expériences, toujours gorgée de nourriture et de vin, à la recherche de nouvelles sensations, était tombée éperdument amoureuse. Au point d'épouser son «Riri» en secret, malgré la réprobation du Régent, de le couvrir d'honneurs, de titres et de bijoux, d'accepter de lui les pires rebuffades. En ce domaine, Rions pratiquait les conseils de son oncle, le célèbre Lauzun qui, jadis, avait épousé une cousine du roi, la Grande Mademoiselle.

— Aux princesses, il faut tenir la dragée haute. Traite-les en maître : elles ramperont à tes pieds.

C'était exactement ce qui se passait. Maintenant, Rions imposait sa loi, décidait de tout, de ce que devait porter Marie-Louise, de ses coiffures, de la couleur de ses rubans, allant jusqu'à la faire changer de robe trois fois en une heure. Il était assez étrange de voir l'orgueilleuse créature qui n'avait jamais plié devant personne, pas même devant Louis XIV, supporter ce tyran de bas étage, encaisser les injures et les humiliations.

Toutefois l'expression de «grosse poule» qu'il venait d'employer la vexa.

— Riri! Je suis donc si grosse?

— Grosse à crever! Tu ne peux plus monter à cheval et de moins en moins marcher. Les médecins n'arrivent plus à trouver tes veines dans toute ta graisse. Une vraie princesse Joufflote, quoi!

Elle haïssait ce surnom autant que le peuple qui le lui donnait.

— Riri! renifla-t-elle.

Les larmes barbouillaient son visage. Madame de Mouchy les essuya puis lui donna des tranches de melon qui furent rapidement englouties.

Mais aujourd'hui, Armand de Rions était d'humeur tendre :

— Console-toi! Tout ça ne t'empêche pas de bien baiser.

Il glissa la main sous la courtepointe de satin rose pour palper les chairs épaissies, arrachant quelques petits cris de contentement à sa maîtresse.

— Tu la veux donc tant que cela, cette Bretonne? demanda-t-il, à demi vautré sur le lit.

— Oui, mon père s'en est entiché. Mais c'est surtout pour Japecaste : je la lui ai promise.

— Eh bien, vous l'aurez l'un et l'autre, conclut Rions avant de donner un vigoureux coup de reins.

— Tu viens nous rejoindre, la Mouche? haleta Marie-Louise.

— J'arrive, dit madame de Mouchy qui achevait de remplir trois verres de bière glacée.

Déçu, Emile de Japecaste apprit que le souper prévu était remis à plus tard. Clémence avait préféré faire affront à madame de Berry pour courir ailleurs. La garce! C'était vexant. Japecaste s'exaspérait de devoir encore attendre sa revanche et regrettait d'avoir mis la duchesse dans le coup. Il la détestait. Quelques années plus tôt, ils avaient été amants et il avait espéré en tirer profit. Mais elle lui avait préféré le comte de Rions, cette horreur! La fille valait bien le père. Japecaste attendait toujours un brevet de colonel que lui avait fait miroiter le Régent. Les Orléans manquaient de parole. Quant au séjour à la Bastille, il n'était pas près de le pardonner. Heureusement, des gens sensés conspiraient contre cette Régence pourrie. Il suffisait de savoir choisir son camp.

# Deuxième Partie

## Juin 1718

Jamais en quatre mois Clémence n'avait encore eu l'occasion de sortir de Paris. Dès qu'elle eut dépassé le faubourg Saint-Jacques, elle s'aperçut combien lui manquaient la verdure, l'espace. Après les rues que la chaleur accablait sans pour autant décourager la foule et ralentir le rythme d'une ville en perpétuel mouvement, il faisait bon trotter sans contraintes et voir s'envoler dans un ciel limpide des moineaux ivres de soleil.

Elle ignorait tout de la direction à suivre; elle s'en était remise entièrement à Hyacinthe qui avait pris ses renseignements. Lorsqu'ils eurent longé l'abbaye de Port-Royal dont les bâtiments se cachaient derrière un mur élevé, le terrain se fit un peu chaotique. L'ouest de Paris se creusait de carrières, se bosselait de remblais amoncelés en petits tertres recouverts d'herbes sauvages, se hérissait de moulins. Mais le long du chemin, de sages maisonnettes avaient poussé comme des champignons.

A d'Enfer, deux hommes attablés devant une guinguette leur confirmèrent qu'ils étaient sur la bonne voie. Ils pouvaient d'ailleurs distinguer, déjà, le clocher de Montrouge. Sceaux était plus loin, sur la route d'Orléans, dans un

61

horizon harmonieusement partagé entre vignes, prés, bois et jardins que traversaient de petits cours d'eau. Avec fougue, respirant à pleins poumons l'air aux odeurs de foin, Clémence se mit à galoper sans écouter Hyacinthe qui l'exhortait à la prudence.

« Le palais de Sceaux est le séjour des jeux, des ris et des muses où l'esprit accompagne toujours la grandeur et la magnificence » : voici ce qu'écrivait un chroniqueur du *Mercure galant*, une gazette à la mode, alors que d'autres renchérissaient : « une maison délicieuse », « un chef-d'œuvre des arts ».

La duchesse du Maine avait acheté, sur un coup de foudre, aux héritiers de Colbert une jolie demeure construite par l'ancien ministre. En peu de temps, elle en avait fait ce « palais enchanté » devant lequel à juste titre on s'extasiait, entouré d'un parc peuplé d'allégories, d'animaux fabuleux, de divinités païennes taillés dans la pierre ou le marbre, et reflétés dans l'eau d'un bassin immense.

Les fêtes de Sceaux étaient célèbres, ses « Nuits » surtout, de longues féeries lumineuses, des spectacles d'une imagination raffinée, avec illuminations, danses et comédies où la duchesse, qui adorait se travestir, interprétait les meilleurs rôles.

Mais la Régence avait jeté un voile sombre sur tant de gaieté. Les divertissements n'étaient plus de mise. Les chevaliers et chevalières de l'Ordre de la Mouche à Miel qu'avait fondé madame du Maine s'étaient éparpillés. Ceux qui restaient avaient en tête des choses graves. A Sceaux dans une atmosphère studieuse, on s'adonnait maintenant à l'écriture. Non plus de madrigaux, de bouts rimés ou de saynettes ; c'étaient des textes politiques importants destinés au roi d'Espagne : mémoires, propositions, manifestes, revendications. Pour cela, la duchesse avait enrôlé ses fidèles les plus lettrés, ceux qui maniaient la plume en artistes et maîtrisaient toutes les subtilités de la langue française. Une grande partie de cette prose transitait par l'ambassade d'Espagne où elle était recopiée par Jean Buvat en plusieurs exemplaires.

Le plus grand calme régnait aux abords du domaine lorsque Clémence et Hyacinthe y parvinrent dans l'après-midi.

Quatre rangées d'ormes bordaient une longue allée conduisant à la cour d'honneur. Derrière la grille, tout au bout de cette perspective, apparaissait la claire façade du château, comme une tache de lune au milieu des feuillages ourlés d'or. Sans s'arrêter, Clémence tourna bride pour remonter le mur d'enceinte. Si elle choisissait de ne pas s'annoncer à l'improviste chez la duchesse, ce n'était pas par pur respect des convenances. Elle voulait d'abord s'assurer qu'Alvaro s'y trouvait effectivement. Mais pour ce faire, elle n'avait pas de plan encore bien défini. Peut-être devrait-elle chercher à entrer en contact avec la suivante, cette Delaunay ? Mais comment s'y prendre ?

Auprès d'elle, Hyacinthe chevauchait aussi muet qu'une carpe. Il n'avait aucune idée de ce qu'ils venaient faire dans ce coin et s'inquiétait de l'air préoccupé qu'affichait Clémence. Apparemment, la prétendue invitation de madame du Maine était une invention. Pour quel motif ? Il n'appartenait pas au vieux Breton de questionner ou de juger, quoi qu'il en pensât, mais bien de veiller sur celle qu'il avait vu naître, la fille de messire Jean. De toute façon, il était convaincu que tout irait de travers tant qu'ils ne seraient pas de retour à Lanloup.

Le hasard devait servir Clémence. Ils étaient parvenus en vue de l'église qui s'adossait à l'une des extrémités du domaine. Quelques maisonnettes l'entouraient. Devant l'une d'elles, une jeune fille rieuse, aux bras potelés enserrant une brassée de marguerites, s'adressait à une femme plus âgée qui arrachait des mauvaises herbes dans son jardin fleuri avec profusion.

— Merci pour les marguerites. Je les mettrai dans ma chambre car ma maîtresse n'aime pas l'odeur.

— Tiens, fit la femme en coupant une rose. Tu lui donneras ça. Une rose pour Rose…

— Elle sera contente. C'est drôle, d'ailleurs. Elle m'a raconté que son véritable prénom était Marguerite mais qu'elle a préféré prendre celui de sa mère.

— Rose lui va très bien.

Puis toutes deux se saluèrent et la jeune fille s'éloigna, la démarche dansante, des hanches bien rondes imprimant à sa jupe un amusant mouvement de balancier. Clémence qui avait écouté la conversation n'hésita pas et se mit à la suivre sur quelques mètres jusqu'à ce que la jeune fille ouvrît une porte donnant accès au parc. Alors, elle l'interpella :

— Attendez ! N'êtes-vous pas au service de mademoiselle Delaunay ?

Un régiment de femmes entourait la duchesse du Maine : ses amies, ses dames d'honneur, ses suivantes, ses femmes de chambre, de simples servantes et parmi elles devaient certainement se trouver plusieurs «Rose». Mais Clémence avait l'intuition que celle dont venait de parler la jeune fille était bien la personne qui l'intéressait.

Elle ne se trompait pas. Derrière les marguerites, le visage encore enfantin lui sourit :

— Oui, madame ! Depuis plus d'un an. Je me nomme Rondel.

Rondel ! C'était alerte et gai comme sa large frimousse, comme sa silhouette épanouie. Clémence se fit bienveillante :

— Je désirerais m'entretenir avec mademoiselle Delaunay. Lui serait-il possible de me rejoindre ici ? Votre maîtresse me connaît. Dites-lui que la dernière fois que nous nous sommes rencontrées, c'était rue Vivienne.

Fouillant dans sa bourse attachée à sa ceinture, elle en retira une petite pièce d'argent qu'elle glissa en se penchant dans la main de Rondel.

— Puis-je compter sur vous ?

— Certainement, madame. Je vous remercie. Il ne fallait pas. Je cours au château et vous envoie ma maîtresse le plus vite possible.

La jupe rouge, le bouquet de fleurs, tout disparut en une seconde. Il n'y avait plus qu'à attendre. Hyacinthe aida Clémence à mettre pied à terre. Ils avaient chaud tous les deux malgré l'ombre des tilleuls qui dépassaient du mur. L'air parfumé était lourd, sans le moindre frémissement.

— Mène boire les chevaux. Tu trouveras bien une fontaine au village. Et va te désaltérer toi aussi. Je ne t'ai jamais vu si rouge, mon vieux Hyacinthe.

– Vous devez avoir soif autant que moi, grommela-t-il.

C'était vrai, mais elle n'y pensait pas. Ni la chaleur, ni la soif, ni la fatigue ne pouvaient avoir prise sur elle. Elle était dans un état bizarre, les nerfs tendus comme des cordes de violon.

Rose Delaunay viendrait-elle ? Si oui, serait-elle disposée à l'aider ? Clémence n'oubliait pas les soupçons qu'elle avait nourris à son égard et il lui en coûtait de la solliciter. Mais le besoin de voir Alvaro était plus fort que l'amour-propre ; il écartait toute autre pensée.

Le temps s'écoula. Plusieurs fois la porte se rouvrit. Des jardiniers entraient, sortaient ; un âne passa tirant une petite charrette emplie de débris de jarres et de vasques en majolique. Hyacinthe était revenu une fois leurs montures rafraîchies. Il avait rapporté deux pêches que Clémence avait mangées surtout pour ne pas le froisser.

Enfin, vers quatre heures, une femme apparut, abritée par une ombrelle de taffetas. Clémence, qui était assise dans l'herbe, se releva vivement pour la rejoindre.

– Excusez-moi de vous avoir fait attendre. Mon service m'a retenue jusqu'à présent chez madame du Maine.

Rose clignait les yeux malgré son petit abri de tissu. Elle ne possédait pas une très bonne vue et mit quelques secondes avant de reconnaître Clémence, qui du reste, avec son tricorne et son teint coloré était plutôt déroutante.

– D'après ce que m'a dit Rondel, je ne savais trop s'il s'agissait de vous. On voit tellement de gens, rue Vivienne !

– C'est aimable de vous être dérangée, commença Clémence qui cherchait à aborder son sujet de la meilleure manière possible.

Rose, elle-même, lui tendit la perche. Par un réflexe machinal, elle se mit à parler assez bas, un peu inquiète :

– Vous apportez sans doute un message de l'ambassade d'Espagne ? De monsieur de Cellamare ?

Clémence n'eut pas une ombre d'hésitation pour lui répondre :

– Oui !

– Est-il adressé à madame du Maine ?

– Non ! Il est pour le comte de Valiente.

Elle aussi avait adopté une voix sourde mais en conservant un ton appuyé, l'attitude d'une personne sûre de son fait :

– Bien entendu, c'est confidentiel, ajouta-t-elle.

– Bien entendu, je comprends, reprit la subtile Rose. D'ailleurs, la présence du comte ici n'a pas été ébruitée. Je vous conduirai auprès de lui. Votre valet peut nous suivre. Il trouvera les écuries sur la gauche, avant la grande grille.

Rose Delaunay ne paraissait ni surprise ni embarrassée. Depuis plusieurs semaines, elle s'était habituée à évoluer dans une ambiance trouble, à transmettre des messages sans poser de questions, à croiser «mille gens obscurs», selon sa propre expression, des abbés un peu louches, des aristocrates vrais ou faux, de prétendues voyantes, des aventuriers de tout poil, prêts à soutenir madame du Maine dans ses ambitions. Rose les perçait vite à jour : l'argent seul était leur but. Madame du Restou n'était pas de cette trempe. Il émanait d'elle beaucoup de noblesse et de sensibilité. Même si Rose n'avait pas déjà eu l'occasion de l'apercevoir auprès des représentants espagnols, elle lui aurait d'emblée fait confiance.

Clémence avait donc calculé juste et la chance était à ses côtés. Elle n'éprouvait plus de méfiance vis-à-vis de Rose Delaunay. Cette femme lui était même sympathique tout à coup.

Quel âge pouvait-elle avoir ? se demanda-t-elle en foulant du même pas qu'elle le gravier blond des allées. Entre trente et quarante ans ? Comme beaucoup de célibataires ou de religieuses, Rose avait conservé une allure svelte et une certaine jeunesse de visage mais elle commençait à s'assécher ; ses yeux cernés étaient entourés de fines ridules. Peu de repos, aucune vie privée : sa tâche auprès de la duchesse du Maine ne devait pas être une sinécure. Ludovise avait la réputation d'être tyrannique, possessive, sujette à des colères, des caprices. Les princes rejettent vite, parfois, ceux qu'ils ont sortis de l'obscurité.

Rose Delaunay avait eu le malheur de naître roturière, pauvre et sans beauté. Mais des dames charitables, jouant les marraines de légendes, les avaient recueillies, elle et sa mère, donnant à la petite fille la meilleure éducation. Son intelligence et sa culture, sa droiture et sa volonté avaient valu à Rose des appuis précieux et, après un simple poste de femme de chambre chez la duchesse, la position difficile mais enviable de suivante et de confidente. Naguère, c'était sur elle que l'on avait compté pour créer les «Grandes Nuits de Sceaux». Aujourd'hui, c'était encore à elle qu'étaient confiées les missions secrètes, les entrevues délicates. Et lorsque madame du Maine n'arrivait pas à dormir, c'était bien sûr «la fidèle Delaunay» qui était chargée, en pleine nuit, de lui faire la lecture. Pourtant, malgré sa fatigue, Rose n'aurait cédé sa place pour rien au monde: évoluant dans un milieu cultivé, fortuné, elle s'était en outre attachée à sa maîtresse. Toutefois elle était loin d'approuver entièrement ses entreprises. Rose, qui ressentait pour Clémence une sympathie réciproque et spontanée, lui confia à brûle-pourpoint ses inquiétudes, au moment où elles arrivaient au détour d'un bosquet, sur l'une des ailes du château.

— Madame du Maine s'est lancée avec fougue dans une conspiration dont j'ignore beaucoup de choses, ce qui est du reste préférable, mais dont je crains cependant les conséquences. Je lui ai dit qu'elle finira en prison.

— Qu'en pense-t-elle? demanda Clémence.

— Elle ne fait qu'en rire. Sa seule crainte est de ne pouvoir convaincre monsieur du Maine de s'en remettre au roi d'Espagne.

— Il ne sait donc rien?

— Oh, monsieur du Maine s'est toujours tenu plus ou moins en retrait des événements, commenta Rose avec malice.

Elle aurait pu aussi bien dire ce qui était notoire: monsieur du Maine était considéré comme quantité négligeable par sa volcanique épouse.

— Par ici, vous n'attirerez pas l'attention, enchaîna-t-elle en empruntant une porte latérale, réservée au service.

La grande demeure n'avait pas de secrets pour Rose. A ses débuts à Sceaux, elle avait occupé une pièce d'entresol à peine plus vaste qu'un placard, sans lumière et sans feu, partageant une garde-robe avec d'autres filles, de grossières bécasses. Maintenant, elle était logée plus haut, près de la duchesse, et elle avait elle-même une domestique, Rondel.

– Il se prépare une réunion chez madame du Maine, en petit comité, le comte de Valiente y assistera. Dès qu'elle sera finie, je viendrai vous chercher. En attendant, vous vous installerez dans ma chambre et Rondel s'occupera de vous.

Des couloirs interminables, des escaliers tortueux creusés derrière les pièces de réception ou les appartements privés les conduisirent à une chambre exiguë. Du moins, possédait-elle une lucarne où, vers le soir, le soleil paressait un peu. Beaucoup de livres s'empilaient sur une étagère. La rose, que Rondel avait apportée, baignait dans un verre d'eau.

Clémence remercia mademoiselle Delaunay et lui recommanda encore de ne pas révéler sa présence à quiconque, pas même à la duchesse. C'était dans l'intérêt de tous, monsieur de Cellamare avait bien insisté sur ce point. Il appartiendrait ensuite au comte de Valiente d'agir.

Mensonges! Mensonges! A mesure qu'elle parlait, Clémence entendait une voix – sa conscience? sa raison? – lui souffler ce reproche. Il lui déplaisait sincèrement de profiter de l'obligeance de Rose Delaunay, d'abuser d'une personne aussi honnête et dévouée.

– Soyez tranquille, madame. J'informerai seulement monsieur de Valiente.

Une fois seule, Clémence ôta son tricorne, qu'elle posa sur un petit bureau d'écolier, dégrafa sa cape et s'assit sur le lit. Rondel ne tarda pas à surgir avec un plateau où des pâtes d'amande voisinaient avec une portion de tarte aux fraises. Elle apportait également de l'eau fraîche et, avant de se retirer, montra une minuscule garde-robe attenante à la chambre. Se dépoussiérer, remettre de l'ordre dans ses cheveux, se laver le visage et les mains, occupa un moment Clémence qui goûta ensuite aux pâtisseries. Puis de nouveau sur le lit, elle regarda le ciel toujours très bleu, découpé dans la lucarne ouverte.

Les jours s'éternisaient en cette période de l'année mais, ce qu'elle appréciait d'habitude la portait au comble de l'impatience. Elle aurait voulu l'obscurité, pouvoir se faufiler chez Alvaro. Que faisait Rose Delaunay? Etait-ce finalement une bonne idée que de s'être confiée à elle? La duchesse devait sans doute l'accaparer. A moins que la réunion ne durât encore? Le Régent faisait certainement les frais des conciliabules. Et dire qu'il était presque devenu un ami! Clémence prenait la politique en aversion, se sentait oppressée en essayant d'imaginer comment allait se terminer une histoire aussi confuse. Par la prison pour les plus compromis, ainsi que le craignait Rose? Par la séparation des uns et des autres, chacun retournant chez soi, elle-même privée à jamais de son amant? Pour cela, elle devait à toutes forces le revoir, ne serait-ce qu'une heure.

La chambrette était étouffante, dehors le crépuscule devenait soudain orageux, s'alourdissait de nuées grises et charbonneuses. Des roulements de tonnerre firent taire les oiseaux qui jusqu'à présent pépiaient sur la terrasse, en dessous de la lucarne.

N'en pouvant plus de rester inactive, d'attendre, de ruminer, prête à se trouver mal, Clémence se redressa sur le lit. Que risquerait-elle à faire quelques pas dans le couloir, prudemment?

D'abord elle hésita. De chaque côté, le passage disparaissait dans une pénombre suffocante. Clémence eut l'impression d'être perdue dans les entrailles d'un corps immense qu'elle sentait palpiter autour d'elle. Craquements secs des charpentes, des boiseries, subtils courants d'air, chocs indistincts, sortes de soupirs: le château avait sa vie propre et mystérieuse. Mais en tendant l'oreille, elle put également capter l'écho lointain de pas et là, sur sa gauche, un murmure vers lequel aussitôt elle se dirigea sur la pointe des pieds.

Au fur et à mesure qu'elle avançait lui parvenait le bruit étouffé d'une conversation. Puis elle dut s'arrêter. Entre elle et les voix qui se répondaient, se dressait maintenant une porte fermée par un simple loquet. Clémence remarqua la mince bande lumineuse qui encadrait le chambranle. C'était certainement un accès direct aux appartements de la duchesse. D'ailleurs, celle-ci parlait, identifiable, à la fois enjôleuse et autoritaire, s'emportant avec ardeur pour retomber dans un mode charmeur, très grande dame, très Ludovise.

Clémence se figea, se fit tout ouïe, essayant de reconnaître ses interlocuteurs, d'entendre Alvaro. Ils paraissaient peu nombreux : un homme, peut-être mûr, un autre à la parole grasseyante. Le timbre sobre et cassant qui dominait les autres appartenait, sans conteste, au comte de Laval que Clémence avait plusieurs fois rencontré. Il était l'un des chevaliers servants de madame du Maine.

Au début, elle n'avait pas saisi ce qu'ils se disaient. Seul lui importait de sentir son amant probablement tout près d'elle. Puis elle écouta mieux. Ainsi qu'elle s'en était douté, il était question du Régent. La duchesse se réjouissait à l'idée d'en être bientôt débarrassée.

Qu'avait justement dit Josselin, pas plus tard que ce matin ? Que le Régent devait s'abstenir de quitter Paris ces prochains jours. Comment avait-il eu vent d'un complot contre Philippe d'Orléans ? En quelle façon était-il lui-même concerné ? Ces questions ne firent qu'effleurer Clémence qui se promit de tirer tout cela au clair avec son ami. Pour le moment, elle devait glaner le plus d'informations possibles sur une affaire qui s'avérait très grave. Un enlèvement se préparait.

Les mains repliées sur le cœur, elle le sentait battre à grands coups de plus en plus forts. L'amour, la curiosité, l'inquiétude quant au sort du Régent la jetaient dans un trouble extrême.

— Vous êtes sûr de vos hommes ? demandait la voix grasseyante si désagréable.

— Absolument ! répondit le comte de Laval. Ils ont été recrutés avec soin.

— Ne risquent-ils pas d'être repérés ?

— Non ! D'abord ils sont peu nombreux, une dizaine. C'est suffisant. Le Régent se déplace toujours sans escorte. Ensuite les bois sont touffus en cette saison. Il est facile de s'y dissimuler quelques jours.

— Voilà l'ennui ! déplora la duchesse du Maine. Nous ne

pouvons arrêter de date précise. Ça peut être demain ou dans une semaine.

— Au maximum! Nous n'en avons plus pour longtemps à patienter, madame, affirma Laval qui paraissait diriger l'entreprise. Ensuite, fouette cocher! Le Régent sera vite emporté hors de la frontière.

Hors de la frontière!

Et Alvaro dans tout cela? Où était-il? Restait-il seulement un spectateur passif? Clémence eût donné cher pour voir ce qu'il y avait exactement derrière ce battant!

Dans la pénombre, elle regarda le loquet et posa les doigts dessus. Avec d'infinies précautions elle le souleva, entrouvrit la porte, si peu, deux ou trois centimètres, à peine, juste de quoi couler un œil. En face d'elle, se découpait le visage sanguin de l'abbé Brigault. C'était lui qui avait ce déplaisant parler. Clémence se souvenait de l'avoir vu à l'Arsenal. Une plume habile était la seule qualité de cet individu perdu de vices, proxénète à ses heures, et pourtant homme de confiance du marquis de Pompadour. Ce dernier, ami d'enfance du roi d'Espagne, devait donc se trouver ici.

Clémence n'osait pousser plus avant. La duchesse venait de se lancer dans une bordée d'injures et de critiques à l'encontre du Régent, usant d'une violence et d'une morgue bien dignes d'une petite-fille du Grand Condé. Puis son rire résonna soudain, juvénile et frais, surprenant:

— Ah! Philippe d'Orléans ne s'attend pas à ce voyage en Espagne! J'imagine la tête qu'il fera dans sa forteresse. Comme il va pleurer son Palais-Royal, ses filles de l'Opéra et ses filles tout court, ce vilain Loth! Promettez-moi, mon cher comte, que sa prison aura des murs bien épais, qu'il y fera bien froid l'hiver.

Ludovise minaudait. Clémence n'avait pas besoin de la voir pour savoir qu'elle devait sourire et battre des cils avec l'art consommé d'une coquette, et pour deviner, également, que ce n'était pas au comte de Laval qu'elle s'adressait. La suite lui prouva que son instinct était bon.

— Vous me le promettez, n'est-ce pas, don Alvaro?

— Oui, madame. Nous réservons le plus austère de nos châteaux de Castille au duc d'Orléans.

Clémence s'était mise à trembler. Elle ne savait plus ce qu'elle devait faire ou penser. Tout mouvement brusque menacerait de la trahir. Le sort réservé au Régent lui semblait injuste et cruel. Il fallait l'avertir sans attendre. Mais par ailleurs, elle ne pouvait dénoncer Alvaro. Avait-elle même le droit de le condamner? Après tout, il servait le roi d'Espagne, Philippe V, un prince français que d'aucuns considéraient comme l'héritier du royaume de France si par malheur Louis XV venait à disparaître. Alvaro agissait dans l'intérêt de son pays. Clémence le comprenait, incapable de le lui reprocher, de le blâmer, malheureuse, tout simplement, qu'il y eût un tel fossé entre eux. En revanche, elle en voulait terriblement à madame du Maine et ses comparses, gonflés d'ambition et d'idées fumeuses.

— Mes amis, de beaux jours nous attendent!

Un coup de tonnerre salua la prédiction optimiste de la duchesse. Apparemment, elle n'était pas superstitieuse ou alors elle était trop sûre d'elle pour envisager un échec. L'orage qui se précisait n'éteignit pas son rire mais décupla son excitation:

— A bas le satrape! A bas l'Orléans! s'écria-t-elle encore.

Puis elle demanda à Rose Delaunay qui avait dû se tenir à sa disposition pendant tout ce temps, de veiller à ce que ces messieurs aient leur souper servi. Quant à elle – qu'ils le lui pardonnent –, elle s'excusait de ne pas descendre avec eux, elle était lasse.

Clémence risqua un regard plus large dans la pièce. Aucune lumière n'y avait encore été mise. Une fenêtre était ouverte sur un pan de ciel tourmenté, grossi de nuages noirs prêts à rompre. Elle distingua le profil martial du comte de Laval, son menton blessé soutenu par une mentonnière de tissu; les silhouettes de la duchesse et de sa suivante, la soutane de l'abbé Brigault effleurant l'habit de bonne coupe du marquis de Pompadour. Alvaro était un peu en retrait, plus grand, plus mince, plus sombre que les autres. Qu'il était beau! Elle se retint de courir vers lui.

# CLÉMENCE ET LE RÉGENT

Il fallait d'abord prévenir le Régent du danger qui le menaçait, que tout était prêt pour le conduire et l'emprisonner en Espagne. Il était dommage qu'elle n'ait pu apprendre l'endroit prévu pour son enlèvement. Il avait été question d'un bois. C'était vague, Paris en était couronné, Boulogne, Meudon, Chaville, Vincennes pour ne citer que les plus proches. Philippe d'Orléans ne voyageait plus, il se contentait de visites de voisinage à des amis, à des parents. Par quelques confidences qu'il lui avait faites, Clémence savait qu'il se rendait parfois chez madame de Parabère – le Gigot, le Petit Corbeau noir – qui possédait une maison à Asnières ; qu'il allait souvent voir l'une de ses filles, Louise-Adélaïde, retirée à l'Abbaye de Chelles, en forêt de Compiègne, et bien sûr, sa mère lorsqu'elle était à Saint-Cloud. Enfin, s'il chassait de moins en moins, il lui arrivait encore de courre au bois de Vincennes.

Elle ne pouvait admettre l'idée qu'il pût lui advenir malheur et mesurait ainsi son attachement envers un homme qu'elle avait pourtant à peine eu le temps de bien connaître et ce dans des circonstances très particulières, il fallait l'avouer. Cependant, elle ne pouvait quitter Sceaux maintenant, si près de son but. Elle verrait Alvaro avant, et si, par chance, elle avait la possibilité de rester avec lui, ne fût-ce que pour quelques heures, elle trouverait moyen d'informer Hyacinthe et de l'envoyer au Palais-Royal.

Clémence avait assez pensé, assez tergiversé. Elle avait besoin d'agir. Toujours à pas de loup, elle traversa le grand salon désert, se retrouva dans une petite antichambre. Elle faillit tomber nez à nez sur une servante portant précautionneusement, comme s'il s'agissait d'une relique sainte, un « déshabillé » de soie bleu pervenche aux col et poignets fraîchement tuyautés. Sans prendre garde à rien d'autre, la fille se dirigea vers la chambre de madame du Maine : dans un rai de lumière, Clémence put voir une partie d'un lit recouvert de brocart azur.

Bénissant la pénombre et les prémices de l'orage, elle continua de se faufiler de porte en porte, tournant le dos à l'escalier d'honneur dont elle aperçut la rampe en fer forgé. Le souffle court mais confiante en son instinct, Clémence suivit un corridor recouvert tout du long d'un épais tapis.

A Lamballe, une nuit, elle avait fureté dans une auberge ; à Dinan, elle avait parcouru les rues et les cours ; à Paris, elle avait erré dans les couloirs de l'ambassade toujours à la recherche d'Alvaro, avec le besoin de l'approcher, de le toucher, de l'entendre, et toujours dans une sorte de transe, sans être certaine de bien faire et de l'accueil qu'il lui réserverait. Chaque fois, elle s'était plus ou moins perdue mais la chance ou le hasard étaient venus la guider.

Ce soir, la chance se présenta sous la forme d'une guitare, plus exactement, d'un air de fandango. Clémence l'avait souvent entendu jouer en sourdine par Isidorio Maripo pendant qu'elle-même et Alvaro dégustaient du café ou du vin. Guidée par les notes, elle frappa à une porte. La guitare se tut et Isidorio lui ouvrit.

La surprise tordit son visage simiesque ; sa bouche lippue s'arrondit sur un « oh » muet mais, enfin, il dut s'écarter devant l'entrée décidée de Clémence.

— Don Alvaro est-il ici ?

— Señorita…

Il continuait à l'appeler mademoiselle.

— Eh bien ?

— Si, si, señorita. Pero…

Isidorio manifestait son embarras en s'appuyant d'un pied sur l'autre et louchait vers le fond de la pièce. C'était physique : Clémence n'avait pas encore réussi à surmonter son aversion pour lui.

— Pero, mais quoi ? Ton maître est là. Je le sais. Ne le préviens pas. J'y vais, fit-elle en évitant de le regarder.

La chambre d'Alvaro : un grand lit à baldaquin, un paravent en laque de Chine, quelques fauteuils et l'éparpillement habituel de papiers et de documents, le tout dans un cadre délicat, luxueux, tel que l'était le château de Sceaux dans son entier. Mais d'Alvaro : point ! Etait-il descendu souper avec les autres ? Non ! Il était dehors sur un petit balcon, accoudé à la balustrade et contemplait le jardin où commençaient à s'écraser de grosses gouttes d'eau. Un air plus frais pénétrait jusqu'à Clémence qui respira, heureuse comme un capitaine de navire qui atteint un port juste avant la tempête.

Alvaro ne portait qu'une chemise par-dessus ses chausses. La jeune femme prit le temps d'admirer ses larges épaules, sa taille étroite, ses longues jambes. Il avait dénoué ses cheveux qui retombaient librement sur son col; il ne semblait pas se soucier de se faire mouiller.

A quoi, à qui pouvait-il bien songer dans ce clair-obscur zébré d'éclairs brusques, tout chargé des parfums de la terre, des arbres et des fleurs que la pluie réveillait? A son pays asséché par le soleil? A sa mission? A une femme qu'il aurait laissée à Madrid? A elle, Clémence?

Elle voulait tant le croire! Elle n'avait que quelques mètres à franchir, que son nom à prononcer et il lui ouvrirait les bras.

Elle était sur le point de s'élancer quand elle entendit bafouiller Isidorio : « Su Altesa, su Altesa... » puis une voix de femme, reconnaissable entre mille! C'était madame du Maine! Effarée, Clémence se sentit prise dans un piège, chercha des yeux une autre issue. Mais les pas de la duchesse se rapprochaient. Encore deux secondes et elle serait là. Clémence n'eut d'autre solution que de se dissimuler derrière le paravent, in extremis.

— Don Alvaro?

Le ton marquait la surprise de trouver l'endroit privé de lumière, ouvert à l'orage. Clémence leva les yeux au plafond et retint un soupir de fureur en entendant madame du Maine pénétrer dans la chambre en terrain conquis, ses mules marteler le parquet en direction de la fenêtre puis le reproche qu'elle formula sans virulence, bien au contraire.

— Rentrez vite mon cher Alvaro, vous allez être trempé.

Cette façon alerta Clémence. C'était trop doux, trop tendre, trop féminin. Alvaro l'avait-il entendue? Entre les pliures du paravent, la jeune femme essaya, en vain, de distinguer quelque chose. Finalement, elle prit le risque de se pencher un peu hors de son abri. A l'un des panneaux de laque rouge, était accroché l'habit que le comte avait porté dans la journée. Clémence y dissimula sa tête, le mieux possible, et put ainsi voir sans être vue.

Ce qu'elle découvrit acheva de la bouleverser. Malgré ses hauts talons et sa coiffure crêpée, la silhouette qui se découpait dans la pénombre évoquait plutôt une fillette de dix ans, miniature envolantée de ruchés en soie, les bras à peine voilés de manches vagues, une épaule largement dénudée. Par ailleurs, l'étoffe fine cachait très peu du reste de son corps! Le déshabillé pervenche qu'on avait tout à l'heure apporté à la duchesse avec tant de précaution avait perdu sa teinte fraîche et pure. A chaque éclair, il prenait une couleur froide, spectrale. Sinistre! Clémence frissonna mais ce n'était pas d'effroi. En cet instant, elle aurait même tout donné pour que cette créature qui tendait les mains vers Alvaro, en le pressant de rentrer, ne fût qu'un fantôme. Hélas, il s'agissait bel et bien d'une femme de chair et de sang où devait brûler le désir comme le dénonçaient l'attitude provocante, le ton langoureux.

– Allons, cariño, rentrez. S'il vous plaît!

Les doigts de Clémence se crispèrent sur le velours de l'habit. Non! Alvaro n'allait pas se laisser enjôler par ces manières de vulgaire courtisane! L'envie la tenaillait de bondir et de s'interposer, de bousculer l'insupportable Ludovise, de lui faire honte! Mais néanmoins, elle restait clouée sur place par une volonté plus forte que la sienne, un mélange de stupeur, d'appréhension, de curiosité. Elle voulait savoir jusqu'où mènerait ce manège, si cette entreprise de séduction était la première et serait sans effet, ou si, au contraire, Alvaro lui était infidèle.

Il apparut enfin dans l'embrasure de la fenêtre, rejetant à deux mains ses cheveux mouillés, sa chemise collée à la peau, et s'immobilisa. Souriait-il? Clémence crut surprendre l'éclat fugitif de ses dents. Sa force virile, sa nonchalance n'avaient jamais été aussi évidentes, aussi séduisantes. A distance, elles agissaient puissamment sur elle tout comme elles devaient le faire sur la duchesse.

En effet, celle-ci paraissait statufiée. Puis, avec des gestes lents, très étudiés, elle se mit à dénouer la ceinture de son vêtement qui glissa le long de son corps nu et vint à terre entourer ses pieds d'une flaque métallique. Légèrement de profil, elle offrait à Clémence les courbes de seins lourds, d'une croupe large, d'un ventre arrondi par les maternités et la maturité.

Aucune beauté! Rien en tout cas qui pût tenter Alvaro! Dans l'ombre, il devait à coup sûr adresser une moue ironique, méprisante à ces appas flétris et, bientôt, Clémence l'entendrait rire puis chasser l'impudente visiteuse. Alors elle-même pourrait abandonner sa cachette et ils s'amuseraient ensemble de cet intermède ridicule.

Mais tout en se disant cela, tout en voulant se rassurer, elle sentait déjà une poigne de fer lui broyer l'estomac, le sang battre violemment à ses tempes. Car elle devinait, de toute sa clairvoyance amoureuse, ce qui allait se passer, et c'était elle, maintenant, qui demeurait pétrifiée, mordant l'habit d'Alvaro pour ne pas crier de jalousie et de chagrin.

Non!

Non, ne me fais pas ça! Ne la touche pas. Tu ne peux la désirer. C'est moi que tu aimes et qui, seule, sais te faire jouir. Je t'en prie, dis-moi que je suis la seule. Je t'en prie!

Mais sa prière resta muette et les mots étouffés, ravalés, creusaient en elle un atroce sillon. Ses yeux fixes, élargis, ne perdirent pas un détail de la scène qui se déroulait à quelques pas: Alvaro s'approchant de la duchesse, la soulevant, et elle, triomphante, s'accrochant à son cou, riant, roucoulant. Une vision obscène, ignoble! Il avait l'air, lui si grand, de porter une petite fille! Ensuite, sans ménagement, il la jeta sur le lit et tomba entre les cuisses déjà ouvertes. Rires et roulades se transformèrent en râles bruyants. Oubliées la morgue autoritaire de la princesse et les délicatesses de la femme du monde! Ludovise n'était plus qu'une femelle ivre faisant l'amour avec une fureur, une frénésie désordonnées dont Valiente sut néanmoins, avec brio, rester maître.

Doucement, Clémence se laissa choir à genoux, en

serrant contre elle l'habit de velours qui avait gardé un peu de la chaleur et de l'odeur de son propriétaire. Son beau rêve se brisait; un trou béant l'aspirait; elle était au-delà des larmes, toujours incapable de réagir, de se révolter, de se défendre. Dans la souffrance qui la paralysait, s'emmêlaient bien des sentiments contradictoires.

Car au fond, avait-elle des droits sur cet homme qui la blessait si cruellement? Lui avait-il jamais promis quelque chose? Lui avait-il jamais dit, une seule fois, qu'il l'aimait, qu'il n'y avait place chez lui pour une autre qu'elle? N'avait-il pas été honnête à sa manière? C'était elle, Clémence, qui était venue s'offrir à lui, attirée comme par un aimant, subjuguée, incapable de résister à son pouvoir. Malgré sa haine envers Ludovise, elle pouvait comprendre ce que cette femme devait ressentir en cet instant même, dans les bras d'Alvaro. Leurs deux corps soudés sur le lit, le rythme effréné de leur étreinte lui rappelaient ses propres extases, lui bouleversaient les sens.

Chavirée, Clémence se recroquevilla contre le paravent, ferma les yeux, se boucha les oreilles. Un déluge s'était mis à crépiter sur les toits, sur le balcon, emplissait les gouttières qui se dégorgeaient avec bruit. Dans ce vacarme, les cris de plaisir de la duchesse ressemblaient à des cris d'effroi, et le sanglot qui s'échappa des lèvres de Clémence passa inaperçu.

Enfin, le calme revint dans la chambre.

Madame du Maine ne se complaisait que dans l'insolite, le grandiose, le spectaculaire. La force des éléments déchaînés l'avait transportée autant que la fougue déployée par son amant. Pourtant, il fallait bien revenir aux basses réalités de l'existence quoiqu'il fût difficile de s'arracher des bras d'un tel homme. Mais le souci des convenances l'exigeait; il n'était pas question de s'éterniser ici.

La duchesse avait toujours veillé sur sa réputation et ses liaisons étaient restées discrètes. Il est vrai qu'elles avaient été fort peu nombreuses et sans grand intérêt. Régner sur les autres par sa naissance, son esprit, son charme et son autorité l'intéressait bien davantage que le sexe. Il avait fallu qu'elle rencontrât le comte Cifuentès de Valiente pour que la fière Ludovise se laissât aller à ces débordements. Faire l'amour avec un bel agent secret, au sein d'une conspiration, comblait son goût du romanesque. Ce soir, l'orage avait été «la cerise sur le gâteau».

– Eh bien, mon cher, ce fut un grand moment, presque biblique n'est-ce pas? Digne des commencements du monde, dit-elle lorsqu'elle eût repris son souffle.

Clémence secoua la tête, trop blessée pour s'amuser de son propos. Elle l'entendit bouger, chercher ses mules et comprit qu'elle s'apprêtait à regagner son appartement. Pendant ce temps, Alvaro avait allumé des bougies, refermé la porte-fenêtre, mais il n'avait pas encore prononcé un mot, ce que la duchesse lui fit remarquer d'une voix mutine. Il la remercia alors, très galamment, quoique sur un ton mesuré. Puis il enchaîna:

– N'oubliez pas nos accords, madame. Je compte sur...

Le reste de la phrase se perdit dans la pièce voisine où il la raccompagna jusqu'à l'entrée. Quand il regagna sa chambre, quelques minutes plus tard, il lui fallut toute sa maîtrise de soi pour ne pas sursauter devant l'apparition qui l'attendait, dressée au pied du lit en désordre.

Clémence tenait debout par miracle, pâle comme la mort. De ses yeux immenses s'échappaient des larmes silencieuses qui atteignirent Valiente mieux que n'importe quel reproche. Allons, elle savait probablement tout; mais que faisait-elle donc ici, Bon Dieu!

Il jura dans sa langue natale et claqua la porte derrière lui:

– Alors, dit-il en croisant les bras. D'où sors-tu?

C'était tout ce qu'il trouvait à dire! C'était là toute sa réaction! Dans un instant, il allait renverser les rôles, se faire accusateur, la transformer en fautive. Clémence avait si mal qu'aucun mot ne lui venait. Muette, elle continuait à le fixer. Il s'approcha d'elle le visage crispé par la colère, la chemise béant sur son torse nu qui luisait de sueur. Alvaro était encore tout imprégné de la chaleur d'une autre, d'un parfum violent qui n'était pas le sien. Ecœurée,

79

Clémence se détourna. Mais il la retint, lui prit le menton pour l'obliger à lui faire face :

— Réponds : où étais-tu ? Pourquoi es-tu ici ?

Au creux de son ventre, elle sentit soudain une sorte de spasme rapide, indolore. D'abord surprise, elle comprit vite que l'enfant avait bougé. Depuis combien de temps n'y avait-elle pensé, décidée à faire «comme si de rien n'était» ? En choisissant cette nuit pour manifester sa présence et lui rappeler toutes les difficultés qu'il signifiait, cet enfant, pourtant à l'état d'ébauche, loin de lui ôter ses dernières forces, lui insuffla tout à coup l'envie de réagir, enfin !

— Ne me touche pas ! gronda-t-elle en s'écartant d'Alvaro, stupéfait de voir la jeune femme prête à s'évanouir une minute plus tôt reprendre brusquement sa vitalité et ses couleurs.

— Clémence !

— Tu te souviens encore de mon nom !

— S'il te plaît, pas de scène. Je ne sais ce que tu as vu mais je t'assure, cela n'en vaut pas la peine.

— Ce que j'ai vu ? s'écria-t-elle. Tout ! tu m'entends ? Absolument tout ! J'étais là. Là, derrière ce paravent !

Sa voix s'étrangla. Malgré ses efforts, elle pleurait sans retenue et, avec rage, essuya ses joues du dos de sa main.

Alvaro ne semblait plus furieux mais profondément contrarié :

— Tu étais là, répéta-t-il.

— Aux premières loges. Ah, quel spectacle ! fit Clémence ulcérée, malade au souvenir de certaines scènes.

— C'est regrettable, dit-il sans élever le ton, presque pensif. Crois-moi, je suis navré.

— Navré ? Seulement ? Moi je suis désespérée !

Sa remarque le toucha par sa sincérité, sa simplicité :

— Ma pauvre petite golondrina, murmura-t-il.

— De grâce, épargne-moi ces mots qui n'ont aucun sens ; épargne-moi ta pitié.

En deux enjambées, il la rejoignit, la prit aux épaules, brûlant de la volonté de convaincre :

— Mon sentiment pour toi n'est pas de la pitié. Comprends-tu ?

— Qu'est-ce donc, alors? demanda-t-elle avec amertume, sans obtenir de réponse, à l'exception d'un feu dans le regard qui la dévorait. Elle reprit: Que ressens-tu pour moi Alvaro? De l'amour? Bien sûr que non, ni amour ni tendresse, tu en es incapable. Du désir? Sans doute. Le même que tu éprouves pour d'autres. Pour la duchesse, par exemple.

La remarque attisa la fureur de Valiente qui se mit à secouer Clémence:

— La duchesse! Mais si tu nous as vus, tu as bien dû te rendre compte que cette femme n'est qu'une poupée hystérique.

— Cela ne t'empêche pas de coucher avec elle.

— Mais ce n'est rien!

— Rien? Tu me mens, tu te moques de moi. Depuis combien de temps dure votre manège?

Elle se raccrochait à sa révolte, son ressentiment, son indignation pour ne pas sombrer à nouveau dans le monstrueux gouffre de chagrin qui avait failli l'engloutir.

— Ecoute, Clémence, je n'ai pas à me justifier. Je te rappellerai simplement, car tu l'as d'évidence oublié, que j'ai en France une mission importante à remplir et que madame du Maine est un élément essentiel dans l'élaboration de nos plans. Un élément pas toujours facile à contrôler.

— Si je te suis bien, tu es en service commandé lorsque tu fais l'amour avec elle? Cela suffit, tais-toi!

Elle n'en pouvait plus. Les doigts d'Alvaro meurtrissaient ses bras; encore un peu et elle n'aurait plus le courage de lutter contre lui. Elle écouterait ses beaux discours, accepterait ses mensonges. Depuis qu'elle le connaissait, elle avait abdiqué toute fierté, elle s'était donnée sans calcul, éblouie, soumise. Elle devait se reprendre.

— Pourquoi es-tu venue? demanda-t-il à nouveau devinant qu'elle était prête à flancher.

Il ne saurait rien. Elle ne lui dirait plus qu'elle l'adorait; elle se tairait pour l'enfant. D'une voix très lasse, elle répondit en baissant la tête:

— Mon mari sera bientôt de retour. Je voulais te faire mes adieux. Laisse-moi partir maintenant.

Il hésita avant de la lâcher sans insister davantage et la suivit des yeux tandis qu'elle se dirigeait vers la porte :

— Où vas-tu aller en pleine nuit ? As-tu au moins une chambre à Sceaux ?

— Oui ! Ne te préoccupe pas de moi. Adieu !

— Adios !

Il eut un sourire énigmatique qu'elle ne vit pas car elle sortit sans se retourner, attentive à rester digne, à ne pas faiblir devant Isidorio qu'elle retrouva dans l'antichambre. L'avorton multiplia les courbettes sur son passage ; il avait dû les épier et courut ouvrir la porte du corridor.

— Buenas noches, señorita.

Eperdue, elle se mit à courir, droit devant elle, sans savoir au juste où elle allait, à travers le château endormi.

Clémence poussa un cri ; la personne qu'elle venait de heurter au détour d'une galerie fit de même puis s'exclama en levant sur elle un petit bougeoir :

— Ah, vous m'avez fait peur. Je vous cherchais.

A la lueur d'une chandelle, Rose Delaunay découvrit un visage hagard, ravagé par les larmes. De longues années passées au service des autres, à les observer sans rien dire, avaient aiguisé sa perspicacité déjà naturelle. Rose avait rapidement compris que la visite de Clémence au comte de Valiente relevait d'un caractère intime. Sachant que madame du Maine avait elle aussi des faiblesses pour l'agent espagnol, il ne lui était pas difficile d'imaginer la cause probable d'un tel bouleversement. Elle ne posa donc aucune question et se contenta de soutenir la jeune femme en lui proposant de l'accompagner jusqu'à sa propre chambre. Elle ne pouvait évidemment pas la laisser repartir dans cet état.

— Venez !

Clémence était, pour l'heure, incapable de prendre une quelconque décision. En silence, elle accepta d'être conduite non sans une certaine reconnaissance. Douce mais efficace, Rose lui ôta ses bottes, la dégrafa, lui fit boire un bol de tisane froide que Rondel lui préparait toujours le soir et l'aida à se coucher.

– Je suis confuse, balbutia Clémence. Je ne sais ce qui m'est arrivé. J'ai... j'ai eu un léger malaise. Mais ça va mieux. Je vous remercie, dit-elle en essayant de se relever.

– Non ! Ne bougez pas. Je pense qu'il est préférable que vous restiez ici cette nuit. Où iriez-vous maintenant, par ce temps ?

Où aller ? Vers qui aller ? Il n'y avait plus personne, plus de but, plus rien pour la faire vibrer, pour lui donner des ailes. L'autorité discrète de Rose sut facilement convaincre Clémence d'accepter son hospitalité provisoire. Elle se poussa au bord du lit :

– Vous-même devez être fatiguée.

– J'ai sommeil, en effet, reconnut Rose sans détours, mais mon service n'est pas encore terminé. Madame du Maine m'a demandé de lui faire un peu de lecture. Elle souffre d'insomnie, voyez-vous.

Les sentiments qui durcirent tout à coup le visage de Clémence étaient assez éloquents pour que Rose Delaunay eût la confirmation qu'elle ne s'était pas trompée. Il valait mieux éviter de parler de la duchesse. Aussi enchaîna-t-elle vivement :

– Reposez-vous, dormez surtout. Je ferai mon possible pour ne pas vous réveiller. Et ne pas être trop volumineuse, conclut-elle avec son humeur tout en finesse.

On respirait mal dans l'étroite pièce. Une pluie régulière avait remplacé les rafales orageuses. Clémence, qui entendait son froissement sur les ardoises, avait l'impression que plus jamais elle ne connaîtrait l'air, le jour, le soleil, que désormais elle serait ballottée comme maintenant, au sein de nuits suffocantes et pluvieuses, pleurant son bonheur perdu.

L'idée qu'Alvaro l'avait trompée lui était insupportable. Elle s'apercevait qu'elle avait toujours espéré qu'un miracle lèverait les obstacles qui se dressaient entre eux ; elle avait cru que sa réserve n'était qu'un masque qu'il aurait fini par ôter pour elle.

Recrue de fatigue et de chagrin, elle eut cependant des difficultés à dormir. Plus tard, en s'allongeant près d'elle, Rose l'entendit pleurer et murmurer des mots sans suite, dans son sommeil. Si jolie et pourtant malheureuse ! Aimer pouvait faire souffrir, elle-même le savait bien. Avec des gestes de grande sœur envers une cadette, elle remonta une couverture sur les belles épaules frissonnantes avant de chercher elle aussi un peu de repos.

Aux premières pâleurs de l'aube, Clémence s'éveilla tout à fait. Mais elle se sentait brisée. Elle éprouvait une telle impression de solitude et d'abandon que son premier mouvement fut de se recroqueviller sous la couverture, incapable de se lever, paniquée à la perspective d'une vie désormais vide de véritable amour. Puis l'idée qu'elle était sous le même toit que la duchesse l'aida à secouer sa léthargie. Elle ne pouvait rester plus longtemps dans ces murs !

Ce fut alors au tour de Clémence de se pencher sur sa compagne endormie et de la plaindre. Comment Rose pouvait-elle supporter d'obéir aux ordres d'une femme égoïste et tyrannique, une orgueilleuse prête à toutes les intrigues pour satisfaire son ambition ?

Cette dernière réflexion, lui rappelant brusquement le complot qui menaçait le Régent, acheva de lui donner le coup de pouce nécessaire. Sans bruit, elle rassembla ses affaires, se glissa dans la garde-robe. L'instant suivant, elle était dans le couloir où cette fois-ci elle retrouva assez vite le petit escalier en bois qui desservait les chambres des domestiques. Dans les cuisines encore tranquilles, deux servantes bâillaient devant un bol de soupe réchauffée. Elles ne virent pas Clémence passer devant la porte ouverte, pas plus qu'elles ne l'entendirent tourner la grosse clef de l'entrée de service.

Un jardin au petit matin, après la pluie : celui de Sceaux était une splendeur, pareil à un énorme bouquet offert d'où s'échappaient tous les parfums. Acidulés, doux ou poivrés, verts et frais, ils vinrent caresser Clémence, insensible, néanmoins, à cet instant de grâce. Par terre, le sable imbibé d'eau scintillait faiblement sous le soleil à peine levé attirant quelques merles et colombes. Les oiseaux s'envolèrent lorsque la jeune femme se mit à courir en direction des écuries où Hyacinthe devait l'attendre.

Le Breton était bien là, fidèle au poste, s'occupant des

chevaux qu'il avait déjà sortis de leurs stalles, comme s'il avait pressenti que Clémence en aurait besoin de bonne heure.

— Hyacinthe !

Elle était essoufflée, sa voix trébucha. Elle refoula l'élan qui faillit la jeter dans les bras de son serviteur afin d'y pleurer tout son soûl. Lui, au premier coup d'œil, comprit que quelque chose n'allait pas.

— Bonjour, mademoiselle Clémence, dit-il en posant une selle sur l'une des montures. Nous partons ?

— Je dois regagner Paris le plus vite possible, répondit-elle.

Elle s'approcha pour l'aider.

Dans la cour, les valets d'écurie commençaient leur va-et-vient quotidien ; des gamins s'éclaboussaient autour de l'abreuvoir.

— Vous ne me paraissez pas bien vaillante ce matin, fit Hyacinthe soucieux. Etes-vous si pressée ?

— Oui ! Et je vais très bien.

Il s'obstina :

— Avez-vous mangé un morceau ? J'ai un peu de pain.

Elle refusa en secouant la tête. La portion de tarte aux fraises que Rondel lui avait servie était loin. En fait, Clémence n'avait pris aucun véritable repas depuis l'avant-veille au soir. Elle se sentait faible, cependant elle n'avait envie de rien, sinon de fuir ces lieux marqués pour elle du sceau de la trahison.


Ils se mirent au trot jusqu'à la grand-route où Clémence voulut piquer des deux. Mais elle sentit que ses mains, ses jambes devenaient toutes molles, que ses bottes glissaient hors des étriers. Hyacinthe la vit ballottée sans qu'elle fût capable de reprendre ses rênes qui flottaient sur l'encolure du cheval. Il se pencha et réussit à l'empêcher de tomber.

Dix minutes plus tard, tout étourdie, Clémence se trouvait assise sur le talus humide, le dos appuyé à la souche d'un arbre.

— Vous avez bien manqué vous rompre le cou, grommela Hyacinthe après avoir égrené un long chapelet de jurons bretons.

Il avait eu peur, cela se lisait sur son visage rude, dans son regard couleur d'acier. Clémence tenta de le rassurer en esquissant un sourire :

— J'ai seulement besoin de me reposer cinq minutes.

— Cinq minutes ! Il vous faut beaucoup plus et vous devez manger.

Il alla fouiller dans ses fontes pour en sortir un morceau de pain enveloppé d'un mouchoir.

— Prenez-en au moins un petit bout.

Sans conviction, elle accepta le croûton qu'il lui tendait, en grignota un peu :

— Hyacinthe, tu as dû entendre ce que Josselin me disait hier matin, avant notre départ, au sujet du Régent ?

— P't'être ben, reconnut-il.

— J'ai eu confirmation qu'il y a bel et bien un complot organisé contre sa personne. Sous aucun prétexte, il ne doit sortir de Paris. C'est pour cela que je suis pressée, comprends-tu. On veut l'enlever ! Je dois le prévenir.

— Mais vous ne tiendrez pas en selle jusqu'à Paris !

C'était vrai, hélas !

Il ne l'avait encore jamais vue aussi pitoyable, ses grands yeux noisette d'habitude pétillants, battus par les larmes, la bouche amère.

— Hyacinthe, tu vas y aller, toi ! Tu cours au Palais-Royal ; tu te présentes de ma part. Tu demandes à parler au Régent. Si tu ne peux pas l'approcher, essaye de trouver Josselin. Il avait l'air de savoir déjà beaucoup de choses à ce sujet.

— Et vous, pendant ce temps ? s'écria-t-il. Vous croyez que je vais vous abandonner au bord de la route ?

— Nous ne sommes pas en plein désert, soupira Clémence qui rassemblait ce qui lui restait de forces pour vaincre l'entêtement de son vieux domestique. Ecoute, cette affaire est grave. Tu vas m'aider à repartir. J'ai remarqué une ou deux auberges en venant. Je t'y attendrai.

Il la laissa entre Sceaux et Bagneux. C'était un hameau de quelques maisons, parmi lesquelles se tendait l'enseigne du Buisson Ardent. Clémence lui promit de ne pas bouger jusqu'à son retour.

— Penses-tu pouvoir joindre facilement Josselin? demanda-t-elle avant que Hyacinthe ne la quittât, visiblement à contrecœur.

— Vous en faites pas pour ça! dit-il d'un ton bourru.

Elle s'en doutait. Il connaissait même sûrement son adresse. Ces deux-là faisaient des mystères depuis pas mal de temps. Mais elle saurait bien leur faire dire la vérité, tôt ou tard.

Debout sous l'enseigne écarlate, elle le regarda s'éloigner au galop et se sentit plonger en plein désarroi. Hyacinthe, Josselin, Planchette et Naïg... Elle s'apercevait qu'elle ne pouvait compter que sur eux, qu'elle n'avait d'autre soutien sincère. Ah, bien sûr, elle oubliait Guillaume, son mari! Il l'aimait, c'était indéniable. Il était loyal et droit.

Cette pensée eut pour effet de raviver son chagrin, laissé un moment à l'arrière-plan. Maintenant qu'elle était seule, l'image de la duchesse dans les bras d'Alvaro revenait à la charge avec un douloureux réalisme. Elle tourna la tête du côté de Sceaux, les yeux pleins de larmes.

Le Buisson Ardent n'était pas à proprement parler une auberge, plutôt un estaminet de grand chemin. Après avoir attaché son cheval à un anneau, près de la porte, Clémence y entra, puis alla s'asseoir contre l'unique fenêtre de la salle.

La clientèle n'était pas encore très nombreuse, un colporteur, son ballot posé entre les jambes, des paysans des environs sirotant un verre d'eau-de-vie en compagnie du patron, sur des tonneaux servant de tables. L'estaminet sentait le rance et le tabac froid. La jeune fille qui balayait sans entrain le sol de terre battue avait les cheveux gras, le corsage défraîchi. D'un pas traînant, elle vint proposer du potage, du vin ou du lait à Clémence qui opta pour le lait. On le lui apporta avec un morceau de pain rassis. Lorsque la servante eut le dos tourné, Clémence sortit de sa poche le petit croûton de Hyacinthe qu'elle n'avait pu finir et le trempa dans son bol.

Les hommes avaient remarqué sa présence. Même dans ses vêtements froissés, et bien qu'à demi dissimulée sous son tricorne, la beauté de Clémence attirait les regards, surtout ici où il n'était pas courant de rencontrer des personnes de son genre. Bientôt, elle ne put supporter d'être leur point de mire et rappela la servante pour lui demander s'il n'y avait pas de chambre; elle désirait dormir quelques heures. La réponse étant négative, Clémence prit aussitôt la décision de payer son écot et de s'en aller.

Mieux valait encore chevaucher seule, quitte à se reposer de nouveau en choisissant cette fois l'endroit avec plus de soin. De toutes manières, elle ne pouvait pas s'égarer et guetterait le passage de Hyacinthe. Elle avait plusieurs heures devant elle, avant son retour, et même largement le temps de rentrer à Paris, pourquoi pas? Le lait et le pain, ce petit arrêt l'avaient un peu réconfortée.

Le soleil plein de vigueur étendait sur la route encore boueuse des traînées étincelantes. Se hissant comme elle le put, Clémence se remit en selle et repartit tranquillement.

A cet instant, un carrosse venant de Paris approchait de Bagneux à toute allure. Sur des coussins orange vif, s'étalait un voyageur vêtu d'un brocart d'un ton presque semblable, trop chaud pour la saison. Incommodé, il fit coulisser la vitre d'une portière. Il avait hâte d'être à Sceaux. Connaissant les lieux, il en savourait les agréments à l'avance et se voyait déjà devisant avec la duchesse du Maine, dans les allées ombragées qui longeaient le Grand Canal. Cette chère Ludovise! Il allait lui offrir ses hommages et surtout ses services. Restait à souhaiter qu'elle les récompensât généreusement. Avec l'or de l'Espagne!

L'équipage traversa Bagneux sans ralentir. Le cocher obéissait aux ordres. Ses coups de fouet redoublèrent à la sortie du village; les chevaux s'endiablèrent. La cavalière qui venait au pas en sens inverse eut la présence d'esprit en les voyant foncer sur elle de faire un écart qui la mena dans le fossé mais lui permit d'échapper à l'accident de justesse. Elle cria sa frayeur et son indignation tandis que les grandes roues lui lançaient une copieuse giclée de boue au passage.

— Morbleu, c'est elle! J'en suis sûr! Je pourrais la repérer entre mille. Cocher! Arrête! Demi-tour!

Cinq minutes ne s'étaient pas écoulées que Clémence entendait derrière elle un roulement de carrosse. Elle se retourna et le reconnut avec surprise. Elle fut encore plus étonnée lorsqu'il s'arrêta à sa hauteur. Le cocher et un valet qui partageait son siège en descendirent. Avant qu'elle n'eût compris leurs intentions, ils se précipitèrent sur elle, l'arrachèrent de sa selle et la portèrent sans ménagement à l'intérieur de la voiture.

Clémence essaya de se redresser. Elle avait perdu son chapeau, et sa tête nue avait violemment heurté la cloison, la laissant à moitié assommée. Près d'elle quelqu'un riait. Elle aperçut deux mollets blancs, une culotte et les pans d'un habit flamboyant, puis un visage qui se penchait, rubicond, répugnant : Japecaste !

— Bonjour, belle amie !

La portière claqua, le carrosse se remit en route. Sans perdre une seconde, Japecaste se jeta sur sa proie.

— Cette fois-ci, ma garce, tu ne m'échapperas pas !

Renversée sur la banquette, Clémence voulut le repousser à coups de poing, à coups de pied. Mais la place manquait, réduisant ses mouvements à presque rien. Japecaste avait l'avantage. Affaiblie par ces dernières vingt-quatre heures, elle n'était pas, aujourd'hui, de taille à résister à sa brutalité, à son corps lourd. Il la gifla d'abord à plusieurs reprises. Elle hurla, gémit, pleura, il s'en amusa d'autant, lui répondit par des injures et des obscénités, tout en bavant d'avidité, de triomphe. Alors, elle se tut et serra les dents à s'en briser les mâchoires afin d'échapper à la langue qui s'était mise à la harceler. Ivre de dégoût et de rage, à bout de résistance, Clémence s'enfonça peu à peu dans un brouillard aux couleurs de flammes de plus en plus épais. L'enfer, pensa-t-elle.

Lorsque le sexe de Japecaste la força, elle eut un ultime sursaut de révolte puis elle se laissa aller, inerte, et souhaita mourir.

★
★ ★

# CLÉMENCE ET LE RÉGENT

En septembre 1716, la duchesse Marie-Louise de Berry avait emménagé au Palais du Luxembourg qu'elle avait obtenu de son père. Cadeau inestimable! L'ancienne résidence de Marie de Médicis était en effet l'un des fleurons de Paris, avec une architecture opulente qui, en maints endroits, évoquait la Toscane; avec aussi des jardins dont jusque-là tout le monde avait pu profiter.

L'installation de la duchesse et de toute sa suite ne s'était pas faite en douceur, tant s'en faut. Depuis longtemps déserté par les membres de la famille royale, le Luxembourg avait été divisé en appartements et ses locataires privilégiés n'avaient jamais manifesté l'envie d'en partir. Sans tenir compte de leurs protestations, sans même les dédommager ou leur proposer un autre toit, Marie-Louise de Berry les avait délogés avec pertes et fracas, faisant également peu après interdire les jardins au public, une décision qui avait soulevé un tollé d'indignation.

En revanche, certains de ses amis étaient venus occuper les locaux vacants. Emile de Japecaste était l'un d'eux, ancien favori en titre avant l'apparition du comte de Rions. Il habitait un fort beau rez-de-chaussée donnant sur la rue de Tournon avec une entrée privée, située dans un étroit passage latéral, un cul-de-sac commode qui lui garantissait une totale indépendance.

L'église Saint-Sulpice lançait à toutes volées son carillon dans l'air brûlant de midi, lorsque le carrosse déposa Japecaste au Luxembourg. Il en descendit fort débraillé, rouge comme un coq, mais personne ne le remarqua, pas plus qu'on ne vit son cocher et son valet transporter Clémence dans l'appartement.

Ils firent si vite que la jeune femme, qui avait repris ses esprits aux portes de Paris et avait vaguement espéré, du fond de sa détresse, pouvoir attirer l'attention d'un passant sur elle, n'eut pas le temps d'esquisser la moindre tentative. De plus, par précaution, Japecaste l'avait bâillonnée et lui avait ligoté les mains. En quelques minutes, elle se retrouva seule, allongée sur un lit, dans une chambre aux volets clos qui ne laissaient couler qu'un médiocre rai de lumière.

Mais elle y voyait malgré tout assez pour comprendre que la pièce devait l'isoler parfaitement. D'abord elle avait entendu le bruit de la serrure qui se verrouillait derrière les domestiques de Japecaste. Puis, à bien observer les murs autour, elle devinait qu'ils étaient recouverts d'une sorte de capiton de gros tissu. On devait pouvoir faire ici tout le tapage qu'on voulait sans qu'un son filtrât à l'extérieur. Pour preuve, avant de sortir, le valet lui avait ôté son bâillon. Il lui avait aussi délié les mains.

Un instant, Clémence se tint immobile, secouée parfois de petits spasmes nerveux. Elle émergeait d'un tel cauchemar qu'elle n'avait même plus de larmes à verser. Ce viol, survenant alors qu'elle était particulièrement vulnérable, avait eu raison de sa résistance.

L'estomac au bord des lèvres, elle croyait toujours sentir la forte haleine que Japecaste avait soufflée sur elle. Sa transpiration, sa salive lui collaient à la peau et elle aurait donné une fortune pour s'en défaire en plongeant dans un bain parfumé. Elle avait été salie, souillée. Ce scélérat avait abusé d'elle avec toute la goujaterie et le cynisme possibles.

Avant de rencontrer celui qui était aussi l'assassin de son père, Clémence n'avait jamais haï personne. Maintenant elle n'était plus que haine et désir de vengeance. A mi-voix, elle se répéta le serment qu'elle avait fait après la mort du marquis de Trémadec : un jour, Japecaste payerait pour tous ses crimes !

Grâce aux clochers des églises, Clémence put mesurer le temps qui passait. Deux heures s'étaient écoulées. Elle finit par faire l'effort de se lever, se traîna à la fenêtre, écarta les volets intérieurs. Il était impossible d'ouvrir, l'espagnolette avait été enlevée. Casser un carreau n'aurait servi à rien : des barreaux empêchaient toute velléité de fuite. Cette fenêtre donnait probablement sur le cul-de-sac qu'on lui avait fait emprunter en arrivant. Un mur aveugle bouchait la vue, faisant obstacle au jour.

Mis à part le lit, il n'y avait pour tout mobilier qu'un pot et une cuvette vides posés sur une table. Cette pièce distillait l'angoisse, le sordide. Clémence était certaine que d'autres femmes avaient été retenues prisonnières ici, avaient souffert, pleuré, supplié. En examinant les murs, elle avait découvert qu'ils étaient du même orange que l'intérieur du carrosse, une teinte que Japecaste semblait apprécier et qui, pour elle, symboliserait à jamais le dégoût et l'humiliation.

Elle avait soif, elle avait faim, elle sentait sa raison vaciller. Dans un accès soudain, elle se jeta sur la porte, secoua la poignée en criant :

— Ouvrez ! Ouvrez ! Japecaste, infâme ordure, ouvrez !

Clémence se mit à hurler toutes les injures qu'elle connaissait en français, en breton, martelant des poings le battant capitonné. Brusquement celui-ci s'ouvrit et Japecaste apparut sur le seuil. D'une bourrade, il la repoussa, pénétra dans la chambre en ayant soin de refermer la porte derrière lui.

Il avait eu le temps de se changer, de se restaurer, était frais et rose, tout gaillard. Clémence était moite, échevelée, boueuse. Ses vêtements étaient déchirés ; elle avait l'air visiblement à bout. Cependant, même ainsi, elle n'appelait pas la pitié : sa beauté demeurait intacte ; sa **fierté** qu'elle croyait vaincue était encore trop évidente.

— C'est à moi que s'adressent ces mots doux ? lui demanda Japecaste.

— Vous n'êtes qu'un chien. Je vous tuerai !

Et Clémence lui cracha au visage.

Il riposta par une autre bourrade qui la précipita sur le lit où il la rejoignit aussitôt. Japecaste était agile malgré sa corpulence ; une fois encore, cela lui fut facile d'avoir le dessus. Les gifles, les coups, les insultes se mirent à pleuvoir sur Clémence. Instinctivement, elle s'enroula sur elle-même pour tenter de se protéger. Il réussit à la faire basculer sur le dos, la dénuda en partie, lui retroussa les jupes. Elle s'attendit à être de nouveau violée mais, cessant de la battre, le souffle court, suant le vice et la présomption, il se mit à la contempler alors qu'elle gardait un bras replié sur le visage. Faiblement, elle chercha à ramener ses jupons sur son bassin et ses jambes, il l'en empêcha :

— Laisse-moi jouir du tableau.

# CLÉMENCE ET LE RÉGENT

Il l'avait matée, la bougresse! Japecaste n'en avait jamais connu de pareilles. Sa chair était d'un moelleux!... Il n'avait vraiment pas à regretter sa visite à Sceaux. Clémence avait commencé à lui payer son séjour à la Bastille et tout ce qu'il avait subi d'offenses par sa faute. Ce qu'il lui avait fait n'était qu'un avant-goût des petits divertissements prévus, une mise en bouche, pensa-t-il en riant de son mot d'esprit. Il ferait baisser pavillon à cette mijaurée, piétinerait son orgueil!

— Alors, tu as compris qui est le maître ici?

Pas de réponse. Japecaste donna une claque sur chacune de ses cuisses:

— Bien sûr que tu l'as compris, petite salope. Au fond, tu n'attendais que ça, hein? Un véritable maître.

Il ricana:

— Un maître si fier et si peu jaloux de son esclave qu'il a décidé de la montrer à ses amis. Ce soir même, oui, oui, oui. En attendant, tu vas dormir afin d'être dispose. Puis on viendra te préparer, te faire belle. C'est que je t'emmène dans le meilleur monde, sais-tu?

Il ricanait encore en quittant la pièce.

Soulagée, Clémence, peu à peu, s'accrocha à un début d'espoir qui, si faible fût-il, l'aida à tenir au milieu de son naufrage. «Je t'emmène ce soir», avait dit Japecaste. Elle n'avait aucune idée de l'endroit où il la gardait séquestrée mais hors de cette chambre peut-être trouverait-elle moyen de s'échapper?

Elle se recouvrit comme elle le put avec les lambeaux de sa robe. Elle mourait de soif, se sentait fiévreuse. Tout son corps maltraité la faisait souffrir. Dormir, lui avait-il aussi recommandé... Dormir, oublier, pour ne pas devenir folle et pouvoir mieux se défendre...

Avant de sombrer dans un noir et lourd sommeil, Clémence se rappela soudain quelque chose. Tout à l'heure, tandis que Japecaste la rouait de coups, elle avait sans même réfléchir, cherché à protéger l'enfant qu'elle portait.

Un véritable remue-ménage la réveilla, un ballet plutôt, parfaitement orchestré, de servantes et de valets chargés, qui d'un flambeau, qui d'un plateau couvert d'assiettes, qui d'affaires de toilette, qui de linge ou de vêtements. Des laquais installèrent devant le lit une grande cuve de cuivre garnie d'une toile et pleine d'eau chaude. Puis les hommes se retirèrent et Clémence se retrouva en compagnie de trois filles qui lui servirent d'abord du thé dont elle redemanda une seconde tasse, puis entreprirent de la dépouiller de ses hardes. Elle se laissa faire sans protester. Au contraire.

Lorsqu'elle entra dans l'eau, elle ne put retenir un soupir proche du contentement. Jamais bain ne lui avait procuré une telle sensation de bien-être. C'était presque une résurrection. Clémence se jura alors que jamais plus elle ne laisserait ce porc de Japecaste lui imposer ses souillures.

Savons, parfums, éponges, brosses, polissoirs : tout était tenu à sa disposition ou manié par des mains expertes auxquelles la jeune femme s'abandonna. Les filles n'étaient pas très bavardes, des adolescentes plutôt jolies, au même regard éteint, résigné. Que devaient-elles subir sous les ordres de Japecaste ?

Elles officiaient sans brusquerie, montrant beaucoup de respect envers Clémence qu'elles admirèrent avec franchise et naïveté. L'une d'elles s'occupa de ses cheveux qu'elle lava et frictionna longuement pour les sécher. Une autre lui lima les ongles des pieds et des mains et les frotta d'une poudre rose. La troisième approcha un tabouret, prit le plateau où était disposée une collation et se mit à lui donner la becquée très maternellement, ce qui finit par détendre l'atmosphère. Sans réussir à effacer l'horreur de cette journée, ces attentions contribuèrent à mettre du baume sur les blessures morales de Clémence. A petites bouchées, elle goûta au poulet froid, au fromage, aux macarons, au melon. Le tout était léger, savoureux.

— Monsieur a recommandé de ne pas vous faire trop manger car sinon vous ne pourrez pas souper.

— Où sommes-nous ? demanda alors Clémence, profitant de la complicité tacite qui circulait entre elle et les trois filles.

Ces dernières prirent immédiatement un air embarrassé.

— A Paris, finit par murmurer l'une d'elles.

— Oui, mais encore ? Dans quel quartier ? Sommes-nous bien ici chez monsieur de Japecaste ?

Elle comprit à leur silence qu'elle n'obtiendrait aucun renseignement et renonça à les questionner.

Au sortir du bain, enveloppée d'un peignoir de coton, Clémence fut coiffée et maquillée. Du blanc, du rose, du bleu, du vert, du noir en poudre ou en pâte, toute une palette de couleurs recouvrit son visage mais si habilement fondue que le résultat la stupéfia. Elle n'avait jamais usé de fards et elle n'était pas très sûre d'aimer la femme qui se réfléchissait dans le miroir qu'on lui tendait. Certes, les marques de fatigue, de souffrance, étaient effacées, les cernes estompés ; l'ensemble était séduisant. Mais Clémence ne reconnaissait pas l'expression meurtrie qui noyait son regard et l'amertume qui durcissait sa bouche.

En moins de vingt-quatre heures, sa vie avait basculé. L'amour lui avait dévoilé ses plus sombres, ses plus vils aspects. Pourrait-elle un jour, de nouveau, aimer sans dégoût, en toute confiance ? L'idée même qu'un homme la touche la révulsait.

Loin de soupçonner son tourment, les jeunes servantes achevaient sa mise en beauté, satisfaites de leur œuvre. Japecaste avait tout prévu ; rien ne manquait : des bas à coins brodés, des jarretières à nouer sous les genoux, une chemise de batiste, un corsage ouvert sur un corselet souple, un jupon de dessous et enfin une jupe plus longue avec un retroussis sur les reins. Cette toilette, très décolletée, était façonnée dans une gaze légère, un souffle de soie. Clémence l'aurait trouvée ravissante si le tissu n'avait pas été d'un rouge agressif, surchargé de gros bouquets jaune et orange. Elle eut le sentiment humiliant de porter comme une domestique une livrée aux couleurs du maître. Elle faillit tout arracher puis se ravisa. L'essentiel était de sortir d'abord de cette prison.

Enfin, elle fut prête, les cheveux frisés, relevés en casque ; une mouche de taffetas noir posée sur une pommette ; les pieds glissés dans des babouches de satin rouge, à talons hauts. Les trois petites béaient devant le résultat obtenu et voulurent le parachever en présentant à Clémence une étincelante parure de rubis et de topazes.

— Non! Pas de bijoux! s'écria-t-elle avec un mouvement de recul.

— Mais… Monsieur sera très déçu.

— C'est vrai! Vous me décevez énormément, fit alors la voix abhorrée. Ces joyaux sont assortis à votre robe.

Japecaste survenait sans crier gare. Epoustouflé en voyant Clémence, il restait sur le pas de la porte à la contempler.

Elle était sublime. Elle allait faire un malheur. Ce soir, toutes les femmes grimaceraient de jalousie, tous les hommes voudraient posséder une telle merveille, et l'envieraient, lui, Emile de Japecaste! Quant à la grosse Marie-Louise, elle en crèverait de dépit!

Bien qu'ils fussent, en apparence, restés les meilleurs amis du monde, Japecaste gardait rancune à la duchesse de Berry de lui avoir préféré Rions. Sa vanité en avait pris un coup, sa fortune également. Finies les grandes faveurs! Il savait que la duchesse s'intéressait de près à Clémence et qu'elle avait été très vexée, la veille, lorsque cette dernière avait refusé son invitation. Eh bien ce soir, il y aurait une surprise au Luxembourg et du piment au souper: finalement, la trop belle et fière Bretonne y serait présente mais c'est au bras de Japecaste, son heureux possesseur, qu'elle apparaîtrait!

— Je tiens à ce que tu portes ces bijoux! reprit-il d'un ton d'autorité qui fit trembler les petites. Vous autres, qu'attendez-vous pour les lui mettre?

Trois paires d'yeux suppliants se tournèrent vers Clémence qui eut pitié de tant de détresse. Sans plus de résistance, elle accepta le lourd collier, les pendants d'oreilles, le bracelet et la bague assortis.

Cette fois, dans le miroir, une étrangère lui faisait face, une véritable idole païenne, pourpre et dorée, rutilante et sensuelle.

Ebloui, Japecaste tripota son jabot de dentelles, ajusta machinalement son habit «coq de roche», se redressa:

— Compliments! Nous allons former le plus beau couple de la soirée! Eh bien, partons!

# CLÉMENCE ET LE RÉGENT

La porte était grande ouverte. Il fit signe à Clémence de le suivre. Dissimulant le dégoût qu'il lui inspirait, elle n'hésita pas une seconde. Où qu'ils aillent, elle était résolue à lui fausser compagnie à la première occasion.

Clémence avait pensé qu'ils emprunteraient le carrosse. Japecaste n'avait-il pas annoncé qu'il la mènerait chez des amis, dans «le meilleur monde»? Or, ils n'étaient pas encore sortis de ce qui devait être son appartement. Un valet les précédait, portant une torchère.

Un autre fermait la marche. Quelques pièces se succédèrent assez richement meublées selon le peu que la jeune femme put en juger. Arrivés dans un petit salon, le premier valet actionna un mécanisme secret aménagé dans une plinthe. Une ouverture apparut, fort sombre. C'était un boyau au sol inégal, aux parois pierreuses tavelées de moisissures. Sur le conseil de Japecaste qui ne tenait pas à ce qu'elle abîmât sa toilette, Clémence ramena ses jupes autour d'elle. Son cœur battait à toute allure.

Ils parcoururent ainsi une cinquantaine de mètres environ avant d'atteindre une issue commandée par le même système. Au-delà, c'était un cabinet minuscule. Mais derrière les boiseries, se percevaient des voix et, plus lointaine, de la musique de chambre.

Japecaste se tourna vers Clémence et, de ses yeux porcins brillant de lubricité, l'examina des pieds à la tête. Elle faillit une fois encore lui crier sa haine mais la prudence l'emporta. Il aurait bien été capable de la forcer sur-le-champ, quitte à se faire assister par ses laquais. Le moment n'était pas encore venu d'agir.

— Parfait! commenta Japecaste. Ils vont être ébahis.

Ils: ces fameux amis qu'il tenait tant à surprendre.

— Bon, nous allons entrer en scène. Tu seras aimable et docile. J'exige des sourires, de la grâce et beaucoup de prévenances à l'égard de ton serviteur, précisa-t-il avec son odieux ricanement.

Clémence ne répondit rien; cependant, son expression haineuse et méprisante était assez éloquente. Il se fit menaçant:

97

— J'ai dit des sourires, de la grâce, compris? Et n'espère pas apitoyer les gens en te présentant comme une victime. Personne ici ne s'apitoie sur personne, bien au contraire. Tes prétendus malheurs les amuseraient beaucoup. Maintenant, prends mon bras!

Il commençait à s'impatienter devant son silence et sa raideur. D'autorité, il lui empoigna la main et la posa sur son avant-bras. Puis il commanda aux valets de leur ouvrir la porte du réduit.

Clémence eut un mouvement de répulsion. Elle serra les dents, réussit à se dominer. Cette bête répugnante ne perdait rien pour attendre. Elle ignorait les raisons qui le poussaient à organiser cette comédie du couple parfait et demeurait sur ses gardes. Peut-être en ayant l'air de se prêter à son jeu, mettrait-elle plus de chances de son côté, endormirait-elle sa méfiance?

En quelques secondes, le décor bascula et d'un cabinet exigu, sans meuble ni ornement, Clémence, étonnée, passa dans un hall imposant, soutenu par des piliers de marbre, agrémenté de frises et de corniches. Des bustes antiques, d'immenses vases de porcelaine reposaient sur des colonnes tronquées; des flots de velours bleu, semé de lis, cascadaient du haut des cimaises. Comme au Palais-Royal, on respirait ici la grandeur, cette noble patine propre aux demeures princières chargées d'Histoire. Et Japecaste qui avançait avec aisance, en habitué des lieux! D'ailleurs, n'habitait-il pas dans ces murs ou presque? Il lui avait suffi d'emprunter un passage secret pour se retrouver ici!

Clémence jeta un coup d'œil vers une porte sculptée monumentale, gardée par des laquais portant perruque et habit. Il devait certainement s'agir de l'entrée d'honneur. Elle crut entendre des sabots résonner sur des pavés. Elle imagina une rue, des maisons, des présences secourables. Ne pouvoir se situer la rendait doublement prisonnière.

Devinant ses pensées, Japecaste gloussa:

— C'est de ce côté que ça se passe. Viens!

Il l'entraîna dans l'escalier, suivit ensuite une galerie

de portraits. Clémence reconnut quelques souverains, des reines dans tous leurs atours. La musique se rapprochait. C'était une gavotte assez enlevée qui s'enfla lorsque deux autres valets ouvrirent les battants d'une pièce éclairée brillamment et déjà pleine de monde.

— Monsieur de Japecaste! annonça un maître d'hôtel.

Des «ah!» saluèrent le nouvel arrivant, puis un «tout de même!», enfin un silence profond. On avait remarqué la silhouette élancée, rouge et or qui l'accompagnait. Comme par magie, toutes les lumières semblaient s'être déplacées sur elle. Des étincelles avivaient ses grands yeux; par myriades, elles s'accrochaient à ses oreilles, sa gorge, ses poignets et le long de son corps, sur les petits fils dorés dont sa robe était cousue. L'effet était saisissant d'autant plus que la beauté de cette inconnue était encore supérieure à son allure et son élégance. Le premier instant passé, les commentaires allèrent bon train:

— Une femme superbe! Qui est-ce? Qui est-elle? Où donc Japecaste avait-il déniché une telle merveille?

Car cela aussi augmentait la surprise: on avait plus l'habitude de le voir flanqué de prostituées, de filles d'Opéra ou de gamines à peine sorties de l'enfance. Ce soir, il avait eu la main heureuse, le sacré veinard. La plupart des mâles présents se faisaient cette réflexion. Quant aux femmes, leurs pensées étaient nettement plus malveillantes.

Ils formaient un groupe d'une dizaine de personnes, vêtues avec recherche, désinvoltes, toutes ou presque, un verre à la main, ou picorant les nombreux plats disposés sans apparat, sur des tables, des guéridons. Sucrés, salés, il y en avait pour tous les goûts. Les musiciens demeuraient invisibles dans une pièce voisine dont la porte était entrebâillée. Un parquet blond, des soieries vives sur les sièges et les murs, des bougies dorées: il se respirait ici un luxe voluptueux, assez tapageur.

Rien n'échappait à Clémence. Elle devinait l'admiration et l'envie, la curiosité et la jalousie. Mais c'était surtout l'attitude de Japecaste qui lui paraissait la plus frappante. Le buste redressé, le jarret tendu, il se rengorgeait avec autant de vanité qu'un coq de basse-cour. Le succès qu'elle remportait rejaillissait sur lui et il en dégustait le nectar. Cet être abject trouvait un autre moyen de profiter d'elle !

— Mon cher, présentez-nous. Peut-on connaître le nom de votre séduisante amie ? Présentez-nous, Japecaste !

De son bras libre — l'autre toujours lié à celui de Clémence — ce dernier écarta les curieux, majestueusement, avec un sourire suffisant et se dirigea vers un petit groupe qui entourait une femme, affalée sur une bergère.

— Approchez, approchez ! lançait-elle, tout en piochant des goujons frits dans une assiette que lui tendait une jolie brune. Nous ne vous attendions plus, mon cher Emile. Je vois que vous n'êtes pas seul. Qui s'amène ici ?

Chaque goujon englouti tout entier était suivi d'une lampée de vin blanc. Vêtue d'une sorte de robe de chambre floue, semée de nœuds en satin jonquille, elle débordait de graisse, sa peau était marbrée de vilaines rougeurs, ses yeux très bleus, un peu vagues, sa voix agréable quoique volontaire. Surprise à son tour, Clémence vit immédiatement qu'il s'agissait de la duchesse de Berry et décida dans le même temps de se mettre sous sa protection. Elle alléguerait au besoin l'amitié que son père le Régent lui portait, ses bonnes relations avec la princesse Palatine, sa grand-mère. La duchesse ne pourrait rester insensible en apprenant la conduite criminelle de Japecaste.

Mais cet espoir n'était pas plus tôt formulé que Clémence comprit que tout ne serait peut-être pas aussi simple. A mesure qu'elle s'avançait, elle constatait un changement d'expression spectaculaire chez la duchesse de Berry. D'abord intriguée, moqueuse, prête à accueillir la nouvelle recrue comme un dérivatif, celle-ci eut un hoquet en reconnaissant Clémence.

— Vous vous étranglez, Marie-Louise ? Buvez donc ! Mouchy, servez-la !

Un homme très laid, au teint aussi jaune qu'un coing, lui tapota le dos et la jolie brune emplit jusqu'au bord un verre d'eau-de-vie qui fut avalé d'un trait.

— Je vous l'ai cent fois répété : vous mangez trop vite !

— M. de Rions a raison, souligna Japecaste avec une révérence.

— Je n'ai que faire de vos conseils à l'un et à l'autre, rétorqua la duchesse. Vous êtes en retard, Japecaste.

Cette réaction le mettait aux anges mais il voulait encore enfoncer le clou.

Seconde révérence :

— Vous ne m'incriminerez plus, madame, lorsque vous saurez que c'était pour mieux vous plaire.

— Comment cela ?

Depuis le début, Marie-Louise n'avait cessé d'observer Clémence sans chercher à lui masquer son animosité. Elle écoutait Japecaste mais restait hypnotisée par la jeune femme qui n'avait pas encore esquissé le moindre geste. Une véritable statue qui semblait même la toiser avec dédain. Un comble !

— Je savais combien vous teniez à recevoir madame du Restou, expliquait Japecaste en poursuivant son petit numéro. Mais il m'a fallu d'abord la retrouver. Enfin, la voici. Toute à vous.

Troisième révérence. Cette fois-ci, Clémence l'imita, dans un bruissement soyeux, sans se départir de sa froideur et de sa fierté.

— Bonsoir, baronne, lâcha Marie-Louise. Nous avions renoncé à vous voir au Luxembourg. N'avez-vous pas décliné mon invitation ?

— Madame du Restou avait d'autres projets mais j'ai su la convaincre. En fait, elle ne sait rien me refuser, n'est-ce pas, très chère ?

Sardonique, Japecaste coula vers Clémence un regard en biais. Son autosatisfaction finit par rendre la duchesse complètement enragée. Comment l'animal avait-il réussi à mettre la main sur cette intrigante ! Et s'ils étaient de mèche, venus ici pour la narguer ? Cette robe rouge, ces seins, ces bijoux n'étaient que provocation ! Elle éclata :

— Cessez de jacasser, Emile ! Et laissez un peu s'exprimer madame. Nous n'avons pas eu encore le loisir d'entendre sa voix. Donc, baronne, vous êtes une amie de ce bon Japecaste. Je l'ignorais. Décidément, personne ne vous résiste. Mon père lui-même vous apprécie beaucoup, paraît-il.

L'assiette de goujons avait été suivie par des petits pâtés de viande. Madame de Mouchy ne laissait jamais sa maîtresse sans quelque nourriture à portée de main. Ni sans boisson. Les bouteilles vides s'amoncelaient dans les coins; tout le monde buvait presque autant que Marie-Louise.

Ses invités faisaient cercle maintenant autour de son siège, flairant soudain un début d'esclandre.

Clémence n'appréciait pas du tout l'intérêt dont elle faisait l'objet. Quelque chose dans cette ambiance respirait l'ambiguïté, lui rappelait la débauche du Palais-Royal dont elle avait failli être victime. A certaines différences près, cependant. Cette nuit, le vice, la méchanceté, le mépris de son prochain étaient flagrants, faussaient les gestes et les sourires. Les invités, toutes origines confondues, même les plus basses, étaient dignes de leur hôtesse. Si Marie-Louise de Berry avait hérité de l'intelligence et de la nature dépravée de son père, elle n'en possédait ni la bonté ni la générosité. Néanmoins, il fallait lui répondre et qui sait, avec un peu de chance, atteindre chez elle une corde sensible.

Clémence rassembla tout son courage pour affermir sa voix:

— En effet, madame. Monsieur le duc d'Orléans m'a fait l'honneur de s'intéresser à moi et je m'en flatte. Mais en ce qui concerne monsieur de Japecaste, il n'est entre nous question ni d'amitié ni de sympathie. Et je n'ai aucune estime pour lui!

Elle fit un pas de côté pour s'écarter enfin de ce bras qui la cramponnait, ce qui déclencha les rires.

— Prenez ça, mon bon Emile! s'esclaffa la duchesse. Votre si chère baronne ne semble pas vous porter dans son cœur.

La vibrante déclaration de Clémence, la mine à la fois déconfite et furibonde de Japecaste, celle sournoise de Marie-Louise: ça, c'était du bon spectacle! L'assemblée se régalait.

— Madame, je préfère pour l'heure ignorer cet individu,

continuait Clémence, insensible à ces réactions. Je vous prie de me pardonner mon refus d'hier matin mais il est vrai que j'avais d'autres engagements prévus. Je vous remercie humblement de m'avoir reçue et sollicite votre permission de me retirer.

— Il n'en est pas question! Nous vous gardons. Vous verrez comme on sait s'amuser au Luxembourg! Et puis, je tiens à vous réconcilier avec monsieur de Japecaste.

Vraiment, elle ne doutait de rien cette petite provinciale. Une arrogante, une pimbêche. Mais... Que lui arrivait-il? Interloquée, l'assistance la voyait se jeter aux pieds de Marie-Louise, se pencher à son oreille, sa main repliée en cornet devant sa bouche, sans se préoccuper de Rions, de la Mouchy, ni de personne.

— Madame, je vous en conjure, chuchota Clémence, laissez-moi partir. Je dois informer monseigneur le Régent d'un événement grave qui le concerne. Pardonnez-moi de ne pouvoir vous en dire plus, madame.

La duchesse agita ses doigts boudinés, surchargés de bagues, pour chasser l'importune.

— Ce qui touche mon père m'intéresse, fit-elle à voix haute. De même que mes amis ici présents. Vous pouvez parler en toute liberté.

Tout en se relevant, Clémence fixa les yeux troubles, les joues couperosées de cette femme déjà ivre, qui, pour une raison qu'elle ignorait, la détestait visiblement, ne lui serait d'aucun secours et pouvait même se révéler redoutable. A moins que son attachement pour son père ne l'emportât sur la rancune et la vanité?

— Je suis navrée, madame. Ce que j'ai à lui apprendre est confidentiel.

Elle s'entêtait! Une vraie Bretonne! Ces gens-là étaient pis que des mules.

— Je vous en prie, madame, reprit Clémence. Il y va de l'intérêt de monseigneur, de votre père! Je vous en donne ma parole!

On rit encore autour d'elle. Pour tous, l'affaire était claire: la belle devait avoir rendez-vous au Palais-Royal et

Marie-Louise était jalouse de cette nouvelle favorite. Il y avait de quoi, d'ailleurs.

Celle-ci eut, avec son cher Riri, un petit conciliabule qui s'acheva par des sourires aimables.

– Soit! dit-elle en se retournant vers Clémence. S'il s'agit d'aider mon père, je ne peux vous retenir bien que je regrette que vous fassiez tant de mystères. Est-ce donc une affaire d'Etat? Vous nous avez mis l'eau à la bouche avec vos discours. Et l'eau, chacun sait ici que je lui préfère un bon vin. Avant de nous quitter, chère baronne, vous accepterez bien une coupe de champagne. J'insiste!

Clémence aurait voulu refuser mais déjà le comte de Rions était lui-même allé lui en chercher une et la lui offrait, son visage de magot tout mielleux. Madame de Mouchy lui présentait des petits fours. Par politesse, Clémence en prit un, but quelques gorgées. Au fond, elles étaient les bienvenues, elles étanchaient sa soif, calmaient sa fébrilité. Encore deux minutes et elle sortirait de cette pièce, ne verrait plus ces airs concupiscents, ne sentiraient plus ces attouchements qui sans en avoir l'air s'attardaient sur elle. Quant à Japecaste, qui l'observait et observait la duchesse, tour à tour, elle saurait où le retrouver, le moment venu.

En finissant le petit four, puis le champagne, elle s'aperçut qu'elle n'avait pas songé au moyen de gagner le Palais-Royal et n'osa demander à la duchesse de Berry de lui fournir une escorte. A cette heure tardive, y aurait-il encore des porteurs pour la conduire de l'autre côté de la Seine? Probablement, non. Mais, sans doute, des valets du Luxembourg accepteraient-ils de l'accompagner? Elle les payerait plus tard.

Soudain très contrariée par ce problème, Clémence eut une sorte d'étourdissement. Elle n'avait pas d'argent sur elle, uniquement des bijoux. Or, elle ne pouvait pas conserver des bijoux qu'elle tenait d'un homme exécré!

– Que faites-vous, jolie madame? s'étonna Rions qui la serrait de près, en la voyant tout à coup s'attaquer au fermoir de son collier.

– Je dois rendre à son propriétaire ce qui lui appartient.

Ses doigts étaient fébriles, maladroits. Un peu de sueur perlait à son front. Elle se sentait mal, un flou dansait devant ses yeux. Enfin, elle réussit à se défaire de toute la parure. Elle était lourde et la brûlait comme si les feux que renvoyaient les rubis et les topazes avaient le pouvoir de meurtrir les chairs.

Clémence ne savait plus très bien où elle en était. Physiquement, nerveusement épuisée, elle n'aurait pas dû boire. Ses pensées s'embrouillaient. Seule, sa haine pour Japecaste demeurait cohérente. Elle l'appela.

Tout le monde se tut, attendit. Lui s'approcha, son odieux ricanement à la bouche et lorsqu'il fut à deux pas de Clémence, reçut les bijoux en pleine figure !

Ayant réuni tout ce qui lui restait de lucidité pour insulter son ennemi en public, elle vacilla et serait tombée sans le soutien du comte de Rions. Quelques instants après, Clémence découvrit qu'elle était étendue sur un large et moelleux sofa, tandis qu'on écartait les cheveux collés à ses tempes et qu'on lui rafraîchissait le visage avec un linge humide. C'était frais, parfumé, doux. Seule une main féminine pouvait être capable d'une telle délicatesse et Clémence apprécia d'être ainsi dorlotée. Elle était encore à demi consciente mais elle s'apercevait que les lumières étaient moins violentes, que les bruits de la réception étaient assourdis. La duchesse avait dû la confier à sa suivante. Clémence distingua les traits de cette jolie brune, la Mouchy...

Elle n'arrivait pas cependant à raisonner de manière bien nette. Ce malaise était par trop stupide. Le champagne lui laissait un goût un peu amer et elle avait une légère migraine, qui, toutefois, allait s'estompant grâce aux soins qui lui étaient prodigués.

Clémence se détendit. La main continuait son va-et-vient sur son front et ses joues tandis qu'une autre frôlait son cou, sa gorge et ses bras. C'était bon mais étrange car ces mains paraissaient se multiplier, devenaient innombrables. Elles couraient maintenant partout, s'aventuraient dans les endroits les plus intimes de son corps. Puis des lèvres vinrent aussi la mettre en émoi. Clémence sentait le plaisir naître en elle tout naturellement. Ce devait être un rêve, l'un de ceux dont on a un peu honte au réveil.

Cette Mouchy était une perverse ; il fallait avoir la volonté de la fuir, elle et l'autre personne. Au fait, qui était-ce donc ? La duchesse de Berry ! Non ! Pas elle ! Pas elle !

Clémence ne rêvait pas. Ces goules s'activaient fiévreusement, adroitement. Comment leur échapper ? Echapper à ce vertige des sens mêlé de dégoût ?

Clémence voulut se lever mais l'embonpoint de la duchesse emprisonnait l'une de ses jambes. En reprenant ses esprits, brusquement, elle comprenait le piège qui lui avait été tendu. Rions avait dû verser une drogue dans son champagne.

— Vous avez besoin de renfort, mes poulettes ? plaisanta une voix d'homme.

Bien sûr ! «Le cher Riri» venait se joindre aux deux femmes. A la vue de sa laideur, de ses pustules et surtout du sexe énorme qui jaillissait de sa culotte ouverte, Clémence poussa un cri, et se débattit de plus belle.

Dans l'ombre, quelqu'un ricana. Japecaste ! Qui devait les épier, prêt à intervenir lui aussi !

Comme piquée par un dard, Clémence se redressa. Ecartant la Mouchy d'un violent revers de main, envoyant rouler la duchesse d'un coup de pied au ventre, elle réussit à se libérer, à éviter Rions et se précipita vers la porte.

Le cauchemar recommençait. Une nouvelle fois, il lui fallait fuir, chercher le salut dans une demeure immense qu'elle ne connaissait pas. Affolée, elle se surprit à appeler Josselin tout bas. Mais cette nuit, son ami ne surgirait pas pour lui porter secours.

Non loin, dans les salons, la fête battait son plein et Clémence savait quelle tournure elle avait dû prendre. L'ivresse, l'orgie, les accouplements bizarres l'effrayaient. Elle se sentait honteuse et avilie d'avoir, même un instant, cédé au plaisir.

— Arrête ! Sale garce ! Je t'aurai !

C'était Japecaste. Elle l'entendit s'essouffler derrière elle et courut plus vite, traversant les pièces les unes après les autres. Chacune d'elles était éclairée, faiblement. Parfois au passage, elle réveillait un laquais endormi et, dans cet appartement pareil à un labyrinthe, la jeune femme eut bientôt l'impression de tourner en rond. Enfin, elle rencontra un escalier, le dévala à toute allure.

— Tu ne pourras pas t'échapper !

Japecaste continuait à la poursuivre mais, cette fois, il lui sembla que la distance qui les séparait était plus importante. Au bas de l'escalier, elle ouvrit une porte, ne vit plus rien et se cogna contre quelque chose, un fauteuil ? Tout était noir, dans une forte odeur de renfermé. Elle tâtonna, sentit très vite un mur sous ses doigts. Ce devait être une garde-robe. Les jambes tremblantes, Clémence se tapit derrière le siège, écouta les pas de Japecaste décroître dans le lointain.

Le silence retomba. Hors d'haleine, elle décida de ne plus bouger jusqu'au lever du jour. Elle chercherait et trouverait bien un moyen de se sortir de là.

— Madame du Restou !

Un chuchotement, une secousse légère sur ses épaules rappelèrent difficilement Clémence à la réalité. Telle qu'elle s'était endormie, accroupie, la tête appuyée au dos du fauteuil, telle elle s'éveillait la mémoire encore brumeuse.

Un pan de lumière entrait par une porte ouverte, éclairant le réduit où elle avait trouvé refuge. Une armoire occupait tout un mur ; des brocs, des bassines étaient rangés sur une étagère et le siège qui la dissimulait n'était autre qu'une chaise percée, recouverte d'une housse de velours vert.

— Madame du Restou !

Penchée vers elle, une femme répétait son nom. Cette fois-ci, Clémence fut debout en une seconde et tentait de prendre la fuite lorsque cette même personne l'en empêcha :

— Non ! Restez ! N'ayez pas peur.

Le ton était apaisant, ainsi que le visage noble et sérieux. Blonde, élancée, élégante quoique vêtue avec sobriété, cette femme tenait avant tout à rassurer Clémence :

— Je sais qu'on vous recherche. Mais vous n'avez rien à craindre : vous êtes dans mon appartement. Je suis madame de Saint-Simon.

Un sourire détendit ses traits. Elle parut aussitôt plus jeune et très séduisante :

— Mon mari m'a parlé de vous, vous lui avez fait une excellente impression. D'habitude, il est plutôt avare de louanges.

Clémence respirait déjà beaucoup mieux :

— Madame, vous êtes trop bonne et je suis confuse d'avoir dû forcer votre porte. Mais... Je... Enfin... J'étais hier au soir conviée malgré moi chez madame la duchesse de Berry et...

Clémence devint aussi rouge que sa robe. Il lui était impossible d'expliquer à cette dame si convenable, dont la vertu était notoire, ce qui lui était arrivé.

— Il y a eu un petit malentendu, acheva-t-elle piteusement.

— Inutile de me l'expliquer, je crois comprendre, fit madame de Saint-Simon en pinçant les lèvres. Les distractions du Luxembourg sont rarement dignes de personnes honnêtes. « L'ivrognerie, les ordures et impiétés y sont monnaie courante. » C'est pour cette raison que je n'y loge pas en permanence comme ma charge l'exigerait et me le permettrait cet appartement. Je désapprouve la conduite de la duchesse et m'en tiens au strict minimum, uniquement pendant la journée.

Madame de Saint-Simon s'échauffait, vibrant d'indignation. Nommée dame d'honneur par Louis XIV au moment du mariage de son petit-fils Berry et de Marie-Louise, elle avait dû obéir à la volonté royale. Mais jamais elle n'avait pu aimer, estimer, une jeune princesse dépravée capable des pires turpitudes.

En arrivant ce matin au Luxembourg, elle l'avait trouvée dans un état voisin de l'hystérie. Alors qu'habituellement, elle dormait tard, la duchesse secouait, houspillait son monde, promettant les foudres du Ciel à tout l'entourage, amis, amant, domestiques, filles et suivantes, si on ne lui ramenait pas madame du Restou, coupable envers elle d'un crime. Lequel ? Marie-Louise, en furie, parlait d'irrespect, de violence, de véritable lèse-majesté : Clémence était impardonnable, un châtiment exemplaire lui serait réservé.

— Je ne veux pas savoir ce que la duchesse vous reproche au juste, reprit madame de Saint-Simon. Sachez cependant que vous vous êtes fait une ennemie mortelle.

— Je m'en doutais, répondit Clémence avec un soupir las qui lui attira toute la compassion de la dame d'honneur :

— Allons, il vous suffira de l'éviter. La duchesse ne pourra rien contre vous. N'êtes-vous pas une amie du Régent ? Ne vous mettez pas martel en tête. Pour le moment, nous devons vous aider à sortir de cette maison de perdition. Geneviève aura bien une idée. C'est elle en fait qui vous a découverte tout à l'heure, endormie dans ce cabinet. Elle est venue m'avertir discrètement chez la duchesse et j'ai aussitôt compris de quoi il retournait. Vous pouvez avoir confiance en Geneviève de Revet, une fille sérieuse depuis toujours à mon service.

Justement une grande blonde apparaissait sur le seuil communiquant avec la pièce voisine. La quarantaine un peu guindée, mademoiselle de Revet semblait la copie en demi-teinte de sa maîtresse.

— Le chocolat est prêt, annonça-t-elle après avoir salué Clémence.

— Venez, dit madame de Saint-Simon.

Un ordre rigoureux régnait dans la chambre bien meublée, spacieuse mais froide comme tous les lieux pas vraiment habités. Seule note accueillante : un guéridon où étaient disposées des tasses, une chocolatière et des brioches.

Installées sur des fauteuils que Geneviève avait rapprochés, toutes trois se concertèrent sur le plan à suivre. La duchesse de Berry avait donné des ordres : chaque issue était surveillée, le signalement de Clémence donné à tout le personnel car il paraissait peu probable qu'elle ait pu quitter le Palais sans être remarquée, surtout de nuit. On recherchait donc une jeune femme vêtue de rouge et de jaune, une folle dangereuse malgré sa beauté angélique, monsieur de Japecaste, un familier, étant aussi très enragé contre elle.

Personne ne prêta attention aux valets de madame de Saint-Simon lorsque plus tard dans la matinée ils quittèrent le Luxembourg en emportant une grosse panière d'osier, emplie de rideaux et de tentures que Geneviève de Revet avait subitement décidé de faire nettoyer. Le groupe fut d'autant moins inquiété que Geneviève elle-même l'accompagnait. Fort connue et respectée à l'égal de sa maîtresse, aucun domestique, huissier, garde ou officier ne se serait avisé de lui poser la moindre question.

Sans encombre, la panière fut transportée non loin, derrière le chevet de l'église Saint-Sulpice, dans un renfoncement discret. Là, seulement, Clémence put s'en extraire, à moitié étouffée par un panneau des Gobelins. Chez madame de Saint-Simon, elle avait pris la précaution d'abandonner sa trop flamboyante tenue pour une robe très décente en toile beige appartenant à la demoiselle de compagnie. Les cheveux recouverts d'un plissé de coton, les épaules protégées d'un châle, chaussée de talons plats à peu près de sa taille, Clémence avait troqué son allure de Messaline pour celle d'une gentille bourgeoise de Paris.

Ne souhaitant pas s'attarder dans les parages, elle remercia chaleureusement Geneviève qui lui indiqua la direction à suivre afin d'atteindre au plus court le Pont Neuf. Après c'était facile, Clémence connaissait son chemin.

Au même moment, furieuse et dépitée de n'avoir pu mettre la main sur elle, saturée d'eau-de-vie, en proie à la migraine, la duchesse de Berry ordonnait à ses femmes de préparer son bagage. Elle avait soudain décidé de faire une retraite de quelques jours chez les Carmélites de la rue de Grenelle où elle avait ses habitudes. Il n'y avait rien de tel pour se purger le corps et l'âme que, de temps à autre, le jeûne et les prières. Blessée en tombant après avoir reçu le coup de pied de Clémence, et surtout humiliée comme elle ne l'avait jamais été, Marie-Louise ruminait de folles idées de vengeance. Aucun être au monde ne s'était encore moqué d'elle impunément.

# Troisième Partie

## Juin-Septembre 1718

CLÉMENCE marchait en jetant des regards anxieux autour d'elle. Fragile, nerveuse, elle voyait maintenant un ennemi en chaque homme qu'elle croisait.

Elle allait vite, pressée de retrouver l'aile protectrice de dame Planchette, les soins de Naïg, la solide présence de Hyacinthe. Tous devaient être morts d'inquiétude. Elle espérait que le message destiné au Régent avait pu lui être transmis. Irait-elle se plaindre auprès de lui de la conduite de sa fille ? Non. Clémence sentait combien cela serait délicat. Si indulgent à l'égard de Marie-Louise, Philippe ne verrait en outre aucun mal dans ce genre de polissonneries ; il les pratiquait trop souvent !

Quant au rôle sordide et infâme tenu par Japecaste, comment le révéler à quiconque sans se couvrir de honte soi-même ?

Elle s'engagea sur le Pont Neuf avec appréhension, effarée par sa joyeuse cacophonie, sa multitude bigarrée, tout ce qui en faisait l'attrait depuis plus d'un siècle et qu'elle était venue plusieurs fois goûter en compagnie d'Yvonne Planchette.

Sur la chaussée, s'imbriquaient les carrosses, les charrettes, les chaises à porteurs, les bœufs et les moutons, dans un désordre qui paraissait inextricable. Il était plus prudent d'emprunter l'un des larges trottoirs sur lesquels s'alignaient des étals offrant mille petits riens, livres, colifichets, friandises.

L'allure sage et presque furtive de Clémence, sa manière farouche de serrer son châle sur sa poitrine lui valurent quelques moqueries, surtout de la part des nombreux bateleurs et «ciarlatani», ces charlatans qui attiraient la foule avec leur bagout.

Depuis les débuts de la Régence, le plus célèbre d'entre eux était le Grand Thomas. On ne pouvait manquer ce lascar haut d'une toise* juché sur un char, dans une demi-lune, au milieu du pont. Vêtu de rouge de la tête aux pieds, coiffé d'un tricorne garni de plumes de paon, il portait un long sabre à la ceinture. Un étendard écarlate frappé d'une molaire couronnée affichait ses fonctions que chantaient également deux musiciens : le Grand Thomas était arracheur de dents ! Le meilleur. Un expert selon eux, qui officiait sans effort et sans occasionner la moindre douleur chez le patient. Il vendait aussi un «Baume solaire» censé guérir «d'une manière radicale les maladies secrètes les plus caractérisées sans garder le lit ni la chambre». La même dose était prescrite qu'il s'agisse d'un homme ou d'un cheval. Yvonne Planchette en avait acheté une fiole, six sous, pour soigner ses rhumatismes et s'en était déclarée satisfaite.

Aujourd'hui, Clémence trouvait effrayant ce géant qui pourtant l'avait divertie naguère, avec tout ce rouge et les traces de sang laissées çà et là par des dizaines de gencives qu'il entaillait à tour de bras. Les plumes de paon sur le chapeau lui rappelaient douloureusement le rêve qu'elle avait fait tant de nuits. Dans la réalité, ce n'était pas un oiseau au magnifique plumage qu'elle avait poursuivi mais un homme sans cœur bien trop séduisant.

A cause de lui, à cause d'Alvaro, Clémence avait perdu toute fierté, toute joie de vivre. Pourrait-elle jamais se libérer

---

* Près de deux mètres.

de la crainte, de l'amertume et du dégoût qui pesaient sur elle comme un insupportable carcan ?

La Seine, en contrebas, filait vite, miroitante, dans cette perspective à la fois grandiose et pleine de charme qui faisait sa renommée. A la regarder, Clémence éprouvait une sorte d'attirance morbide. Récemment, elle avait entendu parler d'une jeune femme qui s'était noyée par désespoir. Avant d'aller se jeter du haut du pont, la malheureuse avait pris soin de revêtir sa robe la plus seyante et d'enfiler des bas de soie jaune.

Mourir en beauté est une forme de courage comme une autre, pensa-t-elle, oppressée.

Un vilain bâtiment lui masqua soudain la vue du fleuve. C'était celui d'une pompe hydraulique surmontée d'une horloge au carillon célèbre et qui alimentait les puits et les bassins du Louvre, des Tuileries. La Samaritaine offrant de l'eau à Jésus ornait son fronton. Maintenant, il ne restait à Clémence qu'une courte distance à franchir après le débouché du Pont Neuf, pour regagner sa rue.

Elle en atteignait à peine les premières maisons que brusquement elle sentit derrière elle quelqu'un l'attraper par la taille. Une main se colla sur sa bouche afin de l'empêcher de crier. Fauchées par la peur, ses jambes fléchirent, Clémence devint toute molle mais instantanément elle se redressa, se débattit, chercha à mordre son agresseur :

— Du calme ! lui murmura celui-ci en l'entraînant sous une porte cochère.

Il la libéra, la fit pivoter et elle se retrouva en face de Josselin Le Rik !

— Hé, tu ne vas pas tourner de l'œil ! dit-il en la voyant chanceler. Remets-toi. Je ne croyais pas t'avoir effrayée à ce point.

Il la soutint en lui soulevant le menton mais elle se dégagea comme si Josselin lui inspirait de la crainte :

— Tu es fou ! Qu'est-ce qui te prend ?

— Ce qui me prend ? répéta-t-il. Tiens, regarde discrètement là-bas plus loin. Fais attention.

Les mains sur ses épaules, il se pencha avec elle à l'extérieur du porche.

— Tu vois ce marchand d'allumettes qui fait les cent pas devant ta maison ?

— Oui.

— Il ne te rappelle rien ?

Clémence étudia l'homme au panier rempli d'allumettes et d'amadou, un costaud dans une souquenille brune.

— Je ne sais pas. Peut-être.

Josselin recula en l'entraînant de nouveau à l'abri :

— Il n'est pas plus marchand d'allumettes que moi. Je l'ai déjà rencontré à Lamballe et à Dinan. C'est un domestique de Japecaste.

A l'énoncé de ce nom, Clémence devint très pâle, ce que ne manqua pas de remarquer Josselin.

— Je l'ai reconnu tout de suite. D'après madame Planchette, ce gars-là est monté frapper à ta porte en début de matinée. Sous prétexte de te proposer sa marchandise, il a demandé à Naïg si tu étais chez toi. Ensuite, il s'est planté dans la rue, avec ses allumettes. Ce n'est pas tout, continua Josselin sans cesser d'observer Clémence. Un officier de la duchesse de Berry est venu lui aussi te réclamer. En t'attendant, il s'est installé avec deux gardes au cabaret du coin d'où il surveille tous les mouvements du secteur. Décidément, chère amie, conclut-il avec emphase, espérant la faire sourire, vous êtes très sollicitée.

Mais elle avait un air plus apeuré que jamais et s'appuya contre le battant de la porte.

Mon Dieu ! Sans Josselin, elle s'en allait tout droit se jeter dans «leurs» griffes. Qu'elle était stupide de ne pas y avoir pensé ! «Ils» la recherchaient bien sûr et le premier endroit à vérifier était là où elle habitait !

— Que te veulent tous ces gens ? demanda Josselin, réellement soucieux. Où étais-tu donc passée ? Après le message que tu as fait parvenir hier au Régent, grâce à Hyacinthe, je voulais te voir ce matin pour que nous ayons ensemble une petite conversation. Je voudrais, si possible, des détails sur cette histoire d'enlèvement. Or, en arrivant ici, je n'ai vu que Planchette et Naïg, bouleversées par ta disparition. Elles m'ont raconté le peu qu'elles en savaient, c'est-à-dire rien. A l'aube, Hyacinthe a repris la route de Sceaux dans l'espoir de te retrouver ou, du moins, de récolter un indice. Quant à moi, en reconnaissant le valet de Japecaste, j'ai estimé que, vu les circonstances, il valait mieux que je guette moi aussi ton retour. A ce qu'il semble, j'ai bien fait, n'est-ce pas ?

Le visage décomposé de Clémence était en soi une réponse.

— Ne nous attardons pas dans les parages, dit-il. Je vais t'emmener dans un endroit où nous pourrons tranquillement bavarder.

Josselin fut surpris par son mouvement de recul lorsqu'il la reprit par la taille bien que, cette fois-ci, il se montra beaucoup plus doux.

— Clémence, tu n'as rien à craindre. Viens !

Muette, elle se laissa conduire avec une mine d'enfant battue qui l'intriguait et l'inquiétait. Qu'avait-on fait à sa princesse ?

Les jours de grand vent, l'église Saint-Sauveur, construite sous le roi Saint-Louis, menaçait de s'écrouler. Un charnier s'appuyait à la sacristie, elle-même écrasée par l'ombre d'une tour branlante, vestige d'anciens remparts. Seuls l'étroit parvis et le petit cimetière offraient un peu d'espace à ce vieux quartier aux maisons parfois sans âge, bâties les unes contre les autres, le long de rues à peine assez larges pour permettre à un carrosse de passer. Le soleil aussi avait du mal à s'y répandre et, en permanence, la boue crottait le pavé.

Cramponnée au bras de Josselin Le Rik, Clémence avait plongé dans un Paris tel qu'il était depuis toujours, fourmillant des mêmes gens, enfants, chiens, vivant des mêmes petits métiers, grondant de la même rumeur. La jeune femme n'avait pas desserré les dents mais Josselin l'avait sentie tressaillir à la moindre occasion.

Quand ils furent arrivés aux abords de l'église, elle voulut y entrer et il la suivit, respectant son besoin de recueillement.

L'intérieur était sombre. Des milliers de cierges avaient, au fil des temps, enduit les murs de suie. Clémence s'agenouilla quelques minutes et Josselin eut l'impression qu'elle pleurait entre ses mains jointes. Lui-même essaya de réciter l'une des prières que leur avait autrefois apprises le Père Jégou, le curé de leur village, mais il n'avait jamais été un élève modèle et recueilli, aussi préféra-t-il s'adresser à Dieu, sans les mots latins qu'il avait un peu oubliés. S'il priait aujourd'hui, c'était pour elle dont le profil environné de pénombre paraissait taillé dans de l'albâtre. Pour elle, pour lui, pour eux deux… Clémence finirait par lui confier la cause de sa détresse.

Avant de sortir, il lui montra certaines dalles usées où étaient inscrits les noms et pseudonymes de comédiens : Gros Guillaume, Gaultier Garguille, Guillot Gorju et le plus célèbre de tous les farceurs, Henri Legrand dit Turlupin. La paroisse Saint-Sauveur avait regroupé jadis des théâtres fort courus, dont le fameux Hôtel de Bourgogne et beaucoup d'artistes étaient inhumés dans son église.

— Les spectacles sont devenus de nos jours un luxe pour gens cultivés et blasés, remarqua Josselin. Dommage ! Je t'aurais volontiers emmenée voir une bonne farce.

— Je n'ai pas envie de rire, soupira Clémence. Dis-moi plutôt où nous allons et si c'est encore loin.

— Nous allons chez moi et c'est ici, dans cette grande maison.

De par ses proportions, elle tranchait sur les autres. C'était un immeuble à trois étages et toit en mansardes, avec une petite cour d'honneur sur le côté qui, du temps de sa splendeur, abritait remises et écuries. Après un siècle d'existence, l'Hôtel de Famini* tout en lézardes et en grisaille conservait malgré tout une certaine allure. Clémence le remarqua, croyant que son propriétaire devait être ce financier pour lequel Josselin travaillait.

L'Hôtel avait double entrée, l'une rue Saint-Sauveur, l'autre, plus effacée, dans la ruelle des Deux-Portes, où il

---

* L'hôtel existe toujours rue Saint-Sauveur.

l'entraîna. Avant d'en franchir le seuil, il s'arrêta un instant, avec un air à la fois espiègle et embarrassé que Clémence lui avait souvent vu à Lanloup, quand il avait fait une bêtise ou venait de jouer un tour à quelqu'un :

— Autant te prévenir, ma princesse. Tu risques d'être... disons déconcertée par l'intérieur et les occupants des lieux. Par avance, je te demande pardon. Mais sois certaine que tu n'as rien à craindre de personne. Fais-moi confiance. D'ailleurs, nous allons monter directement à ma chambre qui est très tranquille, tu verras.

Forte de l'avertissement, Clémence s'attendait donc à tout. Pourtant, elle eut d'abord du mal à comprendre de quoi il retournait. Le vestibule, imposant, était celui de toute maison cossue, les murs de stuc s'ornaient de pilastres ioniques, une grosse lanterne pendait au plafond, l'escalier était aérien, à rampe en fer forgé. Le portier avait un aspect digne et compétent, ce qui ne l'empêcha pourtant pas de cligner de l'œil familièrement en voyant que Josselin Le Rik était si bien accompagné.

Au premier étage, ils furent accueillis par une profusion de miroirs et de pendeloques accrochés un peu partout. Installées sur des banquettes, parmi des coussins de toutes couleurs, cinq jeunes femmes à peine vêtues, mais en revanche lourdement fardées, leur dirent bonjour avant de chuchoter entre elles des commentaires visant Clémence.

— Ma cousine de Bretagne ! leur annonça Josselin, très jovial et paraissant fort populaire auprès de cette gracieuse assemblée. Clémence, je te présente la Mie Margot, Urlurette, Catau, Nini, Tic-Tac. Nous sommes ici dans le « vestiaire ».

— Vous voulez visiter ? proposa Urlurette.

— Pas maintenant, fit Josselin précipitamment.

Mais la blonde Urlurette, désireuse de faire l'aimable, ouvrit le battant d'une volumineuse armoire et, sans tenir compte du refus appuyé de Le Rik, crut bon d'en montrer le contenu à Clémence :

— Je parie que votre cousine n'a jamais vu un si grand choix de costumes et d'accessoires. Nos visiteurs peuvent s'adonner à tous leurs fantasmes, paysans, empereurs romains, soudards, religieuses, bourreaux, marchandes des quatre saisons. Et regardez ces tissus! Touchez-les!

— Mademoiselle serait peut-être plus intéressée par notre assortiment d'olisbos ★, suggéra Tic-Tac avec malice.

— Non, non. Je ne crois pas, merci, s'écria Josselin en poussant Clémence hors du vestiaire avant qu'elle n'ait l'idée de demander ce que c'était.

Poursuivis par une cascade de rires, ils montèrent jusqu'au troisième étage. Josselin sortit vite sa clef, fit entrer la jeune femme dans la chambre et referma soigneusement derrière eux.

La pièce donnait sur l'église Saint-Sauveur. Peinte en vert, chargée de meubles rustiques d'époque Louis XIII, en beau noyer sombre, elle était sobre et ordonnée, presque sévère, contrairement à ce qu'avait laissé présager le reste de la maison.

— Pas mal, non? L'endroit est très ensoleillé.

Josselin forçait le ton, se voulait désinvolte comme si tout était normal, cherchant à faire oublier leur passage au «vestiaire».

— Alors? Ça te plaît?

En fait, il redoutait la réaction de Clémence dont l'expression effarée ne laissait rien présager de bon. Avec lassitude, elle se laissa choir sur le premier siège qu'elle trouva, puis regarda autour d'elle, fixa un instant le lit aux pentes vertes, au drap blanc soigneusement rabattu sur la couverture.

— C'est donc ici que tu loges? murmura-t-elle, incrédule.

Elle se sentait brusquement anéantie par la succession d'événements qui pleuvaient sur elle en si peu de temps. Après qu'elle eût vécu une véritable descente aux enfers et vu s'écrouler tout un pan d'innocence et de fraîcheur, Josselin ne trouvait rien de mieux que de la mener dans une maison de plaisir!

---

★ Godemichés.

Elle se mit à pleurer. Quel mot trompeur : plaisir ! Que de choses laides il cachait ! Démuni, Josselin s'accroupit devant elle, ne sachant comment la consoler. Mais avec surprise, il constata que ses sanglots s'entrecoupaient soudain de rires. Oui, Clémence riait et pleurait tout à la fois, d'une façon bizarre, un peu folle.

— Calme-toi ! fit-il doucement. Je vais t'expliquer. Je t'ai dit que tu devais me faire confiance.

— Il y aurait tant à expliquer, hoqueta Clémence.

D'un doigt délicat, il essuya ses larmes :

— Je parlerai d'abord et toi, tu me raconteras ce qui t'est arrivé ensuite, si tu le veux.

Ses yeux bruns, vifs et ardents, se rivaient sur les yeux noisette encore embués. Elle put y lire toute la loyauté dont elle le savait capable. Alors, peu à peu, sa crise nerveuse s'apaisa et Josselin jugea préférable de s'éloigner. Il avait trop envie de l'embrasser ! S'asseyant confortablement dans un fauteuil, les pieds posés sur un coffre, il entreprit sans plus attendre le récit de sa propre aventure.

Tout avait commencé en janvier, après son départ de Dinan. Cette nuit-là, il avait précipitamment quitté la ville, où il venait d'assister sans être vu au mariage de Clémence et de Guillaume. Un mariage qu'il ne pouvait admettre !

Arrivé à Saint-Malo, il s'était enivré avec deux hommes rencontrés par hasard et qui s'apprêtaient à embarquer pour l'Angleterre. Josselin, qui désirait gagner les îles lointaines, s'était retrouvé sans trop savoir comment avec eux, sur un bateau cinglant vers Southampton. L'un de ces hommes particulièrement agressif lui avait cherché querelle et, en voulant se défendre, Josselin l'avait tué.

L'incident aurait pu entraîner de graves conséquences si cet individu n'avait pas été l'un des collaborateurs de l'abbé Dubois, le secrétaire des Affaires Etrangères, qui venait de regagner Londres où il négociait depuis des mois un traité d'Alliance. Mis aux arrêts, Josselin avait été conduit auprès de lui dès son arrivée en Angleterre. La perte de son agent avait contrarié Dubois qui entretenait une très efficace police parallèle. Mais il s'y connaissait en hommes et savait tirer profit de toutes les occasions. Josselin Le Rik l'intéressa, Dubois lui proposa un marché : il ne serait pas inquiété ; on effaçait le crime ; aucun opprobre ne rejaillirait sur sa famille, son père, sa mère et ses sœurs restés en Bretagne. En contrepartie, il devenait un agent au service du roi, du Régent, tout en étant bien entendu aux seuls ordres de l'abbé Dubois. Avec, ce qui n'était pas négligeable, un salaire assez important. Josselin n'avait eu d'autre choix que d'accepter.

C'est ainsi qu'il était arrivé à Paris sous le nom de Grégoire, à peu près en même temps que Clémence. Un certain Tino, avec lequel il travaillait, l'avait installé à l'Hôtel de Famini où lui aussi occupait une chambre. En effet, c'était bien une maison de rendez-vous, tenue par une amie personnelle de l'abbé Dubois, une ancienne prostituée devenue tenancière et accessoirement indicatrice de police : la Fillon. Sa clientèle était huppée, des gens proches du pouvoir, de riches étrangers. Ses «filles» avaient toutes été éduquées pour soutirer des confidences parfois utiles au ministre. La maison avait l'avantage de posséder non seulement une double entrée mais aussi un passage secret. Partant du fond de la fameuse armoire aux costumes, il débouchait dans une boutique de la rue Saint-Sauveur.

Au début, Josselin s'était senti prisonnier de ce métier de l'ombre, d'une situation qu'il n'avait pas voulue. Cependant, assez vite il y avait trouvé du piquant. Dubois était certes une canaille, mais son intelligence, sa «souplesse de renard guettant une poule» l'avaient séduit. L'abbé œuvrait dur pour le roi et pour le Régent, son ancien élève, son ami.

Clémence écoutait, immobile. Elle ne s'était donc pas trompée dans toutes ses impressions, ses émotions, ses certitudes qui ne s'appuyaient pourtant sur aucune raison précise : Josselin était à Paris depuis le début ! Lui-même l'avait rencontrée, l'avait suivie parfois. Aux Tuileries, il l'avait vue se promener avec Guillaume, le jour où l'on avait tenté d'assassiner le roi. Elle se souvenait combien elle avait eu du mal à quitter les jardins comme si elle avait senti sa présence.

— Sais-tu qui a donné le biscuit empoisonné au roi ? demanda-t-elle.

— Non, ce salaud a filé très vite mais j'avais surpris son geste criminel et j'ai pu éviter le drame en prévenant le gouverneur.

C'était donc Josselin, le mystérieux domestique dont on n'avait jamais retrouvé la trace, qui avait sauvé le petit Louis XV !

— Et à l'Arsenal, le gentilhomme en rouge cerise, c'était toi ?

— Oui ! Je suis sur tous les fronts.

Il riait !

— Tu ne m'as rien dit !

— Crois-tu que le moment était bien indiqué ?

Implicitement, il évoquait la réunion clandestine avec Alvaro qui jouait les propriétaires auprès de Clémence.

Et lors de l'incendie du Petit Pont, c'était bien lui qui l'avait transportée sans connaissance rue de la Huchette chez l'apothicaire, après avoir empêché le vieux marchand de tableaux de se suicider.

Elle le savait ; elle le savait ! Chaque fois, elle avait ressenti, presque palpable, l'atmosphère de Lanloup, ses parfums, sa douceur, comme si elle y était.

— Oh, Josselin, pourquoi t'es-tu caché de moi pendant tout ce temps ? La nuit où tu m'as secourue au Palais-Royal, tu aurais pu tout m'avouer.

— Mon métier exige de la discrétion, princesse, répondit-il en prenant un ton un peu emphatique.

— Hyacinthe le savait ?

— Bien sûr. Mais ce n'est pas pareil. Trop de choses semblaient nous séparer toi et moi, en premier lieu tes relations avec l'ambassade d'Espagne.

L'allusion était claire.

— A vrai dire, je ne sais trop où vont tes sympathies, ajouta-t-il en étudiant le visage fermé de Clémence. De toute évidence, tu soutiens aussi le Régent, tu te préoccupes de son sort.

Josselin se leva et alla vers un buffet d'où il sortit du

pain, du fromage et un pâté encore intact dans sa terrine. Il possédait aussi plusieurs bouteilles de vin en réserve.

— Tu dois avoir faim et soif. L'heure du dîner est largement dépassée. Merci, Clémence d'avoir été si attentive. Maintenant, cela va être ton tour de me faire quelques confidences. Il y a longtemps qu'il est question d'enlever le Régent mais cette fois-ci tu sembles avoir des informations solides. D'où les tiens-tu?

Parlera-t-elle? Trahira-t-elle ses sources? La duchesse du Maine trempait dans le complot jusqu'au cou mais il y avait derrière ce fichu Espagnol. Pour ne pas risquer d'impliquer Clémence, Josselin n'avait encore jamais parlé de cet homme dans ses rapports.

Il avança jusqu'à sa chaise une petite table où il venait de disposer leur repas improvisé et s'assit en face d'elle :

— Un peu de vin?

Elle accepta puis, sans se faire prier mais en choisissant bien ses mots, relata la conversation qu'elle avait par hasard surprise chez la duchesse.

— Te rends-tu compte que tu charges madame du Maine d'un fait gravissime? souligna Josselin.

— Parfaitement, répliqua sèchement Clémence qui n'éprouvait aucun scrupule à accuser cette maudite femme.

— D'après ce que tu dis, le duc du Maine ignore le complot.

— Pour le moment!

— Sa chère épouse en ferait un Régent bien docile si Philippe d'Orléans était envoyé en Espagne. Maintenant Clémence, fais appel à ta mémoire : nos conspirateurs ont-ils évoqué un lieu, une circonstance particulière qui nous mettraient sur la voie?

— Il n'a été question que d'une forêt. Non, plutôt d'un bois.

C'était vague. Déjà insouciant par nature dès qu'il s'agissait de sa sécurité, le Régent, comme d'habitude, n'avait pas voulu prendre ces menaces au sérieux. La veille, Josselin avait accompagné Hyacinthe au Palais-Royal. Ils avaient été reçus et écoutés avec bienveillance mais le Régent avait réclamé des preuves. Rien ne l'empêcherait de bouger s'il en avait envie et la police ne pouvait pas déployer contre sa volonté une armée pour assurer sa protection.

Soudain, Josselin changea de ton. Repoussant son assiette, il croisa les bras sur la table et se pencha vers Clémence :

— Au fait, tu ne m'as pas dit ce qui t'avait amenée à Sceaux, dans ce nid de comploteurs.

Sa voix était pleine de sous-entendus. Clémence sentait affleurer l'agacement, la jalousie. Elle préféra la franchise :

— J'étais venue rencontrer don Alvaro et tu le sais fort bien. Mais je ne veux pas que son nom apparaisse. Débrouille-toi.

— Tu l'aimes donc tant ?

Elle fit un effort pour ne pas de nouveau fondre en larmes et mit ce qui lui restait de dignité dans sa réponse :

— Nous avons rompu. Tout est fini.

— Vous avez rompu ? Pourquoi ? Y aurait-il une autre femme ?

Josselin était finaud et semblait tout percer à jour :

— La duchesse peut-être ? Tu as l'air de la détester. A moins que ton cher comte refuse l'idée d'être père. Car ton enfant est de lui, n'est-ce pas ? Est-ce pour cela que tu as disparu pendant vingt-quatre heures ? A cause de cet homme ?

— Josselin, je t'en prie, ne me pose pas de questions !

Mais il était si jaloux que la hargne l'emportait. Normalement, la Clémence qu'il connaissait l'aurait déjà remis à sa place avec morgue, en lui conseillant de s'occuper de ses propres affaires. Fallait-il que ce Valiente l'ait fait souffrir !

Tout à coup, il se souvint du valet de Japecaste et des gardes du Luxembourg en faction devant chez elle.

— Je te demanderai encore une chose : que viennent faire Japecaste et madame de Berry dans cette histoire ?

Si Clémence avait réussi à évoquer Alvaro en conservant sa maîtrise de soi, cette fois-ci elle devint livide. L'effroi, la panique se lirent sur son visage ; ses yeux se firent suppliants :

— Non, non ! Je ne veux pas en parler. Jamais !

— Que t'ont-ils fait ? continua Josselin qui voulait à tout prix savoir, en pressentant déjà le pire.

125

Clémence tremblait sur sa chaise. Son fardeau l'étouffait. Se confier à Josselin, son plus vieil ami ? Ce n'était pas possible. La honte lui ôtait les mots. Il l'avait toujours mise sur un piédestal. Comment après avoir entendu un pareil aveu, pourrait-il encore l'aimer, l'admirer ? Elle le perdrait, à coup sûr. Or, elle s'apercevait que son affection comptait plus que tout.

Mais on ne décourageait pas aussi aisément Josselin Le Rik. Une main posée sur la sienne, il insista :

— Tu as quitté le cabaret où tu étais censée attendre Hyacinthe. As-tu rencontré Japecaste ? Oui, c'est cela, dit-il comme elle retirait sa main, courbait les épaules, se remettait à pleurer. Raconte-moi tout, Clémence.

Il devenait brusquement impitoyable, ne la lâchait plus, la questionnait sans relâche. Parce qu'il avait deviné qu'un poids terrible l'écrasait et qu'elle devait s'en libérer.

— Que s'est-il passé ? Allons dis-le-moi ! Parle !

Elle finit par craquer d'un coup, et Josselin, en l'écoutant, sentit alors sa souffrance devenir sienne.

— Bon Dieu, je le tuerai ! s'écria-t-il en plantant son couteau dans la table.

Puis il se leva, vint vers Clémence, la souleva de son siège, la prit dans ses bras.

— Ne pleure plus. Il paiera, je te le jure.

Il lui caressait les cheveux, la berçait.

— Là, là. N'aie plus peur. Tu n'as pas à avoir honte. Tu n'as pas à rougir. Tu restes ma princesse. Tu seras toujours Clémence de Trémadec de Lanloup.

Le cœur fracassé, le corps profané, Clémence avait vu l'amour la fuir après l'avoir détruite. Mais il suffisait souvent de peu de chose pour renaître. Encore fallait-il entendre la formule magique. Josselin l'avait-il prononcée ?

Clémence de Trémadec de Lanloup : ces mots firent surgir des images du monde qui était le leur, de ce petit coin de terre où ils avaient grandi, d'où elle avait toujours puisé sa force et sa fierté. Josselin avait ce pouvoir : partout, où qu'il fût, les ondes bénéfiques de Lanloup l'environnaient. Dans les jardins des Tuileries, à l'Arsenal, rue de la

Huchette, Clémence les avait instinctivement reconnues. Ces ondes écartaient les ténèbres, ramenaient la vie dans ses membres glacés.

— Ne sois pas prisonnière de ce cauchemar, Clémence, murmura Josselin. Je vais t'aider...

Lui seul en était capable car il était une partie d'elle-même.

Un peu hésitante, elle se rapprocha de lui, noua les bras autour de son cou. Pourrait-elle encore se donner sans peur et sans répugnance ? Longtemps, ils restèrent enlacés, immobiles. Tout était si fragile ! Il ne voulait pas la brusquer au risque de la perdre à jamais. Il voulait simplement lui faire retrouver le goût de vivre. Souvent il avait rêvé qu'elle l'aimerait, qu'elle s'offrirait spontanément. La vie en décidait autrement. Qu'importe !

— Ne crains rien. Tu dois me faire confiance, dit-il, ses lèvres près de sa bouche.

Elle renversa la tête pour mieux le regarder en esquissant un sourire tremblant. Josselin avait surmonté la douleur et la haine ressenties tout à l'heure et si le désir durcissait son visage, l'admiration, la tendresse lui adoucissaient les yeux.

— J'ai confiance, murmura-t-elle.

Il l'étreignit avec fougue mais néanmoins toute une gamme nuancée qui ne pouvait pas la laisser longtemps insensible. Déployant une patience infinie, à la fois grave et joyeux, Josselin réussit à faire sauter un à un chaque verrou qui la retenait captive, à effacer peu à peu l'empreinte de Japecaste et, bien que toujours sur sa réserve douloureuse, Clémence eut l'impression de réapprendre l'amour.

Elle en connaissait déjà les extases au goût de défaite sous la domination savante d'Alvaro, son maître-sultan indéchiffrable. Elle en avait supporté l'ennui auprès de Guillaume et de ses maladresses. Elle en avait aussi subi la laideur, hélas !

Grâce à Josselin, prendrait-elle un nouvel essor ? Tentée de s'abandonner tout à fait, elle préféra pourtant l'empêcher d'aller plus avant. Elle était encore trop meurtrie.

— Non, je ne peux pas, balbutia-t-elle. Pas maintenant, il est trop tôt.

En même temps, elle redouta sa réaction, incapable d'affronter son dépit, son incompréhension.

Elle avait tort de les craindre. Aucun égoïsme, aucune mesquinerie n'entrait dans le sentiment élevé que lui portait Josselin. Et s'il fut déçu, il sut le cacher, et faire fi de son propre désir, ne pas insister. Toutefois il la garda dans ses bras et à défaut de caresses lui prodigua des mots apaisants. Clémence se rappelait comment, à Lanloup, il s'adressait de la même façon à un animal blessé ou rétif. Plus détendue, prête à sourire, elle l'écouta puis, soudain, s'endormit.

A son réveil, elle ne trouva qu'un mot posé sur la table de chevet: «Repose-toi. Je reviens.» Elle avait perdu la notion de l'heure mais il faisait grand jour dans la chambre.

Clémence s'étira, surprise par la paix intérieure qu'elle ressentait. Refusant de s'attendrir sur le souvenir douloureux d'Alvaro ou de s'inquiéter du retour imminent de Guillaume, elle évita de définir les sentiments réels que lui inspirait Josselin. Il est mon ami, mon meilleur ami, se dit-elle à plusieurs reprises. En revanche, elle put aborder froidement la pensée de Japecaste et se fortifia à l'idée de se venger bientôt.

Pleine d'allant, elle se leva, remit de l'ordre dans sa toilette, recouvrit le lit, débarrassa la table des restes du repas. La chambre était par ailleurs très bien tenue. Qui s'occupait du ménage?

Un coup léger à la porte, les voix aussi gaies que des pinsons de Tic-Tac et de la jeune Urlurette venues monter de l'eau et s'inquiéter des besoins de Clémence: à l'Hôtel de Famini, il était évident que Josselin était l'objet de bien des attentions. Mais bonnes filles, les pensionnaires avaient décidé de se montrer aussi serviables à l'égard de «sa cousine de Bretagne». L'eau était un prétexte pour mieux l'approcher.

Clémence les remercia, puis lorsqu'elles furent reparties, toujours gazouillant, elle se mit à la fenêtre, observant les passants, dans la rue Saint-Sauveur. Un groupe d'hommes entra dans l'Hôtel d'où montèrent, des étages inférieurs, de légers bruits vite étouffés. La Fillon devait veiller à ce qu'il n'y ait pas de tapage chez elle.

Puis elle aperçut Josselin revenir en compagnie d'un homme mince et brun. Tous deux contournèrent le pâté de maisons, sans doute pour emprunter l'autre accès. En effet, cinq minutes plus tard, son ami était auprès d'elle :

— Tout va bien ?

Il souriait en l'embrassant, affectueux et complice, apparemment très à l'aise. Mais en fait il l'épiait. L'attitude naturelle de Clémence le rassura.

— Tout va bien, répondit-elle.

Quelle transformation chez elle qui ce matin encore avait l'air d'une ombre ! Et c'était lui l'auteur de cette métamorphose ! Il avait toujours su qu'ils étaient destinés l'un à l'autre. Il venait d'en avoir la preuve. Clémence de son côté l'avait-elle compris ? Plus tard, sans doute. Il était prématuré de se réjouir ; patience, se dit Josselin. Dans l'immédiat, ils avaient beaucoup à faire.

— Mon ami Tino sera ici dans un instant. Il est passé dans sa chambre prendre des documents que nous étudierons ensemble. Tu verras, c'est un garçon sympathique et discret.

Josselin revenait de chez Clémence où Hyacinthe arrivait juste de Sceaux, bredouille.

— Que leur as-tu dit ?

— Simplement que tu étais chez moi, en lieu sûr, que tu leur feras bientôt signe. Ils se posent mille questions mais du moins sont-ils tranquillisés, fit Josselin qui enchaîna tout de suite : Je suis également allé au Luxembourg. La duchesse n'y était plus. Elle s'est retirée chez les Carmélites jusqu'à la fin de la semaine, pour se décrasser un peu de tous ses péchés. Quant à Japecaste, la bête a elle aussi déserté sa tanière. Mais personne n'a pu me dire où elle a filé.

— Josselin ! C'est à moi de m'en occuper ! A moi de le châtier comme il le mérite !

— J'ai tout de même le droit de t'aider.

Clémence lui caressa la joue :

— C'est moi l'offensée.

— Toi et moi, c'est pareil, affirma-t-il sur un ton passionné qu'elle n'était pas prête à entendre.

Conscient de sa maladresse, il la laissa s'écarter de lui, puis lui-même alla ouvrir à Tino qui frappait à point nommé.

Sec et noiraud, en bon méridional il abreuva Clémence de compliments tout en déposant des rouleaux de papier sur la table. C'était essentiellement des plans sur lesquels ils se penchèrent évaluant toutes les possibilités d'action prévues par le comte de Laval et ses sbires. Sur l'invite de Josselin, Clémence s'assit près d'eux. La vue des tracés de routes, chemins et rivières ceinturant Paris lui évoqua immédiatement une image que sa mémoire avait enregistrée il n'y avait pas très longtemps. N'avait-elle pas eu l'occasion de contempler ce genre de plans, à l'ambassade d'Espagne, sur le bureau d'Alvaro?

La faconde de Tino la dérangea dans ses pensées. Il racontait comment la nuit précédente le Régent s'était fait conduire impromptu chez madame de Parabère, dans sa propriété des bords de Seine. Il était rentré au petit jour, ravi d'avoir échappé à la surveillance de la police.

— Mes ennemis n'ont pas l'envergure nécessaire pour me causer vraiment du tort, avait-il déclaré ensuite au lieutenant général Machault et à Tino présent à l'audience.

— Nous devrons nous tenir prêts à intervenir malgré le Régent, décida Josselin.

— Machault refuse de bouger sans ses ordres.

— On se passera aussi de Machault. A nous de trouver les hommes nécessaires.

Devant la fenêtre, les hirondelles n'avaient cessé leur manège, tout affolées de chaleur et de lumière tardive. Maintenant, les pépiements se taisaient et les petites ombres ailées, qui peuplaient la nuit tombante, avaient la forme délicate des chauves-souris.

Après s'être mis d'accord sur leur programme du lendemain, les deux hommes déclarèrent qu'il était temps d'aller dormir.

Si quelqu'un avait prédit à Clémence qu'elle trouverait normal de se dévêtir et de s'allonger près de Josselin, dans une maison très particulière, la jeune femme aurait ri ou se serait indignée. Mais ces derniers jours se chargeaient de telles expériences! Clémence avait appris à mieux se connaître. Les pires moments ne pouvaient avoir longtemps raison de sa vigueur, de sa détermination, de son appétit de vivre. Chastement blottis l'un contre l'autre, Josselin préférant se moquer en silence d'une situation qui le frustrait, ils cherchèrent le sommeil. Tout était si calme, si pur au creux de cette nuit d'été, qu'ils se croyaient transportés loin de la ville et des plaisirs frelatés que vendait la Fillon. Clémence accepta ce moment comme une trêve. Son instinct lui soufflait que celle-ci serait de courte durée.

Assez tôt le lendemain, avant de rejoindre Tino, Josselin lui fit ses recommandations. Il était préférable que Clémence demeurât à l'Hôtel de Famini jusqu'au retour de Guillaume. Cela permettrait peut-être à la duchesse de Berry d'oublier son caprice et ses griefs. En ce qui concernait Japecaste, le duel engagé contre lui depuis des mois reprendrait bien un jour ou l'autre mais Josselin ne croyait pas que Clémence ait à le redouter dans l'immédiat. Bien entendu son mari n'aurait pas à savoir ce qui était arrivé pendant son absence.

Et elle, dans tout cela? Saurait-elle reprendre le cours de l'existence comme si de rien n'était, auprès de Guillaume? Pensive, elle déclara que c'était une bonne idée, en effet, devinant le plaisir que son ami ressentait surtout à la garder pour lui seul ces quelques jours.

Sur la promesse de vite revenir, Josselin l'embrassa. De la fenêtre, Clémence le regarda s'éloigner d'un pas vif avec Tino. Les deux hommes allaient dans la direction de la Courtille, sur le chemin de Ménilmontant. Ils avaient parlé d'un cabaret, «Le Pistolet», très fréquenté par toutes sortes d'individus.

Au fond, cette vie en marge, tumultueuse, convenait à Josselin, pensa-t-elle en souriant, même si ce n'était pas la meilleure façon de s'enrichir, encore moins de récupérer les titres de noblesse auxquels il s'était toujours vanté d'avoir droit. Clémence s'était assez moquée de lui à ce sujet!

Mais son sourire disparut et elle ne tarda pas à tourner en rond dans la chambre. Le havre d'hier se transforme-rait-il en prison, aujourd'hui? Cet intermède amoureux avait certes provoqué sa guérison, cependant n'était-il pas plus sage d'y mettre un terme avant de... quoi donc? Josselin ne pouvait pas être autre chose pour elle que son meilleur ami.

Agitée, elle revenait sans cesse vers la table où les cartes étaient toujours déroulées. A voix haute, elle lut et se répéta les noms imprimés en petits caractères, cherchant à se rap-peler celui qu'elle avait vu souligné et marqué d'une croix rouge chez Alvaro, l'endroit – elle en était sûre – où il était prévu d'enlever le Régent. Une croix rouge. Une croix...

Une visite l'interrompit dans ses recherches. Les gen-tilles Urlurette et Tic-Tac montaient la voir avec une poêlée de pigeons aux petits pois. Elles ne manquèrent pas de demander à Clémence ce dont elle avait besoin. Si sa réponse les étonna, elles n'en laissèrent rien paraître mais, au contraire, s'empressèrent de lui donner satisfaction.

– Que vous êtes jolie! Cela vous va à ravir! Vous en auriez du succès parmi nous! s'écrièrent en chœur, un peu plus tard, les pensionnaires de la Fillon.

Lorsque, vers midi, Clémence quitta l'Hôtel de Famini, elle avait encore leurs rires et leurs compliments aux oreilles. Il est vrai qu'elle-même ne s'était jamais sentie aussi à l'aise que dans les nouveaux habits qu'elle portait, un sémil-lant costume de paysanne, tout droit sorti de l'armoire du «vestiaire»!

Devant chez elle, le marchand d'allumettes avait disparu; elle n'aperçut pas non plus les gardes de la duchesse. Pour autant, et malgré sa tenue qui lui garantissait l'incognito, elle ne s'attarda pas dans la rue et monta rapidement l'escalier.

Après avoir été embrassée, après avoir essuyé les pleurs de Naïg et remercié Hyacinthe d'être retourné la chercher sur la route de Sceaux, toutes ces effusions passées, elle coupa court aux questions entremêlées de reproches que lui lança madame Planchette:

– Non! Plus tard, ma chère Yvonne. Je vous expliquerai tout plus tard quand Guillaume sera revenu, dit-elle en espérant que cette promesse qu'elle n'avait pas du tout l'intention de tenir apaiserait la vieille dame.

Outrée, blessée, désorientée, celle-ci commençait à douter du pouvoir qu'aurait Guillaume sur sa fantasque épouse. Car cette petite était insensée, se moquait du monde! Elle disparaissait, vous laissant vous ronger d'inquiétude, réapparaissait, désinvolte, dans des accoutrements invraisemblables! Que devait-on en conclure? Mais ce qui acheva la pauvre Planchette fut l'ordre lancé par Clémence:

– Hyacinthe, tu m'accompagnes au Palais-Royal! Tout de suite!

Naïg, qui s'activait déjà à préparer un chocolat, suspendit son geste et demeura le pot de lait dans une main, la cuiller dans l'autre.

– Je le boirai en rentrant. Je n'en ai pas pour longtemps.

– Deux jours ou six mois? bougonna Planchette.

Clémence lui fit son plus irrésistible sourire:

– Deux heures, tout au plus, dit-elle en l'embrassant.

En entendant derrière elle la porte se refermer avec brusquerie, elle ne put s'empêcher d'éprouver de la peine. Contrairement à ce qu'imaginait son amie Yvonne, ce n'était pas de gaieté de cœur qu'elle repartait sans prendre le temps de se changer ni même s'accorder un répit. Sincèrement, elle souhaitait que deux heures lui suffiraient pour rencontrer le Régent et le persuader du danger réel qu'il courait. Car cet homme aussi lui était cher. Ce matin, elle avait compris qu'elle ne pouvait rester à l'écart, sans agir. Il y avait aussi ce nom qui ne cessait de rôder aux frontières de sa mémoire mais qui s'esquivait dès que Clémence croyait l'attraper. Ce nom indiqué par une croix.

– Donne-moi ton bras Hyacinthe. Nous irons plus vite.

Avec lui, elle ne craignait pas la foule et les éventuelles mauvaises rencontres. Elle ne se formalisa donc pas de son air réprobateur, lui qui avait cru trop tôt qu'elle resterait tranquillement sous la protection de Josselin.

# CLÉMENCE ET LE RÉGENT

Le couple qu'ils formaient, elle, avec ses cotillons courts et son corselet de villageoise, une coiffe à bavolets sur la tête, lui, grand et sec dans ses hauts-de-chausses bouffants, sans couleur bien définie, ses cheveux gris flottant sur les épaules, ce couple donc était trop singulier pour demeurer inaperçu. Et trop rustique pour entrer au Palais-Royal. Ils furent repoussés sans ménagement par les gardes en faction.

— Je suis la baronne du Restou! protesta Clémence qui regrettait maintenant le choix de ce costume.

— Et moi, l'archevêque de Paris! Filez votre chemin!

Attiré par les éclats de voix, un vieil homme pointa sa mine renfrognée. La jeune femme se précipita aussitôt sur lui:

— Monsieur Ibagnet, vous me reconnaissez, vous, n'est-ce pas?

Le Concierge du Palais, en place depuis près de cinquante ans, fronça ses sourcils broussailleux. La reconnaître? Pardi! Cette paysanne avait des allures de grande dame. Il n'en existait pas deux comme elle. Quant à s'étonner de sa tenue, le digne Ibagnet en avait vu d'autres avec un maître tel que le Régent.

— Parfaitement. Bonjour, madame.

— Monsieur Ibagnet, il me faut à tout prix parler à monseigneur, lui dit Clémence en déployant l'éventail de son charme.

Il se fendit d'un sourire navré. Aujourd'hui cela serait difficile pour ne pas dire impossible. Monseigneur était attendu par Madame sa mère, à Saint-Cloud.

— Par où passe-t-on pour s'y rendre? demanda-t-elle.

— Par le Bois de Boulogne, voyons!

— Le Bois de Boulogne... Oui... N'est-ce pas là qu'il y avait la croix rouge? murmura Clémence, se parlant à elle-même.

— Que je sache, il n'y a pas de Croix Rouge dans les parages, rectifia le Concierge, croyant qu'elle mentionnait un lieu-dit. Je n'y connais que la Croix Catelan, située au Pré du même nom.

A ces mots un déclic se fit tout à coup dans la pensée de Clémence. Elle eut un violent haut-le-corps; son visage s'enfiévra, à tel point qu'Ibagnet se demanda si elle n'avait pas l'esprit dérangé.

— La Croix Catelan! C'est cela! Hyacinthe! Cours prévenir Josselin ! S'il n'est pas rentré chez lui, il est à la Courtille, au cabaret du Pistolet. Il devait y recruter des hommes. Dis-lui que l'endroit en question est la Croix Catelan. Rappelle-toi bien! Qu'il fasse vite, très vite! Va! Puis se tournant vers Ibagnet de plus en plus perplexe: Nous devons empêcher le Régent de se mettre en route, s'il n'est pas déjà trop tard.

— Il y a environ un quart d'heure, son carrosse l'attendait au pied de son appartement privé, dans le «Cul de Sac de l'Opéra».

Sans hésiter, Clémence se mit à courir, en longeant la façade du Palais-Royal dont tout un angle était occupé par l'Opéra. Mais lorsqu'elle déboucha sur le «Cul de Sac», ce fut pour constater que la venelle était vide: l'équipage était déjà parti.

— Nous l'avons manqué de peu, haleta Ibagnet qui l'avait suivie.

— Un cheval, vite! Monseigneur est en danger. Je dois le rattraper. Monsieur Ibagnet, si vous aimez votre maître...

— Je l'ai vu naître, se rengorgea-t-il.

— Alors, il faut voler à son secours.

— Je ne peux donner aucun ordre à sa place, soupira avec impuissance le vieil homme qui ne savait plus que penser.

D'ailleurs, alerter le capitaine des gardes, chercher à le convaincre prendrait trop de temps, estima Clémence, maintenant absolument sûre de son fait. En outre le Régent avait peu d'avance. Elle avait des chances de le rejoindre avant le Bois.

— Monsieur Ibagnet, il nous faut des chevaux tout de suite. Car vous allez venir avec moi; vous me servirez de guide.

L'agitation de la jeune femme, son angoisse évidente avaient fini par gagner le Concierge qui brusquement se remit à courir en sens inverse, jusqu'à l'entrée principale du Palais-Royal où les visiteurs, les courriers attachaient toujours leurs montures, à un endroit réservé à cet effet. Il en détacha deux fébrilement; on verrait plus tard à les rendre à leurs légitimes propriétaires. Clémence n'attendit même pas son aide pour adapter les étriers à sa taille et se mettre en selle.

Complètement ahuris, les gardes virent s'envoler ses jupons à rayures et le respectable Ibagnet s'élancer comme un boulet de canon. En deux minutes, les deux cavaliers disparaissaient dans la rue Saint-Honoré.

Un quart d'heure d'avance, ce n'était rien quand il s'agissait d'un équipage obligé d'aller au pas, du moins jusqu'à la Porte de la Conférence. Ibagnet, en empruntant des raccourcis, escomptait rejoindre le Régent avant qu'il ne se fût éloigné de la ville. Or, lui et Clémence traversèrent le village de Passy et virent se profiler l'enceinte qui entourait le Bois de Boulogne sans avoir encore aperçu son carrosse. Avait-il été plus rapide que prévu? S'était-il arrêté en chemin? C'était probable. Mais dans le doute, Clémence décida qu'il valait mieux gagner la Croix Catelan, puis ensuite guetter son passage.

La porte franchie, une grande allée sablonneuse les happa, obscurcie par la voûte des arbres, parcourue tour à tour d'agréables courants frais et de souffles plus âcres montés du sol en décomposition. Quelques rares carrioles qui le matin avaient approvisionné les halles et les marchés et s'étaient attardées s'en retournaient vers la campagne. Le sable atténuait le bruit des roues, le choc des sabots. Même les oiseaux se faisaient discrets, comme intimidés par le silence épais des sous-bois.

Bientôt les deux cavaliers chevauchèrent seuls, sans parler. Ibagnet n'avait pas encore posé la moindre question; il avait jugé la jeune femme: ce n'était pas une illuminée. Son maître avait tellement d'ennemis et depuis toujours, qu'il ne fallait s'étonner de rien.

Ils virent la Croix dressée au carrefour. Arrivés au Pré Catelan, ils ne trouvèrent âme qui vive. Pas de trace non plus de lutte ou d'indices suspects. Le Régent n'était donc pas encore passé. Dans cet endroit désert, l'idée que des hommes de main se dissimulaient derrière les taillis proches et les troncs serrés les uns contre les autres n'était pas du tout rassurante. Clémence essaya de ne pas se laisser envahir par l'angoisse. Tout était si calme! Peut-être avait-elle mal interprété ce qu'elle avait vu et entendu? Peut-être que le complot avait été annulé ou modifié?

Ibagnet, frappé lui aussi par cette atmosphère désolée, raconta que beaucoup de sang avait été versé au cours des siècles, sur l'herbe luisante et drue que leurs chevaux commençaient à brouter. L'endroit était apprécié des duellistes qui souvent étaient venus y vider leurs querelles, bien que cela eût toujours été interdit. La mauvaise réputation du Bois de Boulogne ne datait pas d'hier. La Croix Catelan rappelait la mémoire d'un jeune troubadour, Théophile Catalan, assassiné au Moyen Age.

L'anecdote n'était pas favorable à la détente. Clémence proposa de revenir sur leurs pas, à la rencontre du Régent. L'œil aux aguets, l'oreille tendue, elle pensait à Hyacinthe: avait-il retrouvé Josselin?

Précédé par un roulement régulier, le carrosse apparut à un coude du chemin alors qu'ils étaient encore en vue de la Croix Catelan. Avec un garde juché sur la voiture et deux autres chevauchant à l'arrière, l'escorte était vraiment réduite au minimum, prouvant si besoin était la simplicité du Régent. Sa simplicité mais aussi son courage et son fatalisme.

D'un même élan, Clémence et Ibagnet galopèrent au-devant des chevaux et il fallut tous les bons réflexes du cocher pour éviter la collision. Le bonhomme jura copieusement pour se taire, soudain, en reconnaissant le concierge.

– Monsieur Ibagnet! Ça alors!

Que faisait-il ici, lui qui ne quittait plus guère le Palais-Royal, avec cette sorte de bohémienne échevelée?

Laissant Ibagnet débattre avec le cocher et le garde, Clémence s'avança vers la voiture. Dans sa course, elle avait en effet perdu sa coiffe. Ses cheveux aux reflets d'or moussaient autour de son visage avant de se répandre sur elle comme un précieux satin. Trouvant les feuillages, le soleil mouchetait sa peau, magnifiait ses prunelles aux couleurs de forêt, vertes et brunes. Penché à la portière, Philippe d'Orléans crut d'abord à un mirage, et plissa davantage ses yeux myopes, fasciné par la silhouette sensuelle qui se mouvait dans un flou lumineux. Mais au tressaillement de son cœur pourtant blasé, il sut vite qui elle était :

— Ma Brette !

— Oui ! fit-elle avec précipitation. Vous devez faire demi-tour car vous foncez tout droit dans un guet-apens !

— Tu es ravissante, murmura-t-il. Une amazone, une dryade, une fée !

— Je vous en prie ! Ce n'est pas le moment de badiner. Des hommes sont postés là-bas, à hauteur de la Croix Catelan. Une dizaine. Ils sont prêts à vous enlever pour vous conduire en Espagne. Un cachot vous y attend déjà. Je vous ai fait prévenir, malheureusement...

— Je n'ai rien voulu écouter, coupa-t-il, attendri par la flamme qu'elle mettait à le convaincre. Tu te préoccupes donc tant de mon sort ?

— C'est très sérieux ! dit Clémence, la voix vibrant autant d'inquiétude que d'impatience.

— Je commence à le croire, ma mignonne.

— Monseigneur ! Il faut retourner à Paris ! lança Ibagnet.

— Comment ? Tu es là, toi aussi ! s'étonna Philippe d'Orléans.

Les gardes, qui s'étaient approchés et avaient entendu la jeune femme, regardaient le Régent, guettant les ordres.

— Dites au cocher de faire demi-tour, insista encore Clémence.

Le Régent n'était pas encore tout à fait persuadé de la vraisemblance de cette histoire d'enlèvement, de cachot en Espagne. Philippe V n'oserait pas laisser s'accomplir un tel forfait au risque de se mettre toute l'Europe à dos ! Cependant, il avait confiance en sa Brette.

L'un des gardes se proposa pour aller voir sur place s'il n'y avait rien d'anormal et sans attendre de réponse s'éloigna au petit trot. Mais lorsqu'il eut atteint la Croix une balle tirée du couvert des arbres le toucha en plein cœur.

# CLÉMENCE ET LE RÉGENT

Dans le passé, Philippe d'Orléans avait été un brillant homme de guerre. Il en avait conservé le sang-froid et les réflexes. Il comprit instantanément que le cocher n'avait pas le temps d'effectuer la manœuvre qui leur aurait permis de rebrousser chemin et de fuir le traquenard. Sa première pensée fut pour Clémence :

— Sauve-toi vite, ma Brette !

Sous les banquettes étaient rangés plusieurs pistolets qu'il fit passer au cocher et à Ibagnet. Les deux gardes déjà armés s'étaient postés de chaque côté du carrosse, sur le qui-vive. Clémence, toujours en selle, hésitait, réticente à l'idée d'abandonner le Régent avec quatre hommes seulement pour le défendre alors que le comte de Laval avait parlé d'une dizaine de spadassins.

— Tu n'as pas entendu ce que je t'ai dit ? s'impatienta-t-il. Eloigne-toi d'ici avant qu'il ne soit trop tard !

Mais elle ne bougea pas, scrutant le bout de l'allée où gisait le garde. Des bruits se rapprochaient et des cavaliers ne tardèrent pas à surgir des fourrés faisant feu sans sommation en direction de l'équipage. L'aurait-elle voulu maintenant, que Clémence ne pouvait plus s'enfuir.

— Donnez-moi une arme ! s'écria-t-elle en tendant la main.

Surpris, véritablement inquiet pour elle, le Régent demanda néanmoins :

— Sais-tu t'en servir ?

— Mon père m'a appris à tirer.

— J'espère que tu n'auras pas à le faire. Monte t'abriter ici !

Avec agilité, elle sauta à terre, grimpa à l'intérieur de la voiture. Il la pressa contre lui et voulut qu'elle s'allongeât sur le plancher en se recouvrant de coussins mais elle refusa.

— Ma petite Brette têtue, je te demande pardon de ne pas t'avoir écoutée, de t'avoir, malgré moi, entraînée dans cette aventure. Plaise à Dieu que tu restes sauve, murmura Philippe avec une tendre admiration.

Il arma son pistolet et se tint dans un angle de la portière, maudissant sa vue défectueuse. Clémence fit de même de l'autre côté. L'échange de coups de feu commença aussitôt.

Si le marquis de Trémadec avait enseigné à sa fille le maniement des armes, les leçons avaient eu lieu dans le calme, sur une cible immobile, fichée au milieu d'une prairie paisible. Aujourd'hui, en quelques minutes, le carrosse se trouva pris au sein d'un violent maelström ; l'air n'était plus que hurlements, hennissements, claquements secs accompagnés de flammèches, d'odeur de poudre et de poussière. Dans cette tourmente il fallait viser, se protéger, réarmer son pistolet, sans trembler ni perdre un instant. Clémence tira à plusieurs reprises. Elle ne réfléchissait pas, n'écoutait pas le Régent qui lui enjoignait encore de s'étendre entre les deux banquettes. Curieusement, elle n'avait pas peur, emportée par l'action, voyant sans sourciller tomber l'une de ses cibles. Mais elle savait pourtant que jamais ils ne pourraient tenir à moins d'un miracle et ce miracle, la jeune femme priait ardemment pour le voir s'accomplir. Seigneur ! Hyacinthe avait-il pu prévenir Josselin ? Arriveraient-ils à temps ?

Elle crut entendre s'enfler un galop. Etait-ce une illusion ? Au même moment, l'un des assaillants réussit à s'approcher très près du carrosse, la gueule de son mousquet pointée sur la portière.

— Philippe, attention !

Clémence leva son arme, manqua sa cible et sentit le Régent l'empoigner par les épaules pour l'écarter du point de mire. Une douleur fulgurante la traversa ; elle ne vit plus qu'un voile noir qui s'épaissit devant ses yeux, n'entendit plus que son prénom, plusieurs fois répété.

— Clémence ! Oh, Dieu, Clémence !

Je vais mourir, pensa-t-elle.

— Clémence ! Mon amour...

Le ton était toujours angoissé mais la voix était différente. Péniblement, la jeune femme souleva les paupières. Elle était couchée dans un lit. Entre elle et la lumière, une tête s'interposait, coiffée d'une perruque blonde avec des rouleaux sur les oreilles en «ailes de pigeon». Mais les traits du visage restaient indistincts.

— Elle revient à elle. Clémence !

Ce n'était pas Philippe, ni Josselin, encore moins Alvaro. Un soupir rauque lui déchira la poitrine, Clémence se souvenait qu'Alvaro l'avait trompée, rejetée.

— Clémence, parle-moi, chérie.

On lui tenait la main, la couvrait de baisers, l'inondait de larmes, quelqu'un qui l'aimait et ne s'en cachait pas :

— J'ai eu si peur.

Un nom émergea des limbes de son esprit, monta à ses lèvres :

— Guillaume.

— Le Ciel soit béni ! Elle me reconnaît.

D'autres ombres vinrent alors entourer son lit et des exclamations heureuses s'ajoutèrent à celles du baron du Restou. Clémence qui luttait depuis plusieurs jours contre la mort et qu'ils avaient tous cru perdre reprenait enfin conscience, ébauchait un sourire, murmurait :

— Où suis-je ?

— Je l'avais prédit ! tonna une silhouette massive à l'accent prononcé. Votre épouse est de l'étoffe des vainqueurs, solide comme un roc. En plus, Dieu était de son côté puisqu'elle se battait pour la bonne cause : la défense de mon fils !

La princesse Palatine se fit avancer une chaise au chevet de Clémence :

— Bienvenue chez moi, à Saint-Cloud, ma chère enfant.

Le miracle pour lequel Clémence avait si ardemment prié avait eu lieu. La Providence avait écarté le pire. Josselin, Tino et Hyacinthe étaient intervenus au moment où tout espoir avait disparu pour le Régent. A la Courtille, ils n'avaient pas eu de mal à recruter des renforts. Dans ce quartier populaire, Josselin avait depuis longtemps noué des relations avec un certain Louis-Dominique, surnommé l'Enfant tant il était petit. Aussi vif qu'un singe dont il avait les yeux noirs et malins, l'Enfant se trouvait à la tête de quelques mauvais garçons prêts à tout pour de l'argent.

Bénéficiant de l'effet de surprise et par ailleurs spécialiste de ce genre d'actions, la bande n'avait pas eu de mal à mettre en déroute les hommes du comte de Laval. Plus tard, à Saint-Cloud, après avoir escorté le carrosse qui transportait Clémence inanimée, perdant son sang en abondance, ils avaient été largement récompensés avant de s'éclipser aussi rapidement qu'ils étaient apparus.

Il aurait été impossible de sonder l'angoisse de Josselin et du Régent pendant le trajet qui leur avait paru interminable, et celle, plus rentrée mais tout aussi profonde, de Hyacinthe. Le Breton avait lui-même remplacé le cocher tué au cours de l'embuscade. De la suite princière n'en réchappait que le vieil Ibagnet.

En voyant l'équipage et sa singulière escorte envahir en trombe sa cour d'honneur, la princesse Palatine avait eu très peur qu'un malheur ne fût arrivé à son fils puis elle avait réagi avec toute sa présence d'esprit, prenant aussitôt Clémence en charge, l'entourant d'une sollicitude vraiment maternelle.

Le Régent avait appelé à la hâte son premier médecin, le docteur Chirac. Professeur à l'Université de Montpellier, membre de l'Académie des Sciences de Paris, Chirac était aussi un ancien médecin militaire. Il savait donc diagnostiquer ce genre de blessures. Clémence avait été sérieusement atteinte mais, par bonheur, la balle, bien que difficile à extraire de sa poitrine, n'avait pas lésé le poumon. Chirac avait donc opéré, assisté d'un chirurgien, avec toute la brutale efficacité qui avait fait ses preuves à l'armée. Toutefois, la grossesse de la jeune femme qui avait perdu beaucoup de sang rendait la situation plus délicate. Le médecin ne connaissait pas d'autres traitements que lavements, vomitifs et saignées ; le nombre de malades morts sous sa funeste main était impressionnant.

Devant le risque de fausse couche qui menaçait Clémence, sans se préoccuper de vexer Chirac, la Palatine avait consulté d'autorité l'un de ses confrères, un certain Joseph Garus, adepte de thérapies plus douces. Entre autres, Garus avait mis au point une recette obtenue par la macération de plantes et d'épices dans de l'alcool d'aloès. L'apothicaire de la rue de la Huchette, Jean Valon, qui avait déjà eu l'occasion de soigner Clémence lors de l'incendie du Petit Pont, fut chargé de la fabrication de cet élixir. Hyacinthe, demeuré en termes amicaux avec maître Valon, avait proposé lui-même de faire appel à son savoir. De la myrte, de la noix de muscade, de la cannelle et du safran, additionnés d'un sirop de fleur d'oranger et de capillaire, une variété de fougère croissant surtout au sud de la France, composaient ce remède particulièrement efficace. Mais on dut attendre plusieurs jours pour en voir les effets sur Clémence. Allait-elle pouvoir garder son enfant? Garus s'en était porté garant dès qu'il l'avait examinée.

Le plus étrange était de la voir dormir comme si jamais elle ne devait s'éveiller. Madame Planchette et Naïg étaient accourues à son chevet sitôt prévenues. Le surlendemain, cela avait été au tour de Guillaume du Restou, de retour d'exil, qui, sans comprendre pourquoi, avait été convoqué à Saint-Cloud.

Là, brutalement, il avait appris l'action inouïe de sa femme, exposant sa vie pour sauver le Régent d'un complot dont elle-même avait été avertie! Et de surcroît, elle était enceinte alors que rien dans les lettres qu'elle lui avait régulièrement écrites ne l'avait laissé supposer! La stupeur, le tourment, l'incompréhension avaient frappé Guillaume de plein fouet. Il n'avait pas bougé de la chambre, guettant le moindre signe d'amélioration sur le visage de Clémence au teint cireux, aux joues creuses. Ces trois derniers mois, à Auch, elle n'avait cessé de le hanter. Aujourd'hui, il avait l'impression de se pencher sur une inconnue.

Mais enfin, après des heures et des heures angoissantes, pour sa plus grande joie et la joie de l'assistance, elle sortait de sa léthargie!

Saint-Cloud! Cessant de regarder Guillaume, Clémence se tourna du côté de la Palatine, coiffée à la diable, mafflue, aussi imposante qu'un lansquenet qui n'en dégageait pas moins beaucoup de chaleur et d'enjouement. Ainsi, elle était à Saint-Cloud! Avec un effort de pensée, elle chercha quel hasard avait bien pu l'y conduire puis, en un éclair, la mémoire lui revint.

— Et monseigneur?... demanda-t-elle péniblement.

Madame la contempla toute attendrie:

— Mon fils va très bien, grâce à vous. Il est au Palais-Royal, occupé à travailler selon ses habitudes qu'il n'a pas voulu modifier, montrant par là en quel mépris il tient ses ennemis. C'est courageux mais pas étonnant de sa part. Vous le verrez bientôt, il sera trop heureux de vous remercier de vive voix quand il apprendra votre guérison. Il est déjà venu vous rendre visite, et chaque jour il envoie un officier prendre de vos nouvelles.

Bavarde, la princesse n'arrêtait plus et personne n'osait l'interrompre. Pourtant les proches de Clémence brûlaient de l'envie de l'embrasser, de la questionner, de lui dire combien elle les avait tous jetés dans une affreuse inquiétude.

Des rideaux de brocart couleur de ciel atténuaient l'éclat d'une journée d'été caniculaire et, devant les fenêtres entrouvertes, se gonflaient à peine sous une brise ténue. Dans la lumière gris bleuté qui baignait la chambre, la jeune femme y voyait suffisamment pour découvrir maintenant des figures amies. Yvonne Planchette bien sûr, se contenant avec difficulté; posté comme une vigie, Hyacinthe; plus proche du lit, la petite silhouette de Naïg qui veillait à ne pas laisser aux servantes de Saint-Cloud le soin de s'occuper de Clémence; celle, également, d'une femme élégante, élancée, madame de Saint-Simon accompagnée de Geneviève de Revet. Elles s'étaient donc, elles aussi, souciées d'elle! Trop affaiblie pour tenir un long discours, Clémence sourit à la ronde en murmurant un «merci» ému. Puis elle fut tout à coup saisie d'une crainte proche de la panique. A tout ce monde, quelqu'un manquait! Elle fit le geste de se soulever, dans l'espoir de découvrir une autre présence:

— Josselin! C'est lui qui nous a sauvés, n'est-ce pas? Il n'est pas blessé?

— Tout doux, mon enfant, fit la Palatine en l'obligeant à reposer la tête sur ses oreillers. De qui parlez-vous donc? Qui est ce Josselin? Le savez-vous monsieur du Restou?

– Il s'agit de... d'un ami, répondit ce dernier un peu perplexe, tout en scrutant sur Clémence les éventuels symptômes d'un regain de fièvre.

Josselin Le Rik était ce garçon proche du marquis de Trémadec et de sa fille. En fait, Guillaume n'avait jamais pu clairement définir sa position bien que, par ailleurs, il l'eût trouvé sympathique. Depuis Dinan il ne l'avait jamais revu pas plus qu'il n'en avait entendu reparler.

– Clémence chérie, à ma connaissance Josselin n'a joué aucun rôle dans cette dramatique tentative d'enlèvement. D'après ce que j'ai appris, c'est un dénommé Grégoire, un membre de la police et son collègue Tino qui vous ont porté secours, avec succès. Ils sont sains et saufs. Ce Grégoire est paraît-il un ami de Hyacinthe et du reste c'est par Hyacinthe que vous-même avez eu vent du complot.

Toute cette histoire lui avait d'abord semblé incroyable mais, à la réflexion, Guillaume en avait conclu qu'il n'avait pas épousé une créature ordinaire. Par conséquent, rien, avec Clémence, ne devait le surprendre.

– Vous avez donc oublié ? ajouta-t-il tendrement avant de se taire car la jeune femme avait fermé les yeux, l'air épuisé.

Grégoire, bien sûr, pensait-elle, en se souvenant que Josselin cachait sa véritable identité sous ce sobriquet.

Avec soulagement, elle loua Dieu de l'avoir épargné lui aussi. Tout se remettait en place dans sa tête. «On peut toujours compter sur Josselin», avait coutume de répéter Jean-Baptiste de Trémadec. Cette fois encore, son ami s'était trouvé où il fallait, au bon moment, et sortait sans dommage de l'aventure.

Clémence releva les paupières et son regard croisa celui de Hyacinthe qui continuait à monter la garde au fond de la chambre. On n'avait donc pas révélé à Guillaume les véritables dessous de l'affaire. Il valait sans doute mieux, en effet.

Comme les mensonges la rattrapaient vite ! Et comme les blessures qui n'avaient aucun rapport avec un tir de pistolet étaient promptes à se rouvrir ! Tout cet échafaudage de pensées alors qu'elle émergeait à peine de plusieurs jours d'inconscience et de souffrance eurent raison de ses forces. Cette fois-ci, la fièvre reprenait bel et bien Clémence et maître Garus, demeuré en retrait jusqu'à présent, le constata. Il conseilla donc de la laisser se reposer mais tint, auparavant, à ce qu'elle bût encore un peu de son élixir.

Il flotta autour de Clémence l'odeur revigorante des plantes et des épices macérées tandis que, soutenue par Guillaume, elle avalait les cuillerées que lui présentait Naïg. Puis elle entendit les visiteurs la saluer, sentit le baiser de son mari sur son front.

— Vous devez faire attention à vous maintenant, ne pas vous fatiguer, à cause de l'enfant. Oh, Clémence, je suis si heureux !

— Monsieur, vous le serez davantage dans quelques mois, assura le médecin.

Ces mots la mirent au supplice. Pauvre Guillaume !

Lorsqu'elle fut seule, tous à l'exception de Naïg s'étant retirés, Clémence, sans pouvoir retenir ses larmes, effleura son ventre, surprise de le trouver déjà renflé. Sous ses doigts, elle perçut des mouvements aussi légers qu'un battement d'aile. Garus avait raison : le bébé restait bien accroché à sa propre chair. Elle ne savait si elle devait s'en réjouir. N'aurait-il pas mieux valu pour elle, pour Guillaume, qu'elle le perde, que disparaisse la trace tangible d'un amour éteint ?

Comme elle se disait cela, la pensée d'Alvaro supplanta toutes les autres et Clémence en cet instant aurait donné n'importe quoi pour le voir surgir à son chevet.

Clémence était robuste et la cicatrice qui lui barrait le torse, sous le sein droit, ne présentait ni suppuration ni boursouflure. Néanmoins, ses joues restaient pâles, ses yeux cernés, elle ne reprenait guère d'appétit, malgré les mets de choix qui lui étaient proposés. La faute en revient à cette chaleur.

# CLÉMENCE ET LE RÉGENT

– «Je n'ai jamais vu un été comme celui-ci», répétait Madame.

Juillet avait été torride. Août menaçait de l'être tout autant. Clémence en recevait l'haleine brûlante, étendue sur un grand lit incrusté d'écaille, dont on changeait les draps matin et soir.

Des princes, des princesses, des hôtes prestigieux avaient dormi dans cette pièce, l'une des plus somptueuses du palais de Saint-Cloud, entièrement rénové par Monsieur, le père du Régent. Rien n'était trop beau pour celle qui avait sauvé le fils bien-aimé de la Palatine. Un sol marqueté, deux cheminées de marbre rose pour le moment fermées par de fragiles panneaux de lampas, des miroirs encadrés d'or, un immense tableau de Véronèse représentant Moïse, des meubles précieux, des bibelots étonnants : il arrivait souvent que Clémence en contemplant ces trésors songeât à sa chambre de Lanloup, à sa couche rustique en châtaignier, aux vieilles plinthes et aux fenêtres gémissantes. Ici, lorsqu'elle levait les yeux vers le plafond, elle pouvait admirer l'un des chefs-d'œuvre de Mignard : *Vénus et Mars surpris par Vulcain.*

– Monsieur, mon époux, «entendait l'ajustement d'une maison à merveille», c'était sa passion, reconnaissait volontiers la Palatine. Mon fils a d'ailleurs hérité de cette qualité. Lorsque vous serez mieux, ma chère Clémence, vous pourrez découvrir l'architecture et les jardins de Saint-Cloud, les plus beaux d'Europe, donc du monde★.

La princesse était désarmante, souvent maladroite mais ne sachant que faire pour dorloter sa protégée. Elle venait la voir plusieurs fois par jour, envahissant l'espace de toute sa stature, suivie de ses «bestioles», ses huit petits chiens qui cherchaient à sauter sur le lit, sans compter parfois son canari et ses deux perroquets !

– Vous êtes comme sa fille à présent, remarqua le Régent accouru auprès de Clémence dès qu'il eut appris l'amélioration de sa santé.

---

★ Le château a été détruit au XIXᵉ siècle.

Il avait demandé qu'on les laissât seuls et s'était assis le plus près possible de la jeune femme dont il avait baisé les lèvres et conservait les mains entre les siennes, trop ému pour lui exprimer sa reconnaissance autrement que par des regards tendres et admiratifs. Sa timidité latente reprenait vite le dessus.

— Je suis heureuse d'avoir pu vous être utile, sourit Clémence.

— M'être utile ! Mais sans toi, ma Brette, je serais dans la tombe ! Rappelle-toi : les coups de feu n'étaient pas tirés en l'air. De plus, aucun carrosse ne m'attendait à la Croix Catelan. L'un de nos agresseurs, avant d'expirer, a avoué à Grégoire qu'ordre leur avait été transmis de me supprimer !

— Ce n'est pas possible. J'ai pourtant parfaitement entendu qu'il était prévu de vous conduire en Espagne. Madame du Maine a même insisté au sujet de votre prison.

Elle s'agita en se remémorant la scène : elle dans le corridor, écoutant la voix horripilante de la duchesse et les affirmations d'Alvaro.

— Ne t'agite pas ma mignonne, fit le Régent qui versa un peu d'eau fraîche sur un linge et lui en humecta le front. Il y a eu changement à la dernière minute, voilà tout. D'ailleurs, un prisonnier tel que moi aurait été plutôt encombrant. Tandis que mort !... Ludovise serait aux anges. Après un rire bref, Philippe d'Orléans reprit doucement : tu étais donc à Sceaux ?

— Oui.

— Je ne te demanderai pas ce que tu y faisais. Je sais que Ludovise a de l'amitié pour les Bretons, si tant est que cette égoïste créature puisse éprouver ce genre de sentiment.

— Les Bretons n'en veulent pas à votre vie ! protesta Clémence.

— Chut ! Calme-toi. Je ne les accuse d'aucun crime. La plupart n'agissent pas par intérêt personnel mais pour ce qu'ils estiment bon dans leur pays. Pour preuve de ma compréhension, j'ai d'ailleurs autorisé la réouverture des Etats de Bretagne, à Dinan. Quant aux exilés dont fait partie ton époux, ma chère Brette, ils ont permission de rentrer chez eux. A condition, bien entendu, d'être plus sages. Nous finirons tous par trouver un terrain d'entente.

Voyant que Clémence restait songeuse, sans relever la petite note joyeuse qu'il avait glissée dans son dernier propos, il ajouta :

— Cette permission ne s'adresse pas à toi, ma jolie. Tu es condamnée à résider à Saint-Cloud jusqu'à ton complet rétablissement. Et ce n'est pas moi qui l'ordonne mais bien la Faculté, en l'occurrence maître Garus. Te lancer sur les routes maintenant serait fatal pour le fruit que tu portes. Mais avoue qu'il y a pire comme châtiment !

Cette fois, il réussit à la faire sourire et elle se laissa cajoler, oubliant quelques instants tout ce qui n'était pas leur amitié amoureuse. Lui rêvait de la garder toujours, sans le lui dire encore.

La convalescence avait un avantage. En vous mettant en marge du fil ordinaire des jours, elle vous évitait certaines contraintes, certains devoirs pesants. Si Clémence avait eu la possibilité de repartir chez elle, à Lanloup, sans doute aurait-elle ressenti un réel soulagement à clore un chapitre agité de son existence. Relancée dans des tâches familières, protégée par la solitude paisible de son manoir, elle se serait efforcée de faire table rase de ses folies. Mais c'était impossible ; elle était mariée ; elle appartenait à une nouvelle famille qui ne demandait qu'à l'accueillir, enfin ! Or, la perspective de vivre au sein des du Restou la plongeait dans l'angoisse. Autre chose : en dépit de son ressentiment, de tout ce qu'elle avait déjà souffert, elle espérait encore...

Le reste de ses impressions ne se formulait pas mais bouillonnait en elle comme un remous au fond d'un gouffre.

Guillaume s'était montré adorable depuis le début. Sans négliger ses amis et l'ultime mise au point du rapport qu'ils venaient de remettre au Régent concernant les revendications bretonnes, il avait passé de longs moments auprès de Clémence. La princesse Palatine avait laissé une chambre et des domestiques à sa disposition. Guillaume du Restou lui plaisait. Elle devinait en lui des qualités qu'elle prônait : simplicité, honnêteté, limpidité des mœurs. L'amour qu'il témoignait envers sa jeune femme la touchait, elle qui avait dû supporter les caprices et les mignons de son propre époux. Madame, qui avait l'intention de nommer Clémence dame d'honneur, aurait donc volontiers engagé Guillaume à son service. Elle dut renoncer à son projet lorsque le Régent lui apprit que le jeune Breton serait beaucoup plus utile dans sa province où les hommes de bon sens n'étaient pas légion.

Guillaume ne chercha pas à dissimuler la peine qu'il éprouvait à déjà se séparer de Clémence. Pourtant, il admettait qu'il aurait été de la plus folle imprudence de la faire voyager dans son état. Nulle part ailleurs, même au château de ses parents, elle ne pouvait être mieux soignée qu'ici; leur enfant aurait une véritable naissance princière. Un autre que lui aurait été flatté par les faveurs qui pleuvaient sur leur couple. En fait, Clémence devinait qu'il n'était pas à l'aise à Saint-Cloud, que ses sentiments à l'égard du Régent étaient mitigés.

Bien entendu, il l'avait félicitée de sa conduite courageuse mais il était évident qu'il était perplexe. Trop de choses lui demeuraient mystérieuses. Si madame Planchette n'avait pas parlé de Josselin, sur sa demande, elle n'avait pu se retenir de mentionner la fameuse visite à Sceaux et Clémence avait dû se justifier :

— J'espérais que la duchesse du Maine plaiderait votre cause auprès du Régent, avait-elle prétexté, en maudissant intérieurement les bavardages de la vieille dame. Mais je n'ai pu rencontrer que mademoiselle Delaunay.

Sa grossesse, son accident qui avait failli avoir de si graves conséquences pouvaient-ils expliquer le changement que Guillaume percevait obscurément chez sa femme? Il lui faisait confiance mais s'interrogeait. Ses yeux gris, pleins de franchise, finissaient par embarrasser Clémence qui souffrait de lui mentir. Et comme pour la narguer et souligner sa faute, il y avait ce plafond où s'étalait la confusion de Vénus, découverte par Vulcain dans les bras de Mars. La femme, le mari et l'amant...

— J'aurais tant voulu t'emmener! J'ai souffert seul à Auch!

– Tu vas être très occupé, Guillaume. Le temps passera plus vite pour toi que pour moi qui suis privée de mouvements, dit-elle avec affection.

Elle savait qu'il avait toujours été partagé entre la passion qu'il lui vouait et son désir d'agir pour la Bretagne. Il s'enflammait dès qu'il était question d'en défendre les droits.

– Sans doute, concéda-t-il. Et puis, si les événements le permettent, je reviendrai assister à tes couches.

– Mais oui. Tout ira bien, Guillaume.

Elle avait un air si touchant, elle était encore si frêle, perdue au creux de ce lit superbe où il ne pouvait la rejoindre ! Tout ira bien. Ne demandant qu'à la croire, il l'embrassa longuement avant de s'en aller.

*<br>* *

Le Régent ne s'était montré sévère qu'en de rares occasions, sa mansuétude frisant la faiblesse. Mais cette fois-ci les événements prenaient une tournure trop dangereuse pour son gouvernement. Tout s'était précipité. Les négociations de l'abbé Dubois, à Londres, avaient abouti à la quadruple Alliance entre l'Angleterre, la Hollande, l'Autriche et la France où protestaient tous les partisans de l'Espagne : ceux qu'on appelait «la vieille Cour», la Maintenon dans sa retraite, les Maine évidemment, les Jésuites et le Parlement de Paris grondant comme au temps de la Fronde. L'été, décidément, menaçait d'être brûlant dans bien des domaines.

Un matin d'août, à l'aube, Philippe d'Orléans fit donc battre tambours et déployer les régiments des gardes. Convoquant un «lit de justice», où sous le dais royal assistait le petit Louis XV, il réaffirma avec fermeté son pouvoir et obligea ces messieurs du Parlement à s'incliner. Surtout, il réussit à porter un coup fatal à la duchesse du Maine, en la personne de son époux. Déchu de sa qualité de prince du sang, privé de ses «honneurs, rangs, séance et prérogatives», exclu du Conseil de Régence, il se voyait pour finir ôter la

Surintendance de la Maison du Roi! Le duc du Maine, le bâtard préféré de Louis XIV, que beaucoup auraient vu occuper la plus haute fonction de l'Etat, n'était plus rien!

Saint-Simon, qui assista à la fameuse séance d'où les membres du Parlement ressortirent la tête basse et monsieur du Maine effondré, devait avouer qu'il avait cru «en mourir de joie».

La cuisante humiliation de Ludovise réjouit également Clémence qui imagina l'orgueilleuse, maintenant terrée à Sceaux, anéantie, à moitié folle de fureur devant ses rêves envolés en fumée; seule désormais, car les Espagnols n'avaient plus à s'encombrer d'un pion devenu inutile!

Mais que faisait Alvaro? Où était-il? On avait appris que les beaux vaisseaux armés par le cardinal Alberoni et envoyés en Méditerranée avaient été battus par la flotte anglaise. Malgré sa politique résolument tournée vers Londres, le Régent en avait été attristé; il conservait pour Philippe V, son cousin, des sentiments fraternels, et il espérait encore le voir adhérer à l'Alliance conçue pour garantir la paix en Europe. Hélas, il fallait compter avec Alberoni qui se complaisait à semer la pagaille, avec la reine, assoiffée de puissance, qui en flattant les obsessions sexuelles de son époux le manipulait à volonté!

Devant les menaces de guerre, Alvaro avait-il regagné Madrid? Une seule personne aurait pu répondre à la question qui tourmentait Clémence: Josselin Le Rik. Mais de lui non plus, elle ne savait rien, ou si peu. Ce que lui en disait Hyacinthe lorsqu'il venait prendre ses ordres, le matin, avant le défilé des visites. Le vieux Breton avait rencontré Josselin une ou deux fois, toujours à la va-vite. Depuis le retour à Paris de l'abbé Dubois, il se faisait rare, sans doute occupé à d'autres missions.

— Mais il fait demander tous les jours de vos nouvelles.

— Par qui? interrogea Clémence.

— Des gars bizarres, répondit Hyacinthe. Je les vois surgir et s'en retourner, tout à coup.

Bien entendu, Josselin pouvait difficilement se présenter lui-même. Elle le comprenait. Il n'empêche qu'elle aurait été heureuse de bavarder en sa compagnie. Il l'aurait réconfortée. Pour cela, il n'avait pas son pareil.

Elle n'avait pas encore eu le temps de réfléchir à ce qui s'était passé entre eux, rue Saint-Sauveur. Avec le recul imposé par les circonstances, elle en gardait un souvenir légèrement flou, doux à l'égal d'un songe teinté d'une étrange mélancolie. Elle aurait voulu comprendre...

Silencieux, embarrassés, Naïg et Hyacinthe la regardèrent un instant vagabonder loin d'eux, son joli visage amaigri tout chiffonné d'une soudaine tristesse.

— Vous en faites pas, mademoiselle Clémence, affirma la voix bourrue du domestique, la ramenant brutalement au présent. Vous le reverrez, le Joss. Au moment où vous ne l'attendrez pas.

— Il est comme un feu follet, renchérit Naïg. Mais jamais il vous abandonne. Il vous a sauvés vous et le Régent.

— Vous avez raison, tous les deux, fit Clémence.

Mais elle seule savait qu'elle devait au jeune homme bien plus que la vie.


Loin de soupçonner les états d'âme de sa protégée, la Palatine continuait à diriger farouchement sa convalescence, veillant en particulier sur ses repas. Si les menus comprenaient toujours quelques charcuteries, vu la chaude saison, ils s'allégeaient: cuisses de cailles, laitues et pêches sucrées, ce qu'il y avait de mieux en légumes et en fruits dans le potager et le verger de Madame. Le vin était ce vin du Rhin dont son gendre, le duc de Lorraine, lui envoyait chaque année une provision. Dans l'après-midi, Clémence pouvait aussi déguster des sorbets, dans le parc. Car, depuis peu, elle avait le droit de quitter sa chambre.

Transportée par des valets de pied sur une sorte de bergère d'osier, elle avait maintenant tout loisir d'admirer enfin le palais de Saint-Cloud. Composé d'un corps central, de deux gros pavillons d'angle et de deux ailes plus basses, deux mots l'auraient parfaitement défini: «grandeur et simplicité». Au fronton, se remarquait un cadran solaire où des Amours entouraient gracieusement le Temps. Car sur les façades harmonieuses, tout n'était qu'évocations : les douze signes du zodiaque ; les figures de la Force, de la Prudence, de la Richesse et de la Guerre ; puis dans un groupe de statues, ce qu'avait tant prisé Monsieur : l'Eloquence, la Musique, la Bonne Chère, la Jeunesse, la Comédie, la Danse, la Paix.

– Ce qui rend la vie supportable, avait commenté le Régent en escortant Clémence lors de sa première sortie.

Les jardins étaient à l'avenant : le parterre des Mignardises, la fontaine de Vénus, le jardin des Simples, le bassin des Carpes, celui du Fer à cheval, des pavillons, des grottes et les gerbes d'eau des grands bassins qui montaient aussi haut que les arbres du parc.

Clémence était promenée partout, comme une Orientale sur son palanquin. Puis elle rejoignait sous la fraîcheur d'un berceau de verdure ou d'un antre de rocaille les hôtes de Madame. Ils étaient de plus en plus nombreux à vouloir contempler de près l'héroïque jeune Bretonne dont l'exploit titillait d'autant plus la curiosité qu'on en avait eu que peu de détails.

Tout en bavardant, les dames ne restaient pas inactives. La dernière occupation en vogue étant de faire des nœuds, chacune avait dans les mains un bout de tissu, un ruban qu'elle tordait selon son inspiration. Ensuite, il fallait confectionner des sacs pour ranger leur ouvrage. Nœuds et sacs à nœuds, Clémence s'y était mise elle aussi et parlait chiffons avec les visiteuses.

Le monde de l'élégance n'avait pas échappé aux changements de tous ordres qui secouaient cet été 1718 et d'Angleterre, l'abbé Dubois n'avait pas uniquement rapporté des traités diplomatiques. Le «hoop petticoat», ce cerceau de jupons en vogue chez les Anglaises, avait traversé la Manche. La mode était maintenant aux robes à paniers ! Des cercles d'osier recouverts de taffetas les élargissaient par en dessous d'une façon si spectaculaire que les premières audacieuses qui s'exhibèrent ainsi créèrent à la promenade des Tuileries une véritable émeute. En quelques jours, elles firent des émules et bientôt pas une femme ne sortit sans au moins trois aunes de tissu se balançant autour des hanches. Les fabricants se frottaient les mains tandis que certains religieux, tels les Jansénistes, criaient au péché. Mais les élégantes n'en avaient cure, appréciant beaucoup, avec la fournaise, le courant d'air qui pouvait circuler entre leurs jambes.

Le bien-être avant tout! Il devenait de bon ton de revêtir des robes dites «volantes» ou «battantes» ou bien encore «ballantes», à la manche mi-longue en forme de pagode, beaucoup moins ajustées que naguère, rappelant les tenues d'intérieur ou les houppelandes d'une femme enceinte. Contre cette mode, s'insurgeait la vieille génération, la princesse Palatine la toute première:

— Quelle impertinence! C'est comme si on sortait du lit!

Pourtant elle n'hésita pas à commander plusieurs de ces robes «volantes» pour sa petite Clémence dont la taille, à défaut des joues, s'arrondissait à vue d'œil.

— C'est normal pour six mois, disait madame Planchette installée elle aussi à Saint-Cloud, ce qui lui donnait l'impression de vivre un conte de fées.

Cinq mois, rectifiait mentalement Clémence avec la crainte de se voir bientôt difforme.

D'ailleurs, son avenir tout entier la rendait soucieuse. Quant au présent, elle n'aurait pu l'avouer sous peine d'être taxée d'ingratitude par cette chère Yvonne, mais à mesure que sa santé allait en s'améliorant, l'ennui commençait à poindre.

Elle aurait dû pourtant savourer sa réussite car ils n'étaient pas vieux ses rêves de grandeur. A Lanloup, elle avait souvent promis à son père de rendre à leur famille leur prestige d'autrefois, s'emballant au point que le marquis devait la rappeler à plus de mesure. Et voici que, par un acte de courage rare, elle avait acquis la reconnaissance des princes et du même coup récupéré la fortune des Trémadec, disséminée au cours des partages. Au nom du roi, le Conseil venait en effet de lui faire don de plusieurs terres, bois, moulins et maisons en Bretagne. Ces biens lui étaient propres; Clémence était donc riche, bien plus riche que les du Restou.

# CLÉMENCE ET LE RÉGENT

Un après-midi, elle vit arriver à Saint-Cloud un équipage frappé aux armes de France, entouré de gardes, de valets et de pages. Un bel enfant en descendit, accompagné du Régent. Une évidente et réciproque affection les liait l'un à l'autre. Quoi qu'en pussent prétendre ses détracteurs, Philippe d'Orléans aimait et respectait le roi.

Clémence reconnut avec émotion les traits délicats, les yeux noirs du jeune Louis XV qui avait grandi depuis le printemps. Ses manières exquises étaient remarquables chez un enfant de huit ans et demi. Il venait en personne apporter à « celle qui avait sauvé son bon cousin » les actes officiels de ses nouveaux titres de propriétés.

Si honorée, si confuse qu'elle en tremblait, Clémence tenta de se lever de sa « bergère » pour faire une révérence en dépit des protestations de la Palatine. Le petit roi l'en empêcha d'un geste charmant et, lorsqu'elle lui demanda de lui pardonner son infirmité passagère, il répondit qu'il ne consentirait à le faire qu'en échange d'un baiser.

— Sa Majesté vous ressemble, au fond, dit Clémence au Régent, après le départ de la suite royale. Timide mais galant. Déjà !

— Il m'est plus précieux que mon propre fils, reconnut-il d'un ton plus grave que d'habitude. Vois-tu, ma Brette, on m'a chargé de bien des crimes, trahisons, sorcellerie, inceste. J'ai toujours choisi d'en rire. Une chose seulement m'a réellement accablé : qu'on m'ait soupçonné d'avoir empoisonné des membres de ma propre famille. Le Grand Dauphin, le duc et la duchesse de Bourgogne, le petit duc de Bretagne, c'est-à-dire le grand-père, les parents et le frère du roi. Ce même petit roi qu'on m'accuse aussi d'avoir cherché à éliminer ! Comment peut-on me croire capable d'une telle noirceur ? Même pour le trône de France...

C'était un homme meurtri par l'injustice qui s'adressait à Clémence.

— Je sais bien que vous êtes innocent, murmura-t-elle, bouleversée.

Leur entente croissait de semaine en semaine. Sans Philippe, le temps aurait peut-être paru long à Clémence.

# CLÉMENCE ET LE RÉGENT

Faire des nœuds, discourir sur la largeur des paniers, papoter ne pouvait en effet satisfaire vraiment sa nature bouillonnante. Tandis qu'avec le Régent, cultivé, curieux de tout, s'ouvraient les portes de domaines inconnus. Le zodiaque par exemple, qui ornait la façade centrale du château, était prétexte à un petit cours d'astrologie, cette science antique et fascinante que maîtrisaient déjà les Babyloniens et les grands prêtres de l'ancienne Egypte. Dès son plus jeune âge, le Régent s'était amusé à parcourir les terres mystérieuses de l'occultisme au point que sa réputation en avait souffert. Alchimiste, sorcier... De là à le traiter d'empoisonneur...

Clémence l'écoutait. Elle le laissait également la caresser, promener ses lèvres sur la cicatrice, éveiller chez elle des sensations subtiles qu'elle lui rendait. Sa guérison morale, due en grande partie à Josselin, se poursuivait. Ils n'étaient pas amants véritablement. Amis de cœur et de raffinement, sans doute. Philippe ne cherchait plus à lui donner le change sur sa virilité, il se montrait avec elle tel qu'il était, un homme désillusionné, usé par trop d'excès de toutes sortes.

— Il n'y a qu'auprès de toi, ma Brette, ma petite mignonne, que je trouve fraîcheur et tendresse.

> *« Plus inconstant que l'onde et les nuages*
> *Le temps s'enfuit, pourquoi le regretter ?*
> *Malgré la pente volage*
> *Qui le force à nous quitter*
> *C'est être sage*
> *D'en profiter.*
> *Goûtons-en les douceurs*
> *Et si la vie est un passage,*
> *Au moins, semons-y des fleurs. »*

Il lui avait un jour composé ces vers en concluant :
— Clémence, tu es l'une de ces fleurs.

Il lui faisait partager sa philosophie. Selon lui, « si la raison conservait son empire, tout était permis. La volupté n'était pas la débauche mais bien l'art d'user des plaisirs avec délicatesse et de les goûter avec sentiment. »

Clémence, qui comprenait cette forme d'épicurisme, aurait

voulu s'en contenter. Auprès de Philippe, il est vrai, c'était facile. Mais elle savait bien que son cœur n'y trouvait pas vraiment sa part. Entre les affres de la passion telle qu'Alvaro la lui avait fait connaître – et lui infligeait encore, hélas! – et la vision un peu désenchantée du Régent, l'amour existait-il?

«Le temps s'enfuit... c'est être sage d'en profiter.»

Clémence se surprenait à souhaiter que les jours ne fussent pas si courts car trop d'ombres, d'incertitudes, de rêves impossibles peuplaient son avenir. Elle profitait, donc.

Le Régent avait quarante-quatre ans; elle en avait eu dix-huit en juillet. Néanmoins, elle n'était gênée par aucune ambiguïté quoique certains de ses enfants fussent plus jeunes qu'elle. Et à ce propos, jamais elle ne le questionnait sur les sentiments qu'il leur portait, mais le laissait s'épancher quand il en éprouvait le besoin.

Le duc de Chartres était encore un adolescent ingrat, balourd et renfermé; mademoiselle de Valois une insupportable donzelle qui s'était entichée d'un vaurien, le duc de Richelieu, ce séducteur convoité par tant de femmes... et d'hommes! Les petites poussaient, mal élevées comme leurs aînées. Seraient-elles aussi brillantes? La belle et intelligente mademoiselle de Chartres qui avait pris le voile contre l'avis de sa famille faisait maintenant une impétueuse Sœur Bathilde. Quant à madame de Berry...

Dès qu'il s'agissait de sa fille préférée, le Régent était moins prolixe. Il pressentait qu'entre elle et Clémence existait un fossé impossible à combler bien qu'ignorant tout de leur contentieux.

– Tu auras certainement sa visite un de ces jours, affirmait-il régulièrement. Comme celle de mon épouse. C'est la moindre des choses. Elles se seraient déplacées plus tôt si elles n'avaient pas été souffrantes. La chaleur est par trop pénible.

Sans doute. Mais Clémence avait sa petite opinion sur le peu d'empressement de ces dames. Opinion que, pour sa part, la Palatine exprimait tout haut, sans prendre de gants: la mère et la fille devaient être jalouses!

QUATRIÈME PARTIE

Septembre-Décembre 1718

Au début de septembre, soit plus de deux mois après le traquenard du Bois de Boulogne, apparut d'abord madame d'Orléans. Toujours à demi allongée, très fardée, nonchalante, et migraineuse. Sœur de monsieur du Maine, elle avait accepté, bon gré mal gré, la façon dont le Régent avait traité ce dernier. Mieux valait prouver à l'opinion que l'harmonie régnait au Palais-Royal, ce qui n'était pas entièrement faux du reste. Décidée à remercier personnellement Clémence, Madame le fit très bien, mais sans s'attarder, ne sachant quelle place tenait exactement la jeune femme auprès de son époux. Elle préféra donc très vite entraîner sa belle-mère dans une partie de hoca *.

Clémence n'eut plus l'occasion de revoir la duchesse d'Orléans. Secrètement, elle espérait que, de son côté, Marie-Louise s'abstiendrait de pousser jusqu'à Saint-Cloud. C'était oublier le même souci des apparences.

Il est vrai que la chaleur incommodait Joufflote, déjà fatiguée par la nourriture, la boisson et les hommages répétés

---

\* Sorte de loto.

de «Riri». Probablement était-elle de surcroît enceinte. Il était rare, en général, qu'elle menât ses grossesses à leur terme et, dans ce cas, ses enfants ne survivaient pas. Pendant plusieurs semaines, elle avait donc argué de sa mauvaise santé pour se tenir dans son château de la Muette, plus aéré que le Luxembourg. L'orgueil, la jalousie, la haine, l'âpre désir de vengeance sur celle qui l'avait bafouée s'acharnaient toujours sur la duchesse de Berry. Le Régent s'étonnait qu'elle ne voulût point faire connaissance avec sa vaillante madame du Restou. Riri, la Mouchy s'obstinaient à lui répéter qu'elle ne pouvait ignorer la Bretonne, sinon n'était-ce pas la preuve que Marie-Louise la craignait? Allons du cran! Il fallait empêcher cette petite d'avancer plus avant dans les faveurs du Régent et de la Palatine, l'amadouer pour mieux s'en emparer, s'en venger et la jeter ensuite dans les pattes de Japecaste qui saurait bien la neutraliser de façon définitive, lui! Le programme certes était tentant, Marie-Louise y réfléchit puis, brusquement, s'invita à Saint-Cloud.

La Palatine en annonçant elle-même son arrivée à Clémence la mit en garde:

– Ma petite-fille Berry est très lunatique. Avec elle, c'est tout ou rien. Elle peut être adorable si elle l'a décidé. J'espère qu'elle ne nous imposera pas son crapaud, cet horrible Rions!

Par bonheur, Clémence ne vit ni Rions ni Japecaste. Il était déjà assez embarrassant de devoir souffrir les amabilités d'une créature qui la répugnait.

Bizarrement, la mode des paniers et des robes «volantes» avantageait toutes les femmes, les minces et les rondes. On ne savait trop, au juste, ce que cachait leur ampleur. En revanche, il n'était guère possible, malgré les fards, de tricher avec son visage. Clémence n'avait pas encore vu de près, en plein jour, celui de Marie-Louise de Berry. Elle fut frappée par sa peau congestionnée, boutonneuse sous la poudre blanche, et ne put s'empêcher d'avoir un geste de recul lorsqu'elle se pencha pour l'embrasser.

Car Marie-Louise était d'une humeur idéale. Après avoir remercié Clémence de son dévouement, son sens du sacrifice, elle lui murmura, de manière que personne ne l'entendît :

– Oublions ma chère notre première rencontre. Ce fut un moment d'égarement – qui n'en commet pas ? Auquel, entre nous, avouez-le, vous avez réagi un peu vivement mais... Bref, nous n'allons pas demeurer toutes les deux sur un malentendu. Ce serait dommage. Plus haut, elle déclara : nous serons amies, n'est-ce pas ?

Que faire d'autre sinon de balbutier un « oui, bien sûr », grimacer un sourire pour donner le change à la Palatine attendrie par la gentillesse de sa petite-fille ? A son tour, madame de Mouchy s'approcha de Clémence, se répandit en gracieusetés, son beau regard pervers planté dans le sien.

Soupçonnant le malaise de leur amie, madame de Saint-Simon et Geneviève de Revet, seules à connaître une partie de la vérité, écourtèrent les compliments de la Mouchy pour dire quelques mots affables. Dans le sillage imposant de sa sœur aînée se trouvait également mademoiselle de Valois, une brunette menue qui débita son petit compliment puis retourna à ses pensées. Richelieu l'obsédait. Elle était également frustrée de ne pouvoir priser du tabac en présence de sa grand-mère : la Palatine jugeait que cette mauvaise habitude lui grossissait et lui salissait le nez.

Un assortiment de pâtisseries et de sorbets fut servi dans le cabinet de verdure et, dans l'ensemble, l'ambiance entre ces dames fut assez gaie et légère pour que la duchesse de Berry, avant de remonter en carrosse, décidât de revenir bientôt, conquise par madame du Restou ! Clémence avala péniblement sa salive pour lui dire au revoir avec la politesse exigée. Au contraire de la Palatine qui l'en complimentait, cette soudaine gentillesse ne lui disait rien qui vaille.

Bien entendu, tout ceci enchanta le Régent. Une entente harmonieuse entre les femmes de sa vie n'est-elle pas le rêve d'un homme ? Rêve légitime quand, par ailleurs, cet homme avait à supporter le fardeau et les multiples tracasseries d'un Etat, une santé chancelante. Clémence n'aurait pas eu le cœur de rajouter à ses préoccupations et gâter les moments qu'ils passaient ensemble en se plaignant de Marie-Louise, encore moins en faisant part de la méfiance que sa fille lui inspirait.

Une impression que partageaient ses proches, à savoir tout d'abord Yvonne Planchette. D'évoluer dans un décor féerique, de côtoyer les plus grands noms de France, d'avoir pu saluer Sa Majesté ne lui avait pas ôté sa jugeote. Quant à Naïg et Hyacinthe, Saint-Cloud n'était pour eux qu'une étape de plus – magnifique, certes – avant le retour à Lanloup. Rien n'aurait pu altérer leur bon sens. S'ils retenaient des critiques trop ouvertes, leurs visages réprobateurs étaient éloquents. A part la Palatine, la famille princière leur laissait une impression très défavorable, madame de Berry en premier lieu.

– Je suis sûre que Guillaume désapprouve que vous fréquentiez cette personne, dit madame Planchette.

C'était vrai. Il était clair, dans ses lettres, que la situation pesait à Guillaume. En Bretagne, il avait retrouvé une opposition au Régent de plus en plus marquée. Il acceptait donc mal que sa femme fût l'hôte d'une telle famille.

Clémence, qui n'avait toujours pas envie de le rejoindre et d'ailleurs en était empêchée par une grossesse pénible, aurait tout de même volontiers évité madame de Berry. Mais c'était impossible.

La duchesse débarqua un soir, à l'improviste, en joyeuse compagnie. S'installant auprès de Clémence, elle commanda un festin pantagruélique, du vin, de l'eau-de-vie, du champagne. Elle rit beaucoup lorsque la Palatine lui prêcha la tempérance, mais voulut bien se montrer un peu plus sage. Elle était gaie, spirituelle, sûre d'elle, étincelante, telle qu'elle l'avait été avant que ses mauvais penchants ne prissent le dessus pour l'entraîner sur une pente peut-être fatale. Petite fille, elle avait eu tous les dons. Quel gâchis ! Etait-il vraiment trop tard ? En la voyant si bien disposée, son père, sa grand-mère se mirent à croire au miracle. Ils félicitèrent

Clémence. C'était bien sûr son charme et sa bonne influence qui opéraient. Conciliants, ils autorisèrent le comte de Rions à se joindre à eux la prochaine fois.

Ce qui fut fait. Clémence n'eut alors d'autre choix que de se retrancher derrière une attitude réservée tout en affichant des sourires aussi hypocrites que ceux de Joufflote. Où voulait en venir la rusée duchesse? Que cachaient les airs respectueux de Riri? A quoi rimaient les œillades coquines de la Mouche?

A table, la Palatine et le Régent, qui délaissait de plus en plus Paris le soir, exhortèrent Clémence à manger davantage:

— Votre état l'exige. Vous avez encore de la place à remplir.

— Mais oui, ma chère, vous avez encore beaucoup à faire pour me rattraper, renchérit Marie-Louise qui l'encourageait à se resservir de chaque plat.

Subrepticement, Clémence glissa quelques morceaux à Tillette, une petite chienne de la Palatine qui se tenait toujours à ses pieds. Il n'était pas du tout question pour elle de «rattraper» Joufflote! Néanmoins, ayant repris un peu d'appétit et son goût pour le champagne, Clémence fit une convive honorable. Par la suite, à l'occasion d'autres soirées, Marie-Louise de Berry levait de si nombreux toasts que ses laquais devaient souvent la porter dans son carrosse pour la ramener à la Muette, ivre morte.

Il arriva que Clémence fût malade après ces agapes. Guère habitué à un régime copieux, son estomac regimbait. La contrariété y était sans doute pour quelque chose; l'inactivité également. Appelé en consultation, maître Garus lui interdit de boire autant de champagne et lui conseilla de marcher plus souvent. Clémence retrouva donc le plaisir simple des promenades à travers le parc, vaste et ombragé, Tillette sautillant devant elle avec les chiens de Madame surveillés par des valets de pied. Leur maîtresse ne les accompagnait pas; elle était occupée à rédiger, comme elle l'avait toujours fait, sa volumineuse correspondance.

Dire que Clémence avait peine à griffonner une malheureuse lettre hebdomadaire à Guillaume! «Merci pour tout ce que vous m'écrivez, mon ami. Ici, rien de particulier. Il fait moins chaud. L'enfant grossit. Je marche beaucoup. Je vais bien...»

Sur ce dernier point, elle mentait. Elle se sentait fréquemment fatiguée. L'élixir de Garus restant sans effet, Madame, qui en ce moment ne jurait que par le vin amer à l'huile de copahu, lui en fournit quelques fioles. Le breuvage était particulièrement désagréable à ingurgiter mais la princesse ne quittait pas la «chambre de Vénus», avant que Clémence n'eût vidé son verre.

★<br>★ ★

— Mon Dieu! Pour une indigestion, c'en est une!

Madame Planchette s'effarait en soutenant la tête de Clémence pendant que Naïg tendait une cuvette. Toute la nuit fut entrecoupée de vomissements, de malaises. La jeune femme tremblait, couverte d'une sueur glacée.

— L'exemple de madame de Berry ne vous vaut rien! Avec sa manie de forcer les gens à trinquer! Vous devriez vous montrer plus raisonnable. Le docteur Garus l'a assez dit: le champagne vous est nocif.

— Par pitié, Yvonne, taisez-vous, balbutia Clémence en se renversant à bout de forces sur ses oreillers.

Elle pensa que pour être aussi mal elle devait être bien près de mourir. Sur le visage soucieux de Naïg, elle crut lire la même crainte et faillit lui demander d'aller quérir un prêtre. Mais elle eut encore d'autres spasmes qui lui soulevèrent l'estomac et cette nouvelle crise la soulagea un peu.

Yvonne Planchette exagérait. Certes, Clémence n'avait pas la volonté d'une ascète mais de là à suivre l'exemple de Marie-Louise! En fait, elle n'avait guère bu et avait mangé sans excès. Tillette l'avait même aidée en cachette à terminer des crêpes au hareng saur figurant au menu parce que la Palatine en raffolait. Peut-être l'huile de copahu, avalée sur le repas à contrecœur, avait-elle déclenché ces vomissements ?

– Tout de même, tout de même ! Ces gens-là ne sont pas une compagnie pour vous, fit encore Planchette en la bordant.

Clémence la laissa maugréer. Exténuée, elle ferma les yeux, sa main tapotant machinalement le bord de son lit où Tillette avait pris l'habitude de dormir. Puis le sommeil eut raison d'elle. Réparateur.

En s'éveillant au matin, Clémence eut l'impression d'avoir été rouée de coups mais les atroces nausées avaient disparu, ne lui laissant qu'un amer dégoût. Une douce pluie d'automne, l'une des premières après une période de sécheresse prolongée, tambourinait aux fenêtres. La jeune femme regretta qu'elles fussent fermées. L'air devait embaumer au-dehors, et les plantes, les simples, les fleurs de Saint-Cloud reprendre toute leur vigueur. Si Clémence ne s'était pas senti aussi lasse, elle aurait couru allégrement au jardin, comme Tillette qui avait déserté sa place et tous ses petits compagnons à quatre pattes devaient le faire en ce moment.

Clémence soupira en adressant une grimace aux Dieux de l'Olympe couchés sur son plafond. Saint-Cloud allait-il prendre les couleurs d'une prison dorée ? Les derniers mois d'une grossesse étaient les plus longs, d'après les femmes qui en avaient l'expérience. Quand pourrait-elle recouvrer sa liberté ? Vivre en harmonie entre ses aspirations et ses devoirs ? Quelle place allait occuper cet enfant dans le futur ? Et l'amour ? L'amour d'Alvaro ?

Tout agitée d'idées moroses, Clémence se dit que dans l'immédiat il lui fallait échapper aux assiduités de Marie-Louise de Berry. Elle commençait donc à préparer mentalement un discours destiné au Régent lorsqu'elle vit, immobiles près de son lit, madame Planchette et Naïg. Depuis combien de temps étaient-elles à épier son réveil ? Elles avaient des mines bouleversées ; la petite pleurait.

– Merci ! Seigneur ! Merci, bafouilla la vieille dame.

— Que se passe-t-il?

— Comment vous sentez-vous, ma chère Clémence?

— Mieux…

— Est-ce bien vrai?

— Mais oui!

Qu'avaient-elles donc toutes les deux? Pourquoi ces larmes? Ce n'était tout de même pas son indisposition nocturne qui en était la cause!

— Vous n'avez plus de motif de vous inquiéter, affirma Clémence. J'en suis quitte pour rester à la diète aujourd'hui. Voilà tout! Naïg! Je vais bien.

— C'est que, demoiselle… dites-lui vous, dame Planchette.

— Me dire quoi? Un malheur serait-il arrivé? Josselin? Hyacinthe?

— Je suis là, mademoiselle Clémence.

Le vieux Breton lui répondait lui-même, émergeant du fond de la chambre où elle ne l'avait pas encore aperçu, ses gros souliers malmenant le parquet marqueté. Lentement, il s'approcha. Il portait quelque chose et, peu à peu, le regard de Clémence s'agrandit, puis un cri s'échappa de ses lèvres. Dans les bras de Hyacinthe, elle découvrait un petit corps noir et blanc, déjà raide: Tillette!

La chienne n'avait pas dormi avec elle; Clémence ne l'avait pas revue depuis la veille au soir.

— Elle est… elle est…

— Morte, oui, murmura Planchette.

— Morte empoisonnée, précisa Hyacinthe.

— Où l'as-tu trouvée?

— Dans le corridor, près de la porte de votre chambre, derrière un fauteuil.

Clémence passa le dos de la main sur le poil doux. Les babines retroussées, tordues, étaient encore bordées d'écume.

— Du poison, tu es sûr? fit-elle la gorge nouée par la tristesse alors qu'en même temps, elle était prise d'une idée épouvantable.

Une idée qu'ils avaient eue tous les trois, avant elle, et qui expliquait le souci qu'ils se faisaient pour sa propre santé.

# CLÉMENCE ET LE RÉGENT

Clémence se remémora certains faits troublants, tel ce regain de fatigue bien que sa blessure fût totalement guérie ; ses récents ennuis digestifs jusqu'à cette dernière crise, violente. Se pourrait-il... Il n'y avait pas si longtemps, Rions n'avait pas hésité à droguer son champagne. Elle aurait dû se montrer plus prudente, écouter son instinct. Mais comment aurait-elle pu supposer que la duchesse oserait s'en prendre à elle, sous le toit de sa grand-mère, sous ses yeux ? D'ailleurs ici, les vins étaient versés dans le verre de chaque convive par les laquais de la Palatine officiant sous les ordres d'un maître d'hôtel vigilant. Non ! Marie-Louise était sans doute à demi folle mais était-elle capable de pousser jusqu'au crime ? Et pourquoi ? Par jalousie vis-à-vis de son père ? Par rancune après la scène humiliante du Luxembourg ? Peut-être n'avait-elle voulu jouer qu'un mauvais tour à celle qu'elle considérait comme son ennemie ?

Pauvre Tillette ! Au souper, sous la table, elle avait dévoré les crêpes au hareng dont Clémence n'avait pu avaler que quelques bouchées. La scène lui revenait avec précision maintenant, ces crêpes lui avaient été servies avec les gestes enveloppants et sensuels de la Mouchy !

— J'emporte cette bête à Paris, chez Jean Valon, déclara Hyacinthe sans autre commentaire. Il saura dire ce qui l'a tuée. D'ici là, demoiselle Clémence, je vous conseille de ne pas sortir de votre appartement et de ne rien manger ou boire que Naïg ou dame Planchette ne vous auraient préparé elles-mêmes.

L'apothicaire Jean Valon put très vite communiquer les résultats de son analyse. Il avait nettement détecté dans les viscères de Tillette de l'« aqua toffana », un poison à base d'arsenic venu d'Italie, qui avait fait ses preuves depuis bien longtemps !

Sur un être humain, son effet était plus lent que sur un petit animal ; il était plus difficile à déceler, surtout distillé à doses réduites. La maladie s'installait, sournoise, et sans remède. Marie-Louise ricanait en y songeant. Naguère, à Versailles, elle avait aidé la mort à accomplir son effroyable tâche : quelques gouttes d'« aqua toffana » ici et là, et soudain, plus de fâcheuse belle-sœur, de stupide beau-frère, de mari gênant. Et personne pour la soupçonner ! Résultat ? Une voie royale pour le père qu'elle adorait et pour elle, la place de première dame du royaume.

Pauvre petite Bretonne, sortie du néant, riche seulement de sa beauté ! Bientôt, elle aussi ne serait que poussière.

Tout se recoupait, les présomptions, les faits. Tout était évident, affreusement clair. Mais jamais Clémence ne pourrait le révéler à quiconque et surtout pas au Régent, ni à la Palatine. Ils seraient horrifiés ; prétendraient peut-être que son indisposition et la mort de Tillette étaient des coïncidences ; ils lui demanderaient de prouver ses accusations. Or, elle en était incapable. La petite chienne avait pu aussi bien avaler un produit destiné à éliminer les rats. En outre, Marie-Louise n'avait pas agi elle-même. Elle s'était servie de l'habileté de la Mouchy, son mauvais ange.

Ces créatures étaient folles. L'orgueil de l'une, la cupidité de l'autre, cimentés par la luxure, avaient créé deux monstres. Mais on ne pouvait dire ces choses tout haut. Dans l'Affaire des Poisons qui avait autrefois secoué Paris et la Cour – un scandale sans précédent ! – de grands noms avaient été impliqués mais Louis XIV avait fini par interrompre les séances de la Chambre Ardente qui instruisait l'enquête, lorsqu'il était devenu évident que certains de ses proches allaient être cités. Par exemple, la marquise de Montespan, sa maîtresse, la mère de ses enfants, la grandmère maternelle de madame de Berry. Marie-Louise n'aimait pas qu'on lui rappelât cette ascendance bâtarde, pourtant l'atavisme était bien là, sans conteste. La diabolique madame de Montespan n'avait pas seulement légué aux siens son esprit étincelant et ses yeux bleus.

Que déciderait le Régent si Clémence arrivait à le persuader qu'on avait réellement tenté de la supprimer ? Au mieux, il exigerait que sa fille renvoyât sa dame d'honneur, ce qui occasionnerait tant de protestations, de cris, de scènes terribles, qu'il céderait ; la Mouchy garderait sa place.

# CLÉMENCE ET LE RÉGENT

Que faire ? pensait Clémence en prenant conscience de l'importance qu'avait pour elle Philippe d'Orléans. Autant qu'un ami, il était son protecteur, sans aucune connotation péjorative dans ce terme. Il était mûr, rassurant, aimant. Et la Palatine ? Avec quelle chaleur affectueuse ne couvait-elle pas celle qui avait sauvé son fils ! Sans eux, Clémence se retrouverait privée d'appui, à moins d'appeler Guillaume qui sans doute lâcherait ses compagnons bretons, sacrifierait sa cause. Elle ne le ferait pas, bien sûr ; pas plus qu'elle n'abdiquerait toute fierté ni ne retournerait à l'ambassade d'Espagne. Alvaro n'y était peut-être plus. Et même voudrait-il encore d'elle ?

Un seul aurait pu l'aider, c'était Josselin Le Rik. Hyacinthe était sans nouvelles de lui. Son ami Tino n'avait pas réapparu non plus rue Saint-Sauveur. Leur dernière mission avait dû les entraîner assez loin. Clémence se demandait maintenant, après avoir renoncé à la visite de Josselin, si celui-ci avait réellement envie de la revoir, si le fait qu'elle se fût refusée à lui, qu'elle se fût enfuie sans crier gare n'avait pas complètement altéré leurs rapports.

Quatre hommes dans ma vie, et pas un sur lequel je puisse vraiment compter, songeait-elle, en se moquant d'elle-même, pour chasser sa tristesse et son amertume.

Et revenait l'éternelle question : Que faire ? Charger Hyacinthe de leur trouver un logis discret ? Elle ne pouvait pas boucler ses malles et quitter Saint-Cloud sans se justifier auprès de la Palatine. Quant au Régent, il serait capable de mettre toute la police à ses trousses. Pourtant, elle devait partir.

– Qu'allons-nous faire ? ne cessait justement de répéter Planchette. Il ne vous sera pas longtemps possible de vous cloîtrer dans votre chambre et de feindre d'être aussi malade. Avez-vous vu, hier au soir, combien Madame s'étonnait de votre état. Et maître Garus qui en perd son latin !

Clémence gardait le lit, prétextant des douleurs au ventre, une faiblesse extrême. Naïg lui apportait de la nourriture en cachette. Elle savait que cette petite comédie la mettait momentanément à l'abri des machinations de Marie-Louise.

171

Elle souffrait beaucoup en réalité de sa claustration et, la nuit, se levait pour ouvrir ses fenêtres, respirait comme on boit, à grandes goulées avides, l'air pur et paisible. Pendant combien de temps pourrait-elle échapper à ses empoisonneuses? Ah! fuir, fuir!

Mais où aller avec son fardeau?

Tôt le matin, avant le va-et-vient des servantes et des valets, Planchette, Naïg et Hyacinthe tinrent avec elle une sorte de petit conseil où diverses solutions furent envisagées. Finalement, ils reprirent l'idée de Clémence: Hyacinthe louerait une maison à Paris, quelque chose de modeste et de caché. Ils aviseraient ensuite. Elle avait pu sortir du Palais du Luxembourg dissimulée dans une panière. Pourquoi ne pas utiliser encore ce procédé?

— Et faire une fausse couche? objecta madame Planchette qui découvrait peu à peu, avec effarement, quelques bribes des aventures vécues par la jeune femme. Vous êtes fragile, ma mie, ne l'oubliez pas.

— Eh bien, nous trouverons un autre moyen! Pour le moment, c'est à toi d'agir Hyacinthe. Va, lui dit Clémence en lui remettant l'argent nécessaire à leur projet.

★
★ ★

Pendant ce temps, au château de la Muette, l'atmosphère s'enfiévrait d'heure en heure.

— Riri chéri, calme-toi. Dis-moi plutôt ce qui se passe à Saint-Cloud.

Ayant fait irruption chez sa maîtresse, Rions s'était mis à jeter par terre les vêtements qu'elle avait choisi de porter dans la journée. Il piétina allégrement une robe de soie qui avait coûté une petite fortune comme s'il s'agissait d'un paillasson:

— Ce vert est hideux.

— Mais tu m'as demandé aujourd'hui de porter du vert! protesta Marie-Louise de Berry.

— J'ai changé d'avis, je préfère le jaune, rétorqua le comte de Rions.

La duchesse soupira, mais ordonna sans rechigner à ses femmes de lui apporter une tenue de la couleur désirée. Puis elle les chassa, ne retenant que la Mouchy.

— Alors vite, dit-elle à son amant. Comment se porte la Bretonne?

Rions s'approcha et s'amusa à défaire méchamment son chignon et ses bouclettes que le coiffeur avait mis plus d'une heure à édifier.

— Aïe! Mes cheveux. Bourreau! Je t'ai posé une question!

— Tu vas être contente, lui souffla-t-il derrière l'oreille. Elle est au plus mal. Il y aura bientôt une semaine qu'elle ne mange rien, se plaint, gémit, ne supporte pas la lumière. Madame est très inquiète ainsi que ton père qui est allé la voir mais n'a pu rester plus d'un quart d'heure tant les visites épuisent la malheureuse.

Un éclair de triomphe cruel traversa le regard de Marie-Louise:

— Elle est perdue! s'écria-t-elle. Tu as bien travaillé, ma petite Mouche.

— Cela mérite récompense, roucoula-t-on avec un sourire avide.

— Bien sûr. Tu l'auras. Au terme de l'agonie.

— Ce ne sera plus très long, mes poulettes, assura le comte de Rions.

★
★ ★

Eveillée en sursaut, en pleine nuit, Clémence ouvrit les yeux, tendue, fixant l'obscurité. Elle crut percevoir un mouvement infime, une lueur fugace, un glissement de pas aussi ténu qu'un trot de souris. Du côté d'une fenêtre qu'elle avait laissée entrebâillée avant de s'endormir, une traînée grise se faufilait. Etait-ce le vent, était-ce quelqu'un qui faisait frissonner les tentures de brocart?

Elle eut l'impression que toute la chambre battait au rythme de son cœur. Précautionneusement, elle réussit à atteindre les allumettes, à en frotter une sur un morceau d'amadou et l'approcha d'une bougie. Une petite flamme trembla à son chevet. Clémence se redressa et appela Naïg qui dormait dans la garde-robe. La petite ne répondit pas.

— Taisez-vous! lui intima un murmure alors qu'elle s'apprêtait à recommencer, comme si au fond de la vaste pièce une présence invisible avait deviné son intention.

— Chut! Pas d'affolement, fit encore la voix qui s'était rapprochée.

— Qui êtes-vous? lança Clémence, la peur lui nouant la gorge.

Dans le halo de lumière, apparut un jeune garçon mince et brun, vêtu d'une casaque et d'une culotte de cuir noir, botté, portant l'épée et le pistolet à la ceinture. Clémence ne douta pas qu'il sût très bien s'en servir. Malgré sa courte taille, il était impressionnant.

— Parlez plus bas, vous risquez d'alerter vos femmes de chambre. Ce serait ennuyeux.

— Est-ce une menace?

— Ennuyeux pour elles, pas pour vous madame, rétorqua-t-il avec un sourire insolent.

— Mais enfin, qui es-tu? Que fais-tu ici, chez moi, à cette heure?

L'indignation devant le toupet de ce gamin chassait presque sa crainte. Il lui semblait maintenant que d'autres formes s'esquissaient derrière lui.

Il fit un pas en avant et la salua avec un moulinet du bras qui se voulait conforme aux usages du «monde».

— Je suis Louis-Dominique Bourguignon mais on m'appelle «l'Enfant». Bientôt on me connaîtra sous le nom que je me suis choisi: Cartouche.

L'Enfant! A l'observer mieux, Clémence découvrit les traits malins d'un homme qui devait être âgé de vingt-cinq ans environ. Malgré sa petitesse, son corps était bien proportionné, les muscles noueux sous le cuir. Cette fois, la jeune femme s'assit pour de bon:

– J'ai donc l'occasion de vous remercier, dit-elle à demi rassurée en abandonnant le tutoiement. Sans vous, au Bois de Boulogne...

– Je n'étais pas seul, coupa-t-il. Il y avait aussi ces messieurs.

Emergeant de l'ombre, quatre hommes les rejoignirent, mines de vauriens, armés jusqu'aux dents. A leurs yeux qui brillaient, à leurs sourires de loups, Clémence se souvint qu'elle était en chemise et remonta vivement le drap sur son buste.

– Que voulez-vous, monsieur l'Enfant? demanda-t-elle un peu sèchement.

– Cartouche!

– Que voulez-vous, Cartouche?

– Vous enlever, chère madame, répondit-il, l'air le plus sérieux du monde.

– Si c'est une plaisanterie..., commença-t-elle.

– Nullement! Je me suis laissé dire qu'il était vital pour vous de vider les lieux. Nous sommes venus apporter notre aide. Gentiment et sans bruit.

– Que savez-vous? Qui vous a dit...

Encore une fois, Cartouche l'interrompit avec un sourire plein d'aplomb:

– Celui qui nous a conduits à la Croix Catelan.

– Josselin! C'est lui, n'est-ce pas?

– Les amis de nos amis sont nos amis, vous connaissez le dicton, fit-il sans répondre directement à sa question. J'apprécie beaucoup votre Hyacinthe.

En quelques mots, toujours à voix basse, Cartouche raconta comment, espérant peut-être y trouver Josselin, le Breton s'était rendu à la Courtille, et avait expliqué la situation. Il n'avait pas divulgué la raison qui poussait sa «demoiselle» à vouloir s'éloigner de Saint-Cloud. Du reste, Cartouche s'en moquait. Hyacinthe lui avait promis une forte récompense à deux conditions: qu'il prenne bien soin de Clémence; que rien ne fût dérobé dans le château de crainte qu'on ne lui imputât les larcins et aussi par égard pour la Palatine.

Cartouche avait volontiers accepté le marché car Hyacinthe était lié à Josselin Le Rik. Or, il connaissait Josselin depuis que celui-ci avait effectué près de deux ans plus tôt un premier séjour mouvementé à Paris. L'évêque de Saint-Brieuc qui l'employait à cette époque espérait bien en faire un secrétaire modèle. Mais le jeune homme avait vite faussé compagnie au digne ecclésiastique, préférant courir Paris au gré de ses rencontres. Un soir, dans un cabaret, il avait prêté main forte à un certain «Enfant». Maintenant que Josselin travaillait pour la police, son amitié avec le jeune chef de bande se révélait utile à tous les deux.

Cartouche avait parlé rapidement.

– Le temps presse, madame. Vous allez prendre ce manteau, vous chausser et nous suivre, dit-il en tendant à Clémence un grand vêtement sombre.

– Je ne peux pas partir sans mon amie Planchette et ma servante.

– Pour ça, pas d'inquiétude. Votre amie vous attend déjà dehors et on va réveiller la fille.

Tout paraissait insensé et cependant Clémence n'hésita pas plus de quelques secondes.

– Suivez-nous, faites-nous confiance.

Elle empoigna le manteau, enfila ses pantoufles, avec à l'esprit une pensée frivole qu'elle se reprocha immédiatement car l'heure n'était pas à la futilité : ce Cartouche avec sa petite taille et ses manières de filou ne manquait pourtant pas de charme.

L'un de ses «lieutenants» était allé chercher Naïg qui les rejoignit, tout ensommeillée mais sans avoir l'air d'être surprise. Elle portait un gros baluchon :

– Je l'ai préparé le jour où Hyacinthe est parti, au cas où, glissa-t-elle à Clémence.

– Tu es prévoyante, c'est bien Naïg.

La bande était entrée en escaladant la façade ; elle ressortit tout simplement par une porte. Si on avait promis de ne pas faire main basse sur les riches collections de la Palatine – et par le diable, comme elles étaient tentantes ! – rien n'avait été dit au sujet de ses domestiques. Les laquais et les gardes en faction cette nuit-là qui tentèrent de leur barrer le passage n'eurent pas le temps de crier à l'aide ni même de comprendre ce qui leur arrivait. Un coup de crosse de pistolet sur le crâne ou un coup de poing au menton : ils s'effondrèrent tour à tour, laissant la voie libre.

Clémence se retrouva à l'arrière du château, du côté des communs. Il n'y avait qu'une courette et un potager à traverser pour atteindre un portail donnant sur une rue du village.

— Permettez, madame, fit l'un des hommes, un fort gaillard, en obéissant à son chef.

Clémence se sentit soulevée de terre et trois minutes plus tard déposée avec mille précautions sur le siège bien rembourré de coussins d'un carrosse qui les attendait avec d'autres membres de la bande.

— Yvonne ! s'exclama-t-elle en découvrant le visage pointu, strié de rides sur lequel se peignait un vif soulagement. Pourquoi ne pas nous avoir prévenues ?

— Parce que je ne savais rien ! se défendit madame Planchette. Un billet de la part de Hyacinthe m'a attirée dehors, juste après votre coucher, me recommandant le silence. J'attends bientôt depuis trois heures et j'avoue qu'en voyant les têtes de ces messieurs, je ne me suis pas sentie très tranquille.

Ces derniers s'installèrent à l'avant et à l'arrière du carrosse, d'autres enfourchèrent leurs montures.

— Et maintenant, fouette cocher ! lança Cartouche à mi-voix. Mais attention aux cahots ! La santé de madame exige une conduite de velours.

Bien calée sur ses coussins, Clémence n'eut pas à se plaindre d'un trajet qui se fit effectivement en douceur, et sans encombre grâce à un laissez-passer en règle présenté aux archers. Tout avait donc été fort bien prévu. Après avoir roulé un moment dans Paris, l'équipage tourna dans une rue étroite où il s'arrêta. Les passagères auraient été incapables de dire dans quel quartier elles se trouvaient mais elles remirent la question à plus tard : quelqu'un s'empressait de leur ouvrir la portière.

– Vous allez bien, demoiselle Clémence?

– Oui, merci mon bon Hyacinthe.

Le domestique l'aida à descendre, puis tendit la main à Planchette et prit le baluchon de Naïg.

– Mission accomplie! Vous voici arrivée à bon port, mesdames, fit Cartouche en les saluant du haut de son cheval.

– Merci infiniment, lui dit Clémence. Merci.

Mais il écourta les civilités. Déjà le carrosse, les cavaliers repartaient, disparaissaient dans la nuit.

– Entrez vite, dit Hyacinthe, tenant haut une lanterne pour éclairer la porte d'une maison à colombage.

Ils pénétrèrent dans une sorte de boutique sombre, au plancher brut, qu'ils traversèrent, le vieux Breton toujours en tête.

– Le logement, c'est par ici!

Trois pièces, peu spacieuses mais apparemment munies du nécessaire.

– Hyacinthe, tu nous as trouvé tout ça rapidement. Bravo! Et l'idée d'appeler ce Cartouche à la rescousse était excellente même si nous avons eu droit à quelques émotions.

– Où sommes-nous? demanda madame Planchette.

– Dans un endroit tranquille. Vous le découvrirez demain.

– Tu as raison, nous verrons demain, approuva Clémence.

Elle mourait de sommeil et s'allongea avec un soupir d'aise sur le lit qui lui avait été préparé dans une petite chambre décorée de céramiques au sol et aux murs.

– Dormez bien, mademoiselle Clémence. Personne ne viendra vous chercher ici. Vous êtes à l'abri.

Il lui fut difficile de replonger tout de suite dans le sommeil tant ces dernières heures avaient été insolites. Clémence repensait à la personnalité de Cartouche et à la façon dont il lui avait fait quitter Saint-Cloud. Un tel changement en pleine nuit avait de quoi perturber même une bonne dormeuse. Son nouveau matelas était plus dur, plus étroit que celui qui garnissait le grand lit en écaille, et la veilleuse, que Hyacinthe avait laissée, révélait un plafond aux poutres basses et nues. Vénus et ses amours étaient loin maintenant.

Bien qu'elle se sentît soulagée, rassurée par la tournure

des choses, certaine que ce refuge leur conviendrait à tous, Clémence n'arrivait pas à se défaire d'une pointe de tristesse. Qu'allait être la réaction de Madame en constatant sa disparition ? Elle serait catastrophée, inquiète et furieuse qu'on ait eu l'audace de violer son domaine. Car bien entendu, l'enlèvement apparaîtrait comme la seule explication possible, et le Régent, aussitôt prévenu, enverrait la police sur les traces de sa Brette.

Immobile, Clémence chercha à se détendre. Elle faisait trop confiance au choix de Hyacinthe pour craindre d'être retrouvée. Ce qui la tourmentait n'était que le simple regret d'avoir dû abandonner sans un mot, brutalement, une femme chaleureuse, et le meilleur des princes.

C'est toujours une sensation étrange que d'ouvrir les yeux pour la première fois, au matin, dans une chambre inconnue. Une sorte de flottement prélude à la conscience. Portes, fenêtres et meubles ont changé de place ; privé de repères, on cherche la lumière là où elle n'est pas, tandis que rôde déjà un soupçon d'angoisse. Et puis, d'une secousse, la mémoire renoue avec la réalité.

Il fallut quelques secondes à Clémence pour recouvrer ses esprits. Des cloches sonnant à toute volée lui donnaient l'impression de s'éveiller au centre même d'un campanile. Elle se souvint que ce jour était un dimanche et imagina dehors, dans la petite rue à peine devinée dans la nuit, les passants se hâtant pour se rendre à l'église.

L'une des quarante-sept paroisses de Paris. Laquelle abritait maintenant Clémence ?

Elle s'étira en bâillant, nota qu'il devait faire beau car le soleil perçait vivement les fentes du volet pour frapper un gros bahut de sa flèche orangée.

– Alors ? On est remise de son expédition nocturne ? demanda soudain une voix moqueuse.

Surprise, elle tourna la tête et vit Josselin Le Rik dans l'ombre, près de son lit.

– Ah, non ! s'écria-t-elle en portant la main à sa gorge. Tu as donc décidé de me faire mourir de frayeur !

— Pas du tout. Au contraire. J'attendais bien gentiment que tu t'éveilles et poses enfin ton incomparable regard sur moi.

Disant cela, il s'approcha et s'assit tout naturellement à côté d'elle.

— Eh bien, tu ne me souhaites pas le bonjour?

Elle ne put résister davantage à son sourire.

— Bonjour! fit-elle en nouant les bras autour de son cou robuste.

Avec bonheur, il respira sa peau tiède et tendre, sentit son cœur battre contre le sien, au même rythme. Clémence s'abandonna, délestée un moment de tout ce qui n'était pas le plaisir de le revoir.

— Comment te sens-tu, ma princesse?

— Bien.

Elle s'écarta de lui, heureuse mais refusant de céder plus longtemps à son émotion. Tout comme lui, d'ailleurs, qui se recula un peu.

— J'aurais tout de même aimé que tu te soucies de moi plus tôt, reprit-elle en employant volontairement un ton maussade.

— Tu sais très bien que j'ai fait prendre de tes nouvelles. Hyacinthe a dû te le dire.

— Mais tu aurais pu te montrer!

— Impossible! Mes missions...

— Tes missions! Quelle bonne excuse!

— Du reste, glissa-t-il, tu étais assez bien entourée pour te passer de moi. Peste, ma mie! Le Régent t'adore à ce qu'on raconte. Du moins, n'est-il pas ingrat. Après tout, sans toi, il était fait.

Josselin, sans ses piques jalouses, n'aurait pas été Josselin.

— Si tu avais été tuée dans cette affaire, je crois que j'aurais été capable d'étriper Philippe d'Orléans. Mais dans ce cas, c'est Valiente qui aurait été content, conclut-il avec un brin de rancœur dans sa plaisanterie.

— Tu racontes n'importe quoi, lui reprocha Clémence en conservant sa bonne humeur. Nous avons eu de la chance et cette chance ce fut toi. N'en parlons plus, si tu veux bien. Pour ma part, je réussis à tout oublier sauf au moment de ma toilette, à cause de ma cicatrice, tu comprends.

— Montre-la-moi.

— Non, Josselin.

— Si, si ! Je veux la voir.

Sans attendre son accord, il commença à dénouer les lacets de sa chemise qu'il fit glisser sur les épaules, les bras, découvrant lentement la poitrine, ronde et ferme, deux fruits mûrs à point. Un long liséré rose tranchait sur la blancheur du torse. Josselin le caressa avant d'y poser délicatement les lèvres. Puis il recouvrit le buste de la jeune femme, paraissant ignorer, plus bas, sa taille épaissie. Il n'avait jamais pu encore admettre la liaison de Clémence et du comte de Valiente dont cet enfant était, hélas, la conséquence.

— Josselin, murmura-t-elle avec réprobation.

Son geste — le même qu'avait eu le Régent — l'avait troublée, émue aux larmes. Elle savait qu'en cet instant, Josselin se souvenait de l'après-midi où il l'avait sauvée du désespoir, de la nuit passée ensemble. S'ils voulaient demeurer en bons termes, éviter les nuages et les drames, ils devaient pourtant, tous deux, apprendre à tourner la page, privilégier l'amitié sans exiger plus.

A son regard grave et doux, Josselin comprit son message. Il choisit alors de la taquiner :

— Tu n'as rien à cacher à ton vieux compère. Quelle balafre ! Ce bougre de Chirac est un vrai charcutier.

— C'est donc si laid ? Le docteur Garus m'a affirmé que tout s'estomperait au fil des années.

— Oui, quand tu seras une antique grand-mère.

Ils s'amusèrent là-dessus puis Clémence fut sur le point de lui demander ce qu'il faisait ici, depuis combien de temps il avait repris contact avec Hyacinthe, si c'était lui qui avait fait appel à Cartouche, ce dont elle ne doutait pas, d'ailleurs. Mais des coups frappés à la porte l'en empêchèrent. C'était madame Planchette, Naïg et Hyacinthe.

Le visage des deux femmes reflétait la consternation. Planchette se précipita sur Clémence en s'écriant d'une voix outrée :

— Mon enfant! Si vous saviez! Ah, si vous saviez où nous nous trouvons!

— Au fait, oui, où sommes-nous? Hyacinthe, tu n'as pas voulu prendre le temps de nous l'expliquer. Il était tard.

Clémence surprit le coup d'œil que le Breton échangea avec Josselin. Ce dernier s'étant mis à rire, l'indignation de madame Planchette redoubla:

— Nous ne pouvons pas rester ici! C'est une honte!

— Enfin Yvonne, expliquez-vous! De prime abord, ce logis me semble convenable. Quel est le problème?

— Ma pauvre petite, je n'ose vous le dévoiler.

L'air hilare de Hyacinthe et la gaieté de Josselin commençaient à mettre la puce à l'oreille de Clémence. Elle aurait dû s'en douter. Ce logis avait été trouvé trop facilement.

— Comment s'appelle l'église qui vient de carillonner si fort? demanda-t-elle innocemment, en fixant Hyacinthe.

— L'église Saint-Sauveur, répondit-il, imperturbable.

— Tiens, tiens, quel hasard curieux. Et cette maison?

— Cette maison n'a pas de nom particulier.

Madame Planchette intervint avec fougue et indignation:

— Mais elle fait partie d'un hôtel, l'Hôtel de Famini, qui est un mauvais lieu, si vous saisissez ce que cela signifie, mon enfant.

— Parfaitement. Mais en êtes-vous sûre?

Clémence eut elle aussi du mal à garder son sérieux pendant que sa vieille amie lui expliquait comment elle avait tout découvert en se rendant avec Naïg au premier office du matin, des fidèles s'étant fait une joie de les renseigner.

La petite boutique, actuellement désaffectée, et les trois pièces qui lui faisaient suite étaient en effet accolées à l'Hôtel de Famini, dans la rue Saint-Sauveur. Clémence s'en souvenait très bien. Josselin lui avait même dit que, de l'armoire du «vestiaire», chez la Fillon, l'on pouvait communiquer avec cette même boutique. Quelle excellente cachette pour elle, en tout cas! Aucun policier ne viendrait fouiner par ici: la Fillon était une amie de Dubois et elle hébergeait deux de ses hommes, Tino et Grégoire!

Plus tard, peut-être, pourrait-on révéler tout cela à madame Planchette. Pour le moment, il valait mieux éteindre son vertueux courroux.

– Yvonne, il n'y a pas de quoi s'offusquer, vraiment. Notre logis est indépendant; nous n'avons pas à nous préoccuper du voisinage. Tu entends, Naïg? Josselin et Hyacinthe nous ont choisi un endroit sûr, n'en doutons pas. Et c'est bien le principal.

Ce fut à son tour d'adresser un clin d'œil à son ami :

– Je te remercie Josselin, d'avoir aidé Hyacinthe.

– A ce qu'il m'a raconté, la Joufflote devenait infréquentable pour toi.

– C'est le moins que l'on puisse dire, rétorqua Planchette dont le sens de l'humour n'était pas toujours au rendez-vous mais qui était assez intelligente pour flairer beaucoup de bizarreries dans la situation.

Cependant, l'installation se fit sans autre anicroche. Ignorant que Josselin avait élu domicile dans ce lieu de perdition, madame Planchette finit par accepter en maugréant la proximité des pensionnaires de la Fillon. Elle dut assez vite admettre que ces créatures étaient plutôt effacées. On les voyait très rarement dehors et leurs clients, apparemment triés sur le volet, n'occasionnaient pas d'embarras. Parfois, seulement, on entendait des rires, une chanson, dans lesquels Clémence crut identifier le timbre cristallin de Tic-Tac.

Il avait été décidé qu'elle-même passerait aux yeux du quartier pour une jeune veuve très perturbée par la mort de son époux, venue à Paris pour régler son héritage. Enceinte et fragile, elle avait besoin de repos. Tout ceci justifierait la discrétion et l'isolement dont elle comptait s'entourer.

Madame Planchette s'était immédiatement préoccupée de Guillaume. Tôt ou tard, il saurait que sa femme n'était plus à Saint-Cloud. Clémence lui écrivit donc pour le tranquilliser, lui annonçant qu'elle préférait renoncer à l'hospitalité de la Palatine et ne rien devoir au duc d'Orléans. Elle

183

savait que son mari s'en réjouirait, que cela le déchargerait de ses scrupules à s'opposer ouvertement à la Régence. Par précaution, elle ne lui communiqua pas sa véritable adresse mais celle de l'apothicaire Valon, rue de la Huchette. Hyacinthe se chargerait d'y récupérer régulièrement le courrier. Clémence n'était plus à un mensonge près.

Josselin refit une incursion rue Saint-Sauveur dans le courant de la soirée, rapportant en détail ce qui s'était passé à Saint-Cloud. En constatant la disparition de Clémence et de ses domestiques, la princesse Palatine avait, comme prévu, tonné, tempêté, versé des torrents de larmes. Personne ne comprenait ce qui avait pu arriver. Il n'y avait pas eu effraction, pas de lutte. C'était un mystère complet qui affectait profondément Madame, et le Régent bien davantage. Celui-ci avait préféré ne pas ébruiter l'affaire pour l'instant mais néanmoins avait ordonné qu'une enquête fût ouverte.

— Il faut arrêter tout ça, s'exclama Clémence en apprenant que son signalement avait déjà été diffusé aux services de police. Je dois écrire au Régent, le rassurer. Josselin, tu te débrouilleras pour lui faire parvenir ma lettre.

Elle n'avait pas le droit de s'évanouir dans la nature comme une ingrate, de décevoir des amis, de les chagriner d'une manière ou d'une autre. Cela lui était insupportable.

Des heures durant, Clémence rédigea brouillon sur brouillon, des dizaines de feuillets dont pas un n'était satisfaisant. A la fin, pleurant presque d'énervement et de fatigue, elle cessa de réfléchir et s'exprima selon son naturel :

«Monseigneur, cher Philippe, personne ne m'a enlevée. Je ne me suis pas non plus enfuie. S'il n'était que de moi, je serais encore à Saint-Cloud, auprès de Madame que j'aime et respecte infiniment. Vous savez mieux que personne combien la droiture et la bonté sont rares en ce monde. Votre mère les possède et bien d'autres qualités que devrait illustrer toute princesse digne de ce nom. J'espère un jour prochain rendre librement et sans crainte mes hommages à Madame ainsi qu'à vous dont l'amitié, n'en doutez point, m'est aussi précieuse que la vie. C'est bien dans le but de

184

la préserver que je me suis résignée à partir. N'en voulez pas trop à celle qui sera toujours votre Brette.»

Le Régent découvrit cette lettre le matin à son réveil, posée sur un plateau que lui présentait son valet, entre la tasse et la théière. Il y avait deux jours que Clémence s'était volatilisée. Le Régent était miné par l'inquiétude et l'incompréhension. Il dévora donc ces lignes, déçu tout d'abord de ne pas y apprendre la raison de ce brusque départ. Le seul élément indiscutable était que la jeune femme n'avait pas agi sous la contrainte. Elle n'était pas séquestrée, maltraitée, comme il l'avait redouté. Il ferait interrompre l'enquête, respecterait le choix de Clémence. Elle était partie de son plein gré. Pourquoi?

Le duc d'Orléans relut plusieurs fois le message. La réponse, il en était sûr, devait être là, devant ses yeux, glissée sous chaque mot. Il avait eu le temps, ces derniers mois, de mieux connaître sa Brette et de l'apprécier. Toute jeune qu'elle était, sans grande expérience, femme sensuelle, de cœur et d'instinct, elle n'en était pas pour cela une évaporée. Elle avait évoqué pour lui son enfance paisible à la campagne, auprès d'un père à la fois sévère et aimant. L'éducation qu'elle avait reçue était aux antipodes de celle que lui-même donnait à ses propres enfants. A vrai dire, il ne leur en avait pas donné du tout et l'on pouvait constater le résultat qu'il était le premier à déplorer, même s'il ne l'avouait pas; même s'il continuait à tolérer la plupart de leurs caprices. Par faiblesse, gentillesse, paresse, esprit de provocation, indifférence.

«Des qualités que devrait illustrer toute princesse digne de ce nom...», soulignait Clémence. Des qualités que n'avaient jamais eues ses filles. L'une en particulier qu'il chérissait plus que les autres. Le diable lui-même ne savait-il pas se faire adorer?

Mais depuis qu'il avait rencontré l'exquise jeune femme, bien des sentiments nouveaux lui étaient apparus. «Une amitié précieuse, aussi précieuse que la vie... Dans le but de la préserver...» N'aurait-elle pas dû écrire dans le but de «les» préserver? Que craignait-elle?

# CLÉMENCE ET LE RÉGENT

Le Régent voyait s'esquisser peu à peu, dans sa chambre pourtant envahie d'une lumière matinale, des ombres terrifiantes, cauchemardesques. Il replia lentement la lettre, but son thé, la gorge nouée par l'angoisse.

★

★ ★

Pour tromper son impatience, la duchesse de Berry avait regagné le Palais du Luxembourg où elle passait en général la mauvaise saison. Son installation était l'excuse, l'alibi, pour ne pas se rendre chez sa grand-mère. Elle n'en perdait pas de vue pour autant ce qui s'y déroulait grâce à un jardinier de la Palatine que le comte de Rions avait soudoyé. S'il devait arriver malheur à madame du Restou, très malade comme chacun le savait, cet homme avait ordre d'en informer aussitôt le comte.

A Saint-Cloud, il était impossible de dissimuler longtemps un événement d'importance. Du reste, la Palatine n'avait jamais su contrôler ses émotions. Elle pleurait, se lamentait, s'indignait trop brutalement quand un chagrin l'atteignait. Bientôt, tout le domaine sut que quelque chose était arrivé à sa jeune protégée. Sans attendre de plus amples informations, l'espion de Rions emprunta un cheval, galopa jusqu'au Luxembourg pour y annoncer la disparition de Clémence puis revint à Saint-Cloud avant que son absence ne fût remarquée.

Rions l'avait reçu alors qu'il émergeait à peine d'un sommeil alourdi par les libations de la nuit. Il eut du mal à réveiller Marie-Louise. Il dut secouer sa maîtresse tout aussi imbibée d'alcool, secondé par Mouchy. La bonne nouvelle qu'ils lui cornèrent aux oreilles réussit enfin à éclaircir les idées de la duchesse.

— C'est donc bien vrai ?

— Le jardinier m'a dit avoir entendu la Palatine pleurer comme un veau.

— Quand est-ce arrivé ?

— Il l'ignorait exactement. Hier ou avant-hier. Attendons que la nouvelle soit officielle.

Mais Marie-Louise ne pouvait pas attendre. Elle voulait tout de suite déguster son triomphe. S'il n'était pas habile dans l'immédiat de se précipiter à Saint-Cloud, rien ne l'empêchait d'aller au Palais-Royal, chez son père, pour constater de visu son chagrin; le consoler en lui rappelant qu'elle était toujours là, elle qui avait réussi à lui faire oublier toutes ses maîtresses. Le seul être qui comptait réellement pour lui.

— Mouche, habille-moi. Je tiens à être éblouissante.

Constatant la distraction de sa favorite, elle se mit en colère :

— Qu'as-tu donc? Ne me dis pas que tu regrettes cette fichue Bretonne?

— C'était une beauté ; un corps de diablesse, commenta la Mouchy en guise d'éloge funèbre.

— Eh bien que le diable en fasse ce qu'il veut, maintenant !

Le Régent avait conservé sur lui le billet de Clémence, plié dans une poche intérieure de son gilet. Il sentait le papier craquer imperceptiblement à chaque mouvement et il y pensait lorsqu'on lui annonça madame de Berry. Elle entra dans son cabinet, toutes voiles dehors, les mains tendues, l'air affligé. Il nota qu'elle marchait avec difficulté, qu'elle était très rouge malgré la poudre dont elle avait usé abondamment.

— Père, j'apprends tout juste la nouvelle. Je suis navrée, j'ai de la peine, mais certainement pas autant que vous.

Marie-Louise prit les mains du Régent, les baisa, puis chercha à se blottir contre lui, selon une ancienne habitude, l'écrasant de sa forte poitrine.

— Nous ne retrouverons jamais une amie comme madame du Restou.

Ainsi elle savait déjà. Malgré ses recommandations, Madame n'avait pu s'empêcher de l'avertir.

— C'est un drame, une tragédie, reprit-elle.

Sans brusquerie, il la repoussa en l'examinant attentivement. Si la voix était larmoyante, l'œil était sec.

187

— Pourquoi une tragédie, Marie-Louise ?

— Parce que madame du Restou était une femme d'exception.

— Comment cela, était ? Tu en parles donc au passé ?

— Mais... hélas, père... Peut-être ne savez-vous pas l'affreuse nouvelle, renifla la duchesse, en pensant que ce serait encore plus savoureux de la lui annoncer elle-même. Notre chère madame du Restou, notre adorable Clémence est...

— Partie ! Si, je le sais, coupa le Régent qui flairait l'hypocrisie de sa fille.

Interloquée, celle-ci releva :

— Partie ? Vous préférez donc employer ce terme ? Soit ! Quelle injustice n'est-ce pas ? Mourir si jeune !

Le visage de son père d'ordinaire tendu ou malicieux, en tout cas respirant l'indulgence, n'était soudain plus le même. C'était un masque figé, sans expression, qui effraya la duchesse plus que n'importe quelle menace.

— Clémence n'est pas morte. Elle a quitté Saint-Cloud, dit-il calmement. Sa santé s'étant améliorée, elle a préféré rejoindre sa famille. J'ai reçu une lettre d'elle ce matin où elle m'informe de sa décision.

— Sa santé... améliorée ? balbutia Marie-Louise qui n'y comprenait plus rien. Une lettre ? Ce matin ? Je croyais qu'elle était au plus mal. On m'a dit que Madame était effondrée, en larmes.

— Tu connais, ta grand-mère. C'est une sentimentale. Elle aime Clémence à l'égal de ses petits-enfants. Ce départ la chagrine, c'est naturel.

— Oui, oui, bien entendu. Il nous chagrine tous, fit-elle sèchement.

Elle dut fournir un immense effort pour se ressaisir, surmonter son dépit. Encore n'y parvint-elle pas tout à fait. Finis les trémolos émus. Sa rage l'étouffait à moitié.

— Mais nous la reverrons, appuya le Régent.

— Je m'en réjouirai avec vous, renchérit sa fille qui avait peine à respirer. Permettez-moi de vous quitter en vous priant de me pardonner cette intrusion.

# CLÉMENCE ET LE RÉGENT

Il ne la retint pas. Debout, sans esquisser un geste, il la regarda partir. Mais dès qu'il fut seul, ses épaules se voûtèrent, sa bouche trembla, deux larmes mouillèrent le coin de ses yeux. Il fouilla fébrilement la poche de son gilet, relut encore la lettre qu'il connaissait pourtant par cœur. Maintenant, il était capable d'entrevoir dans les lignes ce que sa Brette avait voulu révéler et qu'elle ne pourrait jamais lui dire : une effroyable vérité.

★

★ ★

Rue Saint-Sauveur, avec d'inévitables tâtonnements, un rythme s'était instauré, assez monotone. Après un long séjour dans un îlot de luxe et de raffinement, se réaccoutumer à moins d'espace, à moins de lumière, à l'odeur et aux bruits de la ville, avait nécessité une certaine application. Mais enfin chacun avait pris ses habitudes. Hyacinthe était chargé de l'approvisionnement en général et des courses dans Paris. Dame Planchette et Naïg avaient recommencé avec ardeur leurs travaux d'aiguille. Naïg s'était gardée d'oublier le trousseau du bébé à Saint-Cloud. Quelquefois, Clémence se joignait à elles, surtout pour leur faire plaisir. Elle ne sortait pas de la maison, excepté le matin, pour se rendre à l'église. Les gens du quartier se partageaient entre la compassion et la curiosité en la voyant dans ses vêtements de grand deuil, marcher à pas prudents au bras de sa vieille parente ou de sa domestique. Sa grossesse se devinait malgré le manteau qui l'enveloppait. Le voile de mousseline noire dont elle se couvrait la tête et le visage ne dissimulait pas complètement sa beauté.

Novembre arrivait avec un cortège de pluie, de vent frais ou de journées grisâtres. Clémence regardait s'éterniser les jours. Encore deux mois ou presque avant ses couches et elle était déjà ronde comme une tour. Elle ne s'était pourtant pas trompée dans les dates : avril ; janvier. Mais elle laissait tout le monde espérer la naissance en décembre.

Qu'allait-elle devoir inventer, le moment venu? Dans ses missives, Guillaume se montrait tendre et impatient. Il plaisantait; se déclarait convaincu d'avoir conçu un fils la veille de son départ à Auch!

Quand elle lisait ce genre de prose, Clémence revivait ses rendez-vous passionnés avec Alvaro et avait envie de pleurer. Jamais plus elle n'aurait d'enfant! Celui-ci dévorait, semblait-il, ses dernières réserves de joie et d'énergie.

Retirée la plupart du temps dans sa chambre, elle ne se reconnaissait plus elle-même et ruminait, tournée vers le passé, son esprit vagabondant à travers son domaine de Lanloup, errant dans le manoir.

Un an auparavant elle y coulait des jours sereins avec son père. Elle était alors sage et sûre d'elle, excitée juste ce qu'il fallait par la perspective de se rendre à Dinan aux Etats de Bretagne. Depuis, sa vie s'était muée en un véritable imbroglio dont seul Josselin détenait les principaux secrets.

Par bonheur, elle le voyait souvent. Il faisait irruption à l'improviste, à n'importe quelle heure, et ne s'attardait jamais. Malgré tout, il prenait le temps de l'écouter, cherchait à calmer ses craintes, atténuer les reproches qu'elle se faisait. Il n'aimait pas la voir privée de sa vitalité foncière et la secouait:

— Qu'aurait pensé le marquis de Trémadec en apprenant que sa fille macère dans la mélancolie?

Mais le rappel de Jean-Baptiste ne faisait qu'alourdir la tristesse de Clémence. Aussi Josselin enchaînait-il sur un mode qu'il voulait fataliste et léger.

— Bah, ce n'est qu'un mauvais passage. La conséquence de quelques erreurs. Cela ne durera pas. Tiens, moi non plus, je n'ai pas choisi la meilleure route et je le paie aussi. Mais dis-toi bien que nous ne subirons pas toujours les événements. Nous saurons reprendre le gouvernail et conduire notre barque à notre guise!

Josselin finissait par se demander s'il ne cherchait pas lui-même à se remonter le moral.

— Tu parles pour toi, soupirait justement Clémence qui,

lorsqu'elle renonçait à regarder derrière elle, se sentait projetée, morose et résignée, au milieu des du Restou.

Alors il se mettait à rire, l'embrassait, repartait dans une pirouette et la jeune femme recommençait à l'attendre, plus ou moins consciemment.

De son travail, il ne révélait pas grand-chose. L'abbé Dubois continuait à apprécier ses services et n'avait pas encore l'intention de lui rendre sa liberté. Josselin était donc occupé dans Paris et ne pouvait disposer de son temps comme il l'aurait voulu. Clémence ne put en apprendre davantage. De même que, la seule fois où elle s'aventura à lui demander ce qu'il savait concernant l'ambassade d'Espagne, elle s'attira cette réponse évasive :

— On y complote toujours, je présume.

Il avait une manière sarcastique de la toiser qui lui ôtait toute envie de le questionner sur Alvaro. C'était le seul sujet qui, entre eux, demeurait sensible. Néanmoins, elle ne put s'empêcher d'insister de façon détournée :

— Si tu recueillais quelque information, tu me tiendrais au courant, n'est-ce pas, Josselin ?

— Bien entendu, princesse !

Sa voix, son sourire : tout était faux. Que lui cachait-il ? Elle l'aurait giflé avec plaisir si elle ne s'était sentie aussi abattue.

En revanche, il ne se faisait jamais prier pour lui parler du Régent. Oui, ce dernier avait reçu sa lettre. Oui, la Palatine s'était calmée. Rentrée au Palais-Royal, elle ne pleurait plus Clémence. Le Régent avait dû donner des explications appropriées à Madame. Oui, Marie-Louise de Berry avait piqué une crise de nerfs en sortant du cabinet de son père. Persuadée de la mort de son ennemie, elle était venue y faire une visite de condoléances. Elle en était repartie au bord de l'apoplexie. Après une nouvelle retraite chez les Carmélites, elle recommençait, plus furieusement que jamais, à transformer le Luxembourg en véritable lupanar.

Non, Japecaste n'avait pas réapparu depuis le mois de juin. Il était, paraît-il, installé dans l'un des châteaux qu'il possédait au nord de la France, pour raison de santé, avait avancé l'un de ses anciens valets que Josselin avait retrouvé en furetant au Luxembourg.

— En réalité, dit-il, Joufflote l'a chassé de son appartement de la rue de Tournon. Elle lui tient rigueur du scandale que tu as causé chez elle. Ils sont brouillés à mort. A mon avis, Japecaste a peur. Sachant que tu es devenue une amie intime du Régent, il doit croire que tu l'as dénoncé et craint un second séjour à la Bastille.

Et pour conclure un sujet qui n'était pas fait pour égayer Clémence, Josselin ajouta :

— Il y a peu de risques que tu le rencontres à nouveau et crois-moi, ma petite, c'est mieux ainsi.

Il avait sûrement raison mais elle avait du mal à s'en persuader. Pourrait-elle se sentir réellement en paix, sachant que ce criminel continuait à vivre, quelque part, sans avoir expié ses forfaits ?

Elle préféra revenir sur le Régent et s'enquit de sa santé. Il avait eu une légère attaque la semaine précédente et Clémence regrettait de n'avoir pas été près de lui pour, à son tour, le réconforter.

— Sa disparition aurait été catastrophique pour le pays, nous aurait jetés dans le chaos, dit Josselin. Il va mieux heureusement. Dommage qu'il ait déjà repris ses déplorables habitudes, ses plaisirs exténuants. Il n'y avait que toi pour le retenir sagement à Saint-Cloud.

Pour une fois, c'était énoncé sans acrimonie mais au contraire avec admiration.

— Philippe m'a souvent répété « qu'il ne peut lui arriver que ce que Dieu a décrété pour lui et qu'il ne redoutait rien en ce monde », fit doucement Clémence.

— Il se moque de tout, c'est certain.

On le constata au soir du 18 novembre quand le jeune François-Marie Arouet, désormais connu sous le pseudonyme de Voltaire, fit jouer sa pièce *Œdipe*, au Théâtre-Français, devant un parterre brillant, les amis des Maine et la famille princière côte à côte. Dans la pièce, l'allusion à l'inceste était claire ; il était aussi évident que le but recherché était de créer un scandale sans précédent. S'adressant directement au Régent, l'un des acteurs déclama :

> « *Quand il se voit enfin, par un mélange affreux,*
> *Inceste et parricide, et pourtant vertueux.* »

La salle retint son souffle ; les duchesses d'Orléans suffoquèrent ; Joufflote faillit s'évanouir et, contre toute attente, le Régent applaudit ! Au lieu de s'indigner, d'embastiller de nouveau l'auteur, il le complimenta sur son talent et le récompensa généreusement d'une pension de deux mille livres ! Du coup, il s'en fit un ami et ses adversaires en furent tous pour leurs frais. A Sceaux, il ne restait plus à Ludovise, qui avait longtemps protégé Voltaire, qu'à maudire l'ingrat.

— Le Régent est un curieux personnage, observa Josselin après avoir conté l'anecdote. Au fond, cela me plaît de le servir, même malgré moi.

Clémence demeura silencieuse. Elle imaginait Philippe d'Orléans debout dans une salle de théâtre houleuse, venimeuse, seul face à la haine et à la calomnie, applaudissant en grand seigneur qu'il était. Il ne savait pas punir.

— Bon, je file maintenant. Je te laisse à tes rêveries, fit Josselin en lui posant un baiser sur le nez.

Avant de repartir, il s'entretenait toujours quelques minutes avec dame Planchette, lui faisant, ainsi qu'à Naïg, mille recommandations dont Clémence était le centre.

Un après-midi, elle surprit un grincement insolite, puis des pas nombreux traversant le couloir à l'arrière de la boutique. Elle entendit madame Planchette élever la voix, apparemment très mécontente.

— Ma nièce ne reçoit pas. Elle est souffrante. Respectez au moins l'intimité d'autrui.

— Qu'est-ce donc ? lança Clémence.

La porte s'ouvrit malgré la vieille dame offusquée. S'agitèrent de fines silhouettes habillées de couleurs vives : Tic-Tac ! Urlurette ! La Mie Margot ! Bousculant sans violence ni agressivité celle qui tenait si bien son rôle de duègne,

193

elles pénétrèrent chez Clémence qu'elles étourdirent de leur babil :

– Monsieur Grégoire nous a appris ! On ne se doutait pas. C'est donc bien vous. Quelle joie ! Monsieur Grégoire a demandé à madame Fillon de nous permettre de vous distraire de temps en temps.

Elles étaient jolies et gaies. Si gentilles !

– Tante Yvonne, dites à Naïg de nous préparer du café, commanda Clémence. Vous en prendrez vous aussi, avec nous.

Sa proposition entraîna un refus indigné. Il fallut bien une semaine à Planchette pour se décoincer, admettre que Josselin et monsieur Grégoire ne faisaient qu'un, et accepter la présence des jeunes femmes.

A tour de rôle, elles descendaient par le passage intérieur, jamais plus de trois à la fois. Entre deux chansons, tout en dégustant les gâteaux confectionnés par Naïg, elles décrivaient leurs expériences, dépeignaient leurs clients, avec une sorte d'humeur et de candeur qui les empêchaient de tomber dans la vulgarité. Clémence riait, en épiant, mine de rien, les réactions de Planchette si, par hasard, celle-ci était dans la chambre.

Un beau jour, ce fut la Fillon en personne qui se déplaça. Cette ancienne courtisane était encore, à plus de quarante ans, une femme appétissante, pleine d'allure et d'autorité, possédant du savoir-vivre. Aimablement, elle offrit ses services à Clémence qui lui plut aussitôt.

– J'ai compris que Grégoire avait beaucoup d'affection pour vous, dit-elle d'un air entendu.

Tout l'Hôtel de Famini doit croire qu'il est mon amant, pensa Clémence en jugeant fort cocasse le genre que prenaient ses récentes amitiés.

– La Fillon t'a « à la bonne », s'amusa Josselin quand elle lui parla de ces visites. C'est une chance car elle peut se montrer une vraie teigne.

C'était bien en grande partie à ce trait de caractère qu'elle avait pu monter sa propre maison. Après une carrière galante exemplaire, la Fillon ne devait rien à personne, excepté à l'abbé Dubois, son protecteur et amant de longue date dont elle était l'une des principales indicatrices. Avec les gens importants qui fréquentaient son établissement, elle avait de quoi le renseigner.

Elle était particulièrement fière de la réputation de sa maison et avait la faiblesse de le montrer. Elle-même accorda des confidences à cette jeune femme aussi racée qu'une aristocrate et Dieu sait si la Fillon s'y connaissait! Pour ce qui était d'évaluer une fille, elle avait l'œil d'un maquignon. Clémence était superbe et visiblement honnête, ce qui, en un sens, était regrettable: elle aurait fait une exceptionnelle recrue.

— Vous ne devez pas ignorer, chère petite madame, que je reçois ici tout ce qui compte dans Paris, seigneurs, ministres, dignitaires de l'Eglise, financiers, riches étrangers.

— Je vous en félicite, opina Clémence. Votre renommée dépasse donc les frontières.

— Il s'agit surtout d'Espagnols, se rengorgea la Fillon en portant à ses lèvres peintes une tasse de café.

Clémence, qui puisait dans ces conversations de quoi tromper son ennui et oublier pendant une ou deux heures ses préoccupations, dressa l'oreille. Le mot prononcé était de ceux qui lui faisaient battre le cœur plus vite, amenaient une soudaine chaleur à ses joues: Espagnol, Espagne, Castille, Madrid. Elle essaya toutefois de conserver une apparence paisible:

— Vraiment? Ce sont des voyageurs de passage?

— Certains, oui. D'autres, non. Quelques membres de l'ambassade d'Espagne nous apprécient, figurez-vous. Ce qui arrange bien les affaires de mon ami Dubois, vous vous en doutez.

La satisfaction de mener une action utile dans un commerce vieux comme le monde, mais souvent vilipendé, déliait la langue de la Fillon:

— Je bavarde ouvertement car je sais qu'on peut vous faire confiance. N'êtes-vous pas une très très proche parente de Grégoire, sinon plus? continua-t-elle avec un sourire complice. Il a dû vous dire combien le Régent a intérêt en ce moment à ce que nous nous penchions sur les faits et gestes des Espagnols.

— Oui, en effet.

La Fillon se mit à rire :

— Grégoire et Tino les surveillent à l'ambassade et mes filles les font parler sur l'oreiller ! Ah, tiens ! Vous voici, mes belles !

L'arrivée de Tic-Tac et de Urlurette permit à Clémence de se remettre de la stupeur dans laquelle l'avait plongée la Fillon. Josselin travaillait donc à l'ambassade d'Espagne et il ne le lui avait pas dit ! Le fourbe ! Pourquoi ? Par conscience professionnelle ? Bien sûr que non ! C'était par jalousie, égoïsme, aigreur. Elle se doutait bien qu'il n'était pas franc avec elle.

Sa surprise un peu atténuée se transformait en fureur. A sa prochaine visite, il allait l'entendre et serait bien obligé de tout lui révéler !

— Urlurette vous dira comment elle a soutiré les confidences du secrétaire de Cellamare, poursuivit la Fillon.

— Ils ne se laissent pas tous manipuler, remarqua Tic-Tac avec une moue de petite fille. Il y en a un qui est venu une fois ou deux, avec un vilain nabot. Lui, c'est ma foi un bel homme mais je n'ai jamais pu lui décrocher une parole.

Pour le coup, Clémence crut se trouver vraiment mal. Ces dames se précipitèrent, l'éventèrent, appelèrent Naïg. Madame Planchette surgit et leur demanda sèchement de se retirer :

— Nous l'avons fatiguée avec nos papotages, reconnut la Fillon. Excusez-nous. Votre nièce doit se ménager : la naissance est pour bientôt.

Le comte de Valiente était venu rue Saint-Sauveur ! Ce bel étranger taciturne accompagné d'un nabot, ce ne pouvait être que lui avec Isidorio, Clémence en était sûre. Alvaro avait peut-être franchi le seuil de l'hôtel, monté l'élégant escalier, découvert le « vestiaire » récemment, alors qu'elle-même habitait déjà ici. Il avait choisi une fille, l'avait suivie dans l'une des pièces garnies de divans et de tentures, tout cela à quelques mètres de cette chambre étriquée où elle se morfondait, enceinte, et ne cessant de penser à lui ! Non qu'elle fût jalouse de la sympathique et inoffensive Tic-Tac. Ce n'était, après tout, qu'une prostituée, presqu'un objet. On en disposait; on l'oubliait. Mais justement, c'était bien ce qui rendait Clémence malade. Cet aspect froid et vénal de l'amour était trop éloigné de l'image qu'elle s'en faisait.

Pourtant habituellement, elle était tolérante; elle admettait ces choses. Alvaro agissait comme la majorité des hommes; il n'était ni pire, ni meilleur en ce domaine. Que possédait-il donc qui fît la différence? Pourquoi avait-il le pouvoir de la faire souffrir? Pourquoi l'avait-elle aimé dès leur premier contact? Etait-ce dû à sa beauté, son mystère, au fait qu'il vînt d'un autre pays? Les circonstances s'y étaient prêtées, il est vrai: le voyage, l'accident, la nuit, la tempête.

Elle le connaissait si peu! De son côté, lui-même ne s'était jamais soucié de ses véritables désirs. Il lui imposait les siens qu'elle avait néanmoins toujours acceptés, empressée à lui complaire.

Et malgré tout, il l'avait trompée, s'était servi d'elle comme il s'était servi de Ludovise. Il était en France dans un but déterminé: l'intérêt de son roi. Il ne reculait devant rien, semait le trouble, enrôlait des partisans, tentait de tuer le Régent. Jamais une seconde, il n'avait envisagé d'emprisonner Philippe en Castille!

Brusquement, Clémence eut la vision très nette d'une scène qui s'était déroulée au printemps. Elle était aux Tuileries avec Guillaume. Elle avait vu s'enfuir un individu dont l'allure lui avait instinctivement rappelé quelqu'un. Maintenant, sans l'ombre d'une hésitation, elle était capable de mettre un nom sur cet homme: Alonso, l'intendant du comte de Valiente. Et c'était ce jour-là qu'on avait essayé d'empoisonner Louis XV!

Avec horreur, Clémence comprenait que, si l'intendant était coupable, il avait agi sur ordre.

Alvaro était-il donc un assassin?

C'était impossible! Elle n'aurait pu l'aimer.

Clémence sentit son esprit s'affoler à la recherche de certitudes. Qu'Alvaro s'en prît au Régent, un adversaire adulte, puissant, armé pour se défendre, c'était à la rigueur admissible. Mais le petit roi ? L'ambition, le goût du pouvoir, la raison d'Etat : rien ne justifiait jamais un tel acte. Alvaro ne pouvait pas être capable de menacer un enfant innocent, malgré sa dureté, la volonté impitoyable qu'elle lui soupçonnait !

Mais encore une fois, que savait-elle au juste de lui ?

Les heures s'écoulèrent, lourdes comme du plomb. Par contraste, s'envolait de l'Hôtel de Famini le son grêle et enjoué d'une épinette. Une fille chantait. Là-haut, la compagnie s'amusait. Peut-être quelques Espagnols étaient-ils présents, ce soir ? Qui sait si Alvaro n'était pas parmi eux ?

Bouleversée, Clémence s'interrogeait sur l'incroyable coïncidence qui les avait tous amenés précisément dans le même lieu où elle se réfugiait, sur le hasard qui avait poussé la Fillon à lui faire ses confidences. Puis à réfléchir, elle découvrit qu'il n'y avait ni coïncidence ni hasard ; qu'un lien existait entre tous ces éléments : Josselin Le Rik. La Fillon avait parlé parce qu'elle n'avait pas à se méfier d'une amie du pseudo-Grégoire. Ce Grégoire qui, « travaillant » à l'ambassade d'Espagne, avait dû indiquer l'adresse de la rue Saint-Sauveur à ces messieurs en quête de divertissements. Ainsi, de tous côtés, les collaborateurs de Cellamare étaient sous étroite surveillance, jusqu'à ce que les preuves irréfutables d'un complot tombent entre les mains de la police. S'en doutaient-ils ? Qu'adviendrait-il d'eux à ce moment-là ? Arrêtés, ils seraient emprisonnés, jugés, condamnés. La justice suivrait son cours et Clémence n'avait pas à le déplorer.

Seulement, au cœur de l'affaire, se trouvait Alvaro.

Lorsque Josselin passa plus tard, en coup de vent, elle avait finalement décidé de lui cacher ce que la Fillon lui avait appris. Il constata ses traits tirés, ses yeux battus et s'en inquiéta. Mais Clémence lui affirma qu'elle devait simplement couver un léger rhume avant de lui demander quelle était cette occupation qui l'empêchait de rester plus longtemps auprès d'elle.

— Ce n'est pas une occupation folichonne. L'abbé Dubois m'a placé auprès d'une de ses relations, un Anglais, actuellement à Paris. Je le pilote ici et là.

— Un Anglais? reprit Clémence d'un ton détaché. Tu ne parles pas sa langue.

— Je me débrouille et lui aussi, en français.

Menteur, dissimulateur! pensa-t-elle après son départ.

Il se prétendait son ami et la trahissait, ni plus ni moins. Pour agir de la sorte, il fallait que se préparent des événements graves et Alvaro y était mêlé. Mais Josselin Le Rik se trompait s'il croyait la tenir à l'écart.

★
★ ★

— Une chaise? Grand Dieu, où voulez-vous aller en chaise? Ce n'est pas bon pour vous de vous déplacer. Et par ce temps de chien, en plus!

Hyacinthe n'appréciait pas du tout cette décision de sortir et le déclarait de sa voix rugueuse.

— Mais justement, objecta Clémence, en chaise, on ne craint rien, on est à l'abri. On est porté, balancé en douceur.

— En douceur? C'est à voir! grogna-t-il.

Clémence avait laissé Yvonne Planchette et Naïg se rendre sans elle à la messe, ce matin. Elle avait dû insister, en alléguant qu'elle voulait dormir. En fait, sitôt qu'elles avaient eu le dos tourné, elle avait appelé Hyacinthe.

— Allons, le pressa-t-elle. Fais ce que je te dis ou je sors en chercher une moi-même.

Il la connaissait trop bien pour savoir que rien ne l'arrêterait dans l'exécution de son projet. Qu'avait-elle encore en tête? Saurait-elle se conduire raisonnablement quand l'enfant serait né?

Hyacinthe s'élança sous la bourrasque de vent et de neige fondue et trouva des porteurs dans la rue voisine, en station devant le cabaret des Deux Anges. Clémence les attendait déjà au seuil de sa maison, impatiente. Le domestique l'aida à s'asseoir dans l'intérieur au capiton un peu défoncé, à la propreté douteuse.

— Vous ne m'interdirez pas de vous suivre où que vous alliez, décréta-t-il.

— Comme tu veux.

C'était aussi bien. Sa présence était toujours rassurante et Clémence était loin d'éprouver la hardiesse qu'elle affichait.

— A l'ambassade d'Espagne ! lança-t-elle en évitant toutefois de regarder Hyacinthe, certaine qu'il désapprouverait maintenant doublement cette expédition.

S'il avait osé lui demander ce qu'elle comptait faire dans un lieu qui lui déplaisait personnellement depuis le début, Clémence aurait été embarrassée pour lui répondre. Rencontrer Josselin Le Rik ? Certes, elle espérait bien le surprendre en flagrant délit de mensonge.

Pendant une bonne partie de la nuit, elle s'était agitée, remuant l'idée qu'une menace planait sur Alvaro. Coupable ou non d'intention criminelle, hautain, égoïste, infidèle, il n'en exerçait pas moins sur elle, même à distance, une fascination dont elle ne parvenait pas à se libérer. Pour autant, elle ne tenait pas à le revoir à tout prix. Elle se jugeait enlaidie, alourdie, pitoyable. Ce n'était pas cette image-là qu'elle voulait lui offrir pour une dernière fois. Elle espérait simplement le mettre en garde, par un message, s'il était toujours à Paris, bien entendu. Dans le cas contraire...

Clémence retint un sanglot. «Une dernière fois !» Elle ne savait plus ce qu'elle devait souhaiter : qu'Alvaro fût sauf, loin d'elle ; le rencontrer ou l'éviter. Toutes ces éventualités la faisaient souffrir.

Hyacinthe, qui marchait à côté d'elle, se pencha sur la glace de la portière où l'eau s'égouttait. Aussitôt, elle se moucha puis se recomposa un visage déterminé. Il avait raison tout à l'heure. Les porteurs, gênés par l'encombrement des rues, imprimaient à la chaise un mouvement saccadé plutôt pénible. Le grand Paris bourdonnait ; les intempéries ne retenaient guère les gens chez eux. Chacun avait sa tâche à remplir. A les observer marchant courbés par le vent, obstinés à mener à bien leurs affaires, tous vêtus à peu près des mêmes étoffes de laine noire ou brune, Clémence s'aperçut brusquement du gouffre qui les séparait du monde riche et corrompu qu'elle-même avait côtoyé. Le peuple, âme et chair du royaume, conservait encore sa vigueur et la belle santé morale qui l'avait aidé à franchir les siècles.

C'est avec soulagement que Clémence reconnut les abords de l'ambassade. Le trajet l'avait beaucoup plus fatiguée qu'elle ne l'aurait cru. Par l'intermédiaire de Hyacinthe, elle commanda aux porteurs d'emprunter la rue Vivienne et de s'arrêter près du portillon qu'elle avait si souvent franchi, le cœur battant. Il y avait six mois qu'elle n'était venue. Le temps, alors, était radieux; elle-même était légère, seulement chargée de passion et d'espoir. Comme une alouette sur un miroir scintillant, elle volait en aveugle, vers un amour trompeur.

— Vous m'attendrez là, fit-elle à Hyacinthe en désignant l'auvent d'une maison proche. Il est inutile que tu entres avec moi.

— Vous allez voir Josselin, mademoiselle Clémence?

— Tu sais donc qu'il travaille à l'ambassade!

— Oui.

Elle faillit laisser éclater sa colère mais se retint, se contentant de fustiger le vieux Breton d'un œil sombre.

— J'apprécie infiniment vos cachotteries.

— Pardon, demoiselle. J'avais donné ma parole au Josselin de ne rien vous dire.

— Je vois, fit-elle en s'appuyant sur lui pour s'extraire de la chaise.

Une rafale retourna son capuchon. Elle s'en recoiffa, retint son manteau des deux mains et se dirigea vers le portillon.

Le jardin était détrempé, les herbes hautes. Des flaques trouaient le gravier blanc; des feuilles mortes s'écrasaient sur la terrasse. Clémence croisa quelques personnes indifférentes et pressées. Ceux qui hantaient l'ambassade d'Espagne prenaient toujours soin de s'éviter les uns les autres. On venait conspirer ou se vendre, en catimini, presque honteusement.

Pour un matin, le hall était déjà assez fréquenté. Clémence choisit de se poster près d'une porte d'où elle pouvait surveiller qui empruntait le grand escalier et qui passait dans le couloir. Ah! si elle avait eu son audace de naguère; comme elle aurait grimpé jusqu'à l'appartement d'Alvaro! L'audace et la force. Car non seulement elle redoutait un face-à-face qui aurait été à son désavantage, mais physiquement, elle aurait été incapable de fournir cet effort. Ses jambes étaient lourdes. L'enfant lui pesait, ne cessait de s'agiter avec vigueur.

Sachant qu'il ne lui serait pas possible de rester figée ainsi, éternellement, elle décida qu'au bout d'un moment, elle irait tout simplement frapper chez Cellamare. C'était une idée sage. Elle s'étonna de ne pas l'avoir eue plus tôt.

Mais soudain un homme âgé s'approcha d'elle, sa perruque grise étalée sur une longue veste de même couleur. Il portait des lunettes et ses bras étaient chargés de liasses de papiers. Parvenu à la hauteur de Clémence, il en fit maladroitement tomber quelques-uns et entreprit de les ramasser.

— Que fais-tu ici?

Elle baissa les yeux, rencontra ceux qu'il levait sur elle, des yeux brun clair, pétillants derrière les verres et qu'elle ne connaissait que trop bien!

— Et toi? siffla-t-elle. Où donc est ton Anglais, espèce de traître!

Josselin se releva.

— Chut! murmura-t-il. Je t'expliquerai à la maison. C'est insensé! Tu cherches vraiment les ennuis. Tu ne tiens pas debout.

— Occupez-vous de vos affaires, monsieur Grégoire.

— Écoute-moi: n'espère pas voir Valiente, si cela est ton but. Il est avec Cellamare en grand conciliabule. Ordre est donné. On ne les dérangera sous aucun prétexte. Il se passe des choses très graves. Mieux vaut que tu t'en ailles. Après tout, tu es l'amie du Régent, n'est-ce pas?

202

— Cela n'a aucun rapport.

— Oh, que si! Je te raconterai tout. Mais pars, Clémence. Pars. Je t'en prie. Si tu es venue seule...

— Non! Avec Hyacinthe.

— Tant mieux, va vite, Clémence.

A cet instant, l'un des secrétaires de Cellamare lui fit signe du couloir de se hâter. Josselin le rejoignit non sans recommander encore à Clémence de rentrer chez elle.

Il n'avait pas tout à fait disparu que la jeune femme vit qu'elle était observée. Non loin, un homme s'appuyait sur une canne et la contemplait, le visage rond et larmoyant: Jean Buvat! Le copiste s'illumina en clopinant vers elle:

— Quel plaisir de vous rencontrer. Cela fait si long-temps.

— Bonjour, monsieur Buvat. Comment allez-vous?

Son apparition était providentielle! Avec lui, elle en apprendrait certainement beaucoup plus qu'avec Josselin. Elle s'attendait à ce qu'il se plaignît de ses rhumatismes, mais non. Le bonhomme tout excité se pencha. Elle lui trouva un air nouveau d'assurance et de fierté.

— Je ne savais pas que vous connaissiez Grégoire, chu-chota-t-il.

— Mais, je...

— Je vous ai entendus. Il vous a appelé Clémence. Il vous tutoie. Vous êtes donc des nôtres, je préfère ça.

— Des vôtres, monsieur Buvat?

— Oui, oui, bien sûr, dit-il, enchanté de lui-même, et ne demandant qu'à raconter son histoire.

Une histoire tellement extraordinaire! Jean Buvat, l'humble gratte-papier de la Bibliothèque royale, avait basculé dans l'aventure. Il éprouvait un intense besoin de s'en vanter à la belle jeune femme qu'il admirait tant. C'était inimaginable et pourtant il devenait un héros. Que Clémence en juge: pendant des mois, il avait recopié la correspondance et les écrits de l'ambassade d'Espagne avec indifférence, sans y prendre garde. Puis, un beau jour, certains textes l'avaient frappé. Entre autres une lettre rédigée de la propre main du roi Philippe V! Aucun doute! Buvat avait sous les yeux des documents de la plus haute importance. L'Espagne voulait la chute de la Régence ; la France était en péril. Sans plus hésiter, il en avait référé à l'abbé Dubois. Une aubaine pour le ministre qui voulait des preuves tangibles et irrécusables de la machination.

— J'ai gardé mon poste ici. Personne ne me soupçonne. Je communique toutes mes copies. Je prends des notes ou je fais des doubles. Bientôt, l'abbé Dubois pourra abattre ses cartes. Les Espagnols sont perdus.

Il se passe des choses très graves, avait dit Josselin tout à l'heure.

— Perdus, oui, répéta Clémence.

— Le prince de Cellamare, ses assistants et cet... enfin, vous savez bien, celui qui ne se montre jamais.

Buvat, d'un mouvement de tête, indiqua l'étage où résidait Alvaro. Clémence dut s'appuyer au mur, en s'efforçant de lui cacher sa confusion.

— Ce sera grâce à moi et c'est pour bientôt ! fit-il encore.

Frétillant comme il ne l'avait jamais été, Buvat s'excusa de la quitter : le devoir l'appelait. Il n'avait même pas remarqué son état.

Alvaro était toujours ici. Il fallait l'avertir ! Elle jeta un autre regard sur l'escalier. Comment faire ? La foule vibrionnait. Clémence était prise de vertiges ; elle avait mal au ventre. Une ou deux minutes s'écoulèrent avant qu'elle pût rassembler son courage.

Mais il était dit que le hasard balançait en sa faveur, car derrière l'un des piliers du couloir elle vit soudain dépasser un pan de veste. Quelqu'un s'y était prestement dissimulé, pas assez vite cependant pour qu'elle n'ait pu le reconnaître. C'était Isidorio !

Resserrant son manteau afin de cacher sa grossesse, Clémence s'avança et retint l'avorton par la manche quand, découvert, il voulut s'enfuir.

— Non, écoute-moi d'abord, fit-elle en castillan et à voix basse. Ton maître est en danger. Il doit partir, quitter Paris, sans attendre un jour de plus. En danger ! Comprends-tu ?

S'était-elle correctement exprimée ? Cette grosse face aux

204

narines monstrueuses, cette bouche ouverte sur des chicots lui étaient insupportables. L'avait-elle convaincu ? Elle ne pouvait lui en révéler davantage sans trahir le Régent, sans compromettre Josselin et même ce pauvre Buvat. Ces quelques mots qu'elle lui redit une nouvelle fois suffiraient-ils à sauver celui qu'elle aimait encore mais dont la cause n'était pas la sienne ?

— Isidorio, au nom de Dieu, fais ce que je te dis ! Préviens ton maître.

— Si, señorita, si, j'ai compris, affirma-t-il en hochant la tête.

Maintenant, Clémence devait sortir. Si au moins Hyacinthe était déjà là, pour la soutenir de ses bras solides. Il fallait qu'elle le retrouve avant qu'elle ne s'écroulât ; il fallait qu'elle regagne sa maison avant que...

Seigneur ! Cela ne pouvait pas arriver aujourd'hui !

Laissant Isidorio, elle se traîna vers la sortie, et dehors aspira une grande bouffée de vent contre lequel il lui était difficile de lutter. La traversée du jardin fut interminable mais enfin, elle atteignit le portillon, rejoignit Hyacinthe.

— Je ne suis pas bien. Rentrons vite, souffla-t-elle avec peine.

Elle souffrait de plus en plus et faisait de gros efforts pour ne pas céder à la panique. Dans son esprit, la rue Saint-Sauveur lui paraissait au bout du monde.

Lorsque les porteurs soulevèrent sa chaise, elle ne se retourna pas sur l'ambassade d'Espagne comme elle en avait l'habitude, au temps de ses amours. Si elle l'avait fait, ce matin-là, sans doute aurait-elle surpris la silhouette qui avait franchi le portillon derrière elle et s'était mise à la suivre.

A paraître prochainement : la suite des aventures de *Clémence*.

*Impression réalisée sur CAMERON par*

**BUSSIÈRE CAMEDAN IMPRIMERIES**
GROUPE CPI
*à Saint-Amand-Montrond (Cher)*
*pour le compte de Pygmalion*
*Département des Éditions Flammarion*
*en octobre 2003*

N° d'édition : 839. N° d'impression : 034901/4.
Dépôt légal : octobre 2003.

*Imprimé en France*